創約

とある魔術の禁書目録（インデックス） 8

鎌池和馬

イラスト／はいむらきよたか

HsMCV-08

『プレデター

学園都市が開発した次

都市の主要道路を傷

し、戦車級の火力で敵

やかに排除すること

場所から操って無人で

ての性質すら兼ね備えている。

CONTENTS

「必要なだけ影を呑むよ。自由で公平な社会のために」

『橋架結社』に属する超絶者。特に処刑を専門とする

ムト＝テーベ

Designed by Hirokazu Watanabe (2725 Inc.)

創約

とある魔術の禁書目録

インデックス

8

鎌池和馬

イラスト・はいむらきよたか

デザイン・渡邊宏一(2725 Inc.)

アンナ＝シュプレンゲルは悪女だ。

ここについてはどうやったってねじ曲げられない。実はもっと大きな視点で事件を追っていたんですとか、見方を変えればより多くの人を救うために取った仕方がない行動だったんですとか、そういうお涙頂戴の真相なんかない。

巨大IT、R&Cオカルティクスの登場は何をもたらした？

上条に勝っても負けても破滅する、弄ばれたサンジェルマンについては？

学園都市の『暗部』にだって関わってはいなかったか？

砂に覆われたロサンゼルスで一体何を見てきた？

アリス＝アナザーバイブルが変質したのは？

……そして、それらは本当に絶対必要な、そうしなくてはならない行いだったのか？

星の数ほど選択肢があって、どれでも自由に選ぶ事ができて、なおかつ絶大な力を持っているため大抵の選択肢では失敗を考える必要がない。そんな状況でなお、シュプレンゲル嬢は立て続けに悪辣なカードばかりを切っていった。

間違いなくそれは彼女の性格的な問題であって、合理性や効率では説明のつけられない結果だろう。そしてアンナ自身、その事にわざわざ言葉を並べて弁解するつもりもないはずだ。

ただし。

詐欺師マダム・ホロスから体を取り戻してみれば、世界はおかしな事になっていた。

それが正直な感想だった。

ようやく自由に動かす手足と無尽蔵に思考と想像を広げていく頭を取り戻したというのに、これから好き放題に世界を渡っていけると思っていたのに。

何だ、この病んだ風景は。

どうした、すでに瀕死である事にも気づいていない人々は。

結局は、こういう事だった。アンナ＝シュプレンゲルは紛う方なき悪だ。それも安定を求め自らの傘となるべき『王』を求める、蕩けるような悪女。自儘に振るい、しかし責任など欠片も負わない。まさに暴食。しかしだからこそ、魔王たる彼女は自分が享楽を喰らい尽くす前に世界の方が勝手に枯れてしまう結末を許せない。

あの計画は、ダメだ。

『橋架結社』の望み。あれだけは絶対に起こしてはならない事象だ。

序章　三つ巴が襲ってくる　Proclaim_ML.

アリス＝アナザーバイブル率いる『超絶者』達の組織、『橋架結社』。

新統括理事長・一方通行が管理する学園都市。

アレイスター＝クロウリーと異形なるその一味。


全部が敵。

今の今までグローバルな世界を舞台に悪意を散々撒き散らしたアンナ＝シュプレンゲルを、それでも見ていられないと手を差し伸べたのだ。上条当麻も覚悟を決めなくてはならない。

一月三日、第一二学区。

学園都市で唯一、『科学的な視点から』造った宗教施設が多数存在する稀有な学区。そして『橋架結社』の拠点である領事館があるエリアでもある。

ううううウウウううううウウウウううううウウウウウウウうううううううううう
ううううううウウウウウウウウウウウウウウウううううううううううううウウウ

ウウウウウウウウウウウウウウウうううウウウウウウウウウウウウウウッッッ!!!!!! と。

耳というより腹に響く、低くて太い大音響が青空に炸裂する。現代に生きる高校生にとっては夏の野球大会くらいでしか聞かないような、奇怪な音色だった。

つまりは、

「さ、サイレン？」

ビヨビヨビヨビヨ!! という別の音が重なる。

上条のポケットにあるおじいちゃんスマホから緊急警報が出ている。前の『デリバリーゴーラウンド』といい、ここ最近のスマホ、色々警報が多すぎて逆に混乱する。

「くそっ、つまり何が起きてんだッ⁉」

ストロベリーブロンドの髪でいくつものエビフライを作って後ろに流す、ぶかぶかのドレスの布地を薄い胸元辺りでかき寄せた小さな悪女。

アンナ＝シュプレンゲルが不吉な予言を告げた。

「非常事態か戒厳令か……。とにかく確定はこれだけ。今から戦場になるのよ、この街」

「っ」

「自分から巻き込まれたがるなら覚悟を決めなさい、愚鈍。今すぐわらわを突き出して事態の進行を食い止めるって選択肢もあるのよ」

確かにそれでも決着はつくのかもしれない。

アンナ＝シュプレンゲルは警備員に捕まった後も軽々と牢を抜け出し、ロサンゼルスで大事件を起こしている。新統括理事長の一方通行は、多分もうアンナを捕まえて穏便に解決させようなんて考えていない。

捕まえてもダメなら、殺してでも止める。

それは多分、アンナを人間フィルム缶にして手元に置いていたアレイスター達も同じ。『橋架結社』なんていわずもがなだ。彼らはそもそも最初からアンナを処刑すると公言し、槍の形に整えた専用の霊装『矮小液体』まで用意している。

上条当麻は細く長く息を吐いて、そして言う。

選択はこうだ。

「……それでもお前は見捨てられない」

「……、」

「ちくしょう三つ巴の誰が一番怖い!?　どこへ逃げれば安全なんだ!!」

「正解はどれ一つ油断はできない、よ。ヤバいのが来るってば。得体の知れない学園都市のテクノロジーっ!!」

巨大なウィンプルと変則ビキニが特徴的な超絶者の一角、夜と月を支配する魔女達の女神アラディアが長い銀髪を広げて言い放った直後だった。

ギャリギャリギャリギャリ!!　というタイヤのスリップ音が複数あった。

いきなり一〇両以上でこちらを囲んできたのは、頭にパトランプを乗っけた警備員(アンチスキル)辺りの特殊車両とは全然違う。もっと太くて重たい音だ。

ぶかぶかの赤いドレスを薄い胸元に抱き寄せ、アンナ＝シュプレンゲルはにたりと笑う。

「……やってくれるじゃない。新統括理事長さん」

八輪の装輪装甲車の屋根に戦車の砲塔をくっつけたような異形。いわずもがな、学園都市(がくえんとし)の主要道路を傷つける事なく高速で移動し、戦車級の火力で都市内部の危険分子を速やかに排除するための機動戦闘車だ。通常モデルより多数のアンテナが立っている事から、おそらく離れた場所から操って無人で戦う陸上ドローンとしての性質すら兼ね備えている。

HsMCV-08『プレデターオクトパス』。

人間の上条(かみじょう)なんて、巨大な砲塔どころか一番小さな機関銃を浴びただけでバラバラだ。

「ツッツ!!」

「下がりなさい愚鈍、こっち!!」

低い位置にぶつけられると意外なほどバランスが崩れる。体の小さなアンナにほとんど体当たりされるようにして、上条(かみじょう)はアラディア共々曲がり角の向こうへ突き飛ばされる。

空気が圧縮され、間近で何かが爆発した。

すぐそこのビル壁が吹っ飛んだらしい、と少年は遅れて気づく。灰色の粉塵(ふんじん)が遅れてぼわっと膨らむ。目と鼻の先にいるからかろうじてまだ見えるアラディアが倒れ込んだ上条(かみじょう)の耳元で大声を出していたが、耳鳴りみたいな鋭い音が均一に世界を支配しているだけで言葉が聞き取れない。いきなり目も耳も攪乱(かくらん)されると前後左右どころか上下まで頭からすっぽ抜けそうだ。

「あらあら」

そのはずなのに。

はっきりと、聞こえた。

外から鼓膜を震わせるというよりも、頭の中から直接湧き出るような奇怪な声色。

競泳水着に追加の袖やパレオを足し、大きな帽子を被って魔女のシルエットを作るメガネの女性魔術師。ただしこれは、魔女達の女神アラディアとはまた別の系統だ。実際、震えているのは超絶者側(ちょうぜつしゃがわ)だった。

これ以上ないくらい心臓に悪い方法で、現実が帰ってきた。

あらゆる魔女達の女神であるはずのアラディアが、そこから外れた者の名を呆然(ぼうぜん)と呟(つぶや)く。

「……アンナ＝キングスフォード」

「あらあらまああ。◎(だいじょうぶ)ですか、其処(そこ)ノ少年。そして自らノ業ニ一般ノ方ヲ巻き込むような事ガあってハなり⧄(ませ)×(ん)わよ、シュプレンゲル♀(じょう)」

「ッ、エイワス!!!!!!」

ぶるりと小さなアンナは体を震わせて、脅(おび)えを振り切るように絶叫。

ゴッ!!　と『何か』がアンナの幼げな体から飛び出した。色も形も持たない不可視の奔流がそのまま突っ込んでくるのを見て、メガネの女性がわずかに眉をひそめる。

いわく、聖守護天使、シークレットチーフ、あるいは地球外知的生命体。だがその正体を正確に知る者などいない。

そしてアンナ＝シュプレンゲルが巫女として無尽蔵の力を引き出す動力源。

切り札には切り札を。

……しかし上条は上条で、爆破現場や謎の女性魔術師の方を見ていられなかった。彼はぞくりという悪寒に逆らわず、ただただ倒れたまま頭上の青空に目をやっていた。

宙に浮かぶ小柄な影があった。

それはウェーブがかった長い金髪に褐色肌の少女だった。彼女はX字に大量の投げ槍を束ねたバインダーを肩に担いでいた。その槍の一本一本はガラス容器の穂先を備えていて、柄の部分にはアルファベットがこう並んでいた。

Drink_me.

『矮小液体』。超絶者専用、当たれば一撃で殺害せしめるアリスの力を込められた特別極まりない処刑専用の霊装。

こちらはすでに切り札を出した後だというのに。

上条当麻は思わず叫んでいた。

『橋架結社』に属する数ある超絶者の中でも処罰を専門とするらしい天空の異物の名を。

「ムト、、、＝テ、ー、べ‼⁉⁇」

ドガドガドガドガッ‼　と太い音が連続した。

雨のように槍(やり)が降った。

一度左右に大きく広がってから改めて獲物を狙う凶器の群れは、見る者には鳥の翼を連想させただろう。

それらはアスファルトの地面に激突し、八輪の『プレデターオクトパス』の装甲表面でオレンジ色の火花を散らして、辺り一面を均一で超絶者(ちようぜつしや)にとって逃げ場のない破壊が埋め尽くしていった。地上では砕けた透明な穂先——つまり細かいガラス片と中に収まっていた毒々しいピンク色の液体が生み出す薬品性の煙——が入道雲のように膨らんでいく。

（……今、何か）

一秒、二秒、三秒。

そして宙に浮かぶ褐色少女は音もなく、そっと首を傾(かし)げる。

（タ、イ、ミ、ングが、おか、しかった、ような？）

「……命の中心を捉えた手応えがない。どこかに逃げた？」

『矮小液体』は対超絶者『特化』の霊装だ。逆に言えばそれ以外の標的に対しては『さほど』甚大な破壊は生み出さない。装甲車程度の防護を貫いて蜂の巣にできず、アスファルトが無事なのも、つまりそういう事だった。

不思議そうな顔をしたままムト＝テーベはゆっくりと地面に下りて、細かいガラスの破片だらけになったアスファルトへ足をつける。

ドガン！　バギン‼　と、空気が膨らむような衝撃波があった。それも複数。アンナ＝キングスフォードと聖守護天使エイワスは勝手によそで激しく衝突しているようだが、褐色少女ムト＝テーベの興味はそちらではない。

彼女はその場で静かに屈み、リモートアンテナを折られたからか急に大人しくなった鈍重な八輪車両の下を覗き込んで、

(標的・アンナ＝シュプレンゲルは車体の下に潜ってやり過ごした訳でもない。そうなると『矮小液体』が着弾して薬品の煙と細かいガラス片が舞い上がったタイミングで遠くへ、とか？)

と、そこでムト＝テーベは何かに気づいた。

八輪どもの布陣は結構バラけていた。そして超絶者からやや離れた場所にある『プレデターオクトパス』の砲塔が回り、こちらの顔をピタリと見据えていた。

爆音と掌（てのひら）はほぼ同時だった。

音の壁を突き破って飛来した一二〇ミリの戦車砲を、ムト＝テーベは表情一つ変えずに片手で摑（つか）み取（と）っていた。

ところで戦車の砲弾はただの鉛の塊ではない。内部には信管があり、接触反応があれば装甲を貫通し車内で確実に人員や機関部などを殺傷・破壊するよう、ありったけの炸薬（さくやく）を起爆するべく数値設定されている。

「あ」

バム!!!!!!　という派手な爆発音が衝撃波の壁となって近隣の窓ガラスを片っ端から砕いて撒（ま）き散（ち）らした。

ただしそこで終わらない。

灰色の粉塵（ふんじん）を引き裂くようにして、褐色少女は傷一つなく現れる。

「……なるほど」

直後に少女の体に変化があった。鈍い音と共に少女の右腕の外側から戦車砲弾が飛び出したのだ。何発も、何発も。奇怪な鳥の翼のように。

奇妙に白色で塗り潰された兵器の群れと共に、褐色少女はうっすらと笑って言う。

舌なめずりすら交えて。

「面白い」

ドガドガバキどごバゴン!!!!!!

八輪の機動戦闘車の砲塔が車内の爆発で押されて真上に吹っ飛び、装甲が破けて、車軸の折れた巨大なタイヤがホイールをつけたまま転がっていく中で、だ。

基本はリモートとプログラムで動く陸上ドローン。そんな前提を忘れてしまうくらい、八輪の『プレデターオクトパス』達は隊列を崩して逃げ惑っていた。だからこそだろうか。徐行でゆっくりその場を離れる機動戦闘車があっても誰も疑問に思わなかったのかもしれない。

ややあって、

「ぷはっ」

分厚い缶詰みたいな車内で、上条当麻は大きく深呼吸した。

今まで息ができなかったのは、アラディアお姉ちゃんの豊かな胸元に両腕で抱き寄せられていたからだ。顔を、こう、思いっきり。

外から見れば見上げるくらい大きな八輪だったが、中は薄暗く、狭い。ぶっちゃけ四角い軽自動車より小さい印象だ。そこに独立した座席が三つもあるのだから、割とぎゅうぎゅうである。どうやら三六〇度回る砲塔の根元、基部である車体に刺さったでっかい茶筒みたいな円筒部分に収まっているからだと思うのだが。

魔女達の女神はこちらを気にする素振りは見せず、上条の頭をぬいぐるみのように胸元で抱いたまま、真上のハッチを見上げている。

あの不気味なサイレンはいつの間にか鳴り止んでいた。

なんかあれ自体が死神の足音みたいに思えてくる。

つまりは、

「……や、やり過ごした？」

「まだよ愚鈍。闇雲に逃げていたら時間も余裕もあっという間になくなるわ」

見た目だけなら一〇歳くらいの悪女、アンナ＝シュプレンゲルが呆れたように言った。

彼女は車内にある薄型モニタを指で直接つついている。車両自体の運転、砲塔の照準や発射、砲弾の装塡、全体の指揮や通信、とやるべき事がたくさんあるはずだが、学園都市のイマドキ軍用車は固定されているあの薄っぺらなコンピュータで全部すいすい動かせるらしい。砲塔がくるくる回ると走る感覚と目で追う世界がズレて大変そうだけど、アンナは涼しい顔だ。

上条は訳が分からず、魔女のお姉ちゃんに抱かれたまま目を白黒させていた。

「ていうか、何やったんだ？　どうして『コレ』がいきなり味方になった？」

単純に車両へ近づいても轢き殺されなかった、だけではない。

ムト=テーベが大量の投げ槍を雨のように降らせて着弾させるよりも早く、スモーク発射機が作動して目を晦ませたのだ。数秒の違いだから投げ槍が生み出した薬品性の煙とごっちゃになっているかもしれないが、それがなければ上条達は中に潜り込む暇なんてなかっただろう。

「くすくす。ついこの間の年末まで、R&Cオカルティクスは世界に名立たる巨大ITだったのよ?」

にたりとワルい笑みを浮かべてアンナが言う。

彼女はこちらに視線は投げず、あくまでも薄型のコンソールモニタに注目したまま、

「そして検索エンジンに限らず、巨大ITは言語も数式も違う世界中のあらゆるデータを連結・統合して自分の中に取り込む事で、初めて惑星規模の力を振るうものなの。学園都市のフォーマットをモノにするために、クリスマス辺りにかけて相当数のスマホやタブレット端末の中身を数式分析用として覗かせてもらったけれどね」

R&Cオカルティクス。

学園都市のみならず、世界中に魔術という超常を広く知らしめた公式サイト。

秘奥のデータを公開して世界を歪める、だけが目的ではなかった?

「……、マジか。あのサイト全体が、アクセスしてきた学園都市製のスマホやパソコンからデータを吸い出すためのものだった?」

「『外』と比べて二、三〇年は科学技術が進んでいるんでしょう? なら未来のテクノロジー

は夢で見るほど完璧でも安全でもないって事も理解しなくちゃね」

もう言葉もない上条だが、向こうは待ってくれない。

くすくすとアンナは口元に手をやって悪女の笑みで、

「リモートでも動かせる遠隔操縦軍用車。ネットワークの網で管理される軍用車両をこっそり乗っ取るくらいは難しくないわ。もちろん、あんまり派手にやると学園都市側に露見して脆弱性を穴埋めされてしまうけれど。……それにしても、うふふ。何にでも便利に応用できるとはいえ、スマホと陸上戦闘ドローンの基本ＯＳやファームウェアがどっちも一緒とか超世紀末だわ。戦略レベルのファイアウォールと危険兆候振る舞い検出機能に頼り過ぎなのよ」

「はあ」

対して、呆れたような声を出したのはアラディアだ。

夜と月を支配する魔女達の女神は最先端の科学技術についてはあまり良く思っていないのだろう。お洒落時空の渋谷には溶け込んでいたものの、学園都市第一二学区の宗教施設（？）を見た時は割と本気で絶叫していたし。

「合っているんだかどうかも確かめようがない不気味なテクノロジー自慢は置いておくけど。今このタイミングで魔術を使わなかったのは、それだけ超絶者を恐れていたからでしょう？　下手に魔力を消費すれば、その痕跡から居場所を探られると。だからご自慢の術式がいくらあってもろくに使えなかった。となるとこれは今後も共通ルールになりそうね。現状、アンナは

「魔術を使えない」

皮肉げな言葉に対して、アンナは暗い笑みを浮かべた。

「……魔術的な脅威はそれだけとは限らないけれど」

そう。

アンナが切り札と呼んでいたエイワス？　は、超絶者ムト＝テーベに放たれなかった。

もう一人。

少なくともシュプレンゲル嬢にとっては、そちらの方がより強い脅威だったのだ。

（きんぐすふぉーど？　アンナはそんな風に呼んでいたけど。メガネの魔女、あの人は一体どこの誰なんだ……？）

三つ巴、という話が正しければ『橋架結社』とも学園都市とも思えない。

だとすると、おそらくはアレイスター関係か。

戦闘用の車両と言っても機械油や排煙臭さは全くない、むしろ清潔で冷たいサーバルームに近い車内。業務用の大きな冷蔵庫に閉じ込められたような顔つきでアラディアはこう尋ねた。

「薔薇の悪女。逃げるのは良いけど、これからどうするの？　このまま外壁辺りまで行って、大きなゲートをご自慢の大砲でぶっ壊して『外』にでも出るつもり？」

「それじゃ派手すぎるわね。完璧にバレる」

ぴしゃりとアンナ＝シュプレンゲルは遮った。

さらに続けて、

「何より学園都市の『外』に出たくらいで、『橋架結社』の超絶者の追撃をかわせるとは思わない。世界中に隠れ家があるんでしょ？　むしろ『外』の方が活き活きするんじゃないかしら」

ならどうしよう？

もう言葉も出ない上条に、アンナは呆れたように息を吐いて、

「打つ手がないからってそこで思考が止まるのは間抜けのする事よ愚鈍。まあ、何も考えていないのに指摘すると逆ギレする上辺の天才ちゃんに比べればまだマシかもしれないけれど」

「つまり結局何がどうなんd

「遮るなぶち殺すぞ愚鈍」

空気が冷えた。

アラディアの足元で、きゅっ、と裸足の親指が床を擦る音が小さく鳴る。魔女達の女神がさり気なく上条を庇える位置に移動したのを見てアンナはそっと肩の力を抜いた。

「正解の道は、この街よ。学園都市」

アンナの中では最初からストックしてあった意見のようだ。

その口調は滑らかで、追い詰められているようには聞こえない。

「愚鈍。逃げても状況が変わらないなら、こちらから攻めるのが最善よ。ただしパワー馬鹿の

集まり相手に真正面から殴り合う以外のやり方でね」

「？」

「イギリス清教、ローマ正教、ロシア成教。魔術サイドの正義気取りに潰されないよう、R&Cオカルティクスの巨大な魔術データベースのバックアップはここ、学園都市の大規模サーバの片隅にこっそり寝かせてある。巨大ＩＴの武器は情報。『橋架結社』の追撃をやめさせるには、彼らの弱みを握るのが一番よ」

説明されても実感が持てなかった。

つまりは、

「き、きょーはく？　あの超絶者相手に？？？　『魔神』よりヤバそうって言ったらオティヌス辺りが怒りそうだけど、そんな言葉を言った言わないくらいでいちいち脅えて止まってくれる連中には見えねえぞ。口約束どころか法律も守らない集団をどう黙らせるんだよ？」

「あらあら雰囲気に呑まれてはいけないわ愚鈍。雛鳥のように口を開けて答えを求める前に一度は自分で考えてみなさい。その自発的な挑戦が知識を頭に定着させるのよ。そもそも今回に限っては複雑で高度な魔術の専門知識がなくても、今までの経験から答えを出せる問題だわ」

見た目だけは幼いアンナは車長用の椅子で片膝を抱いて、そこに自分の顎を乗せた。

どこか嬲るように、楽しげに悪女は言う。

「何しろ超絶者の皆々様は全体で何か大きな計画を企てていて、危ういカギになっているアリス＝アナザーバイブル関係で邪魔をしてくるわらわや上条当麻を嫌って、救出派だの殺害派だの真っ二つに分かれて排除に乗り出しているのよ？　……つまり選択肢次第では、『橋架結社』の計画は外からバランスを崩して潰せる。あるいはそう言って脅す事も十分に可能。彼らの焦りが証明してくれているのよ。あの高慢で不遜な超絶者ども、わらわ達の手元にあるスイッチ一つでそっちの計画が全部ご破算になると分かれば顔を真っ青にするはずだわ」

「あれ、そういえば……？　本当に絶対失敗できない大事な予定があるなら、そっちに全員で集中するべきなんだよな。それがわざわざ貴重な人員を割いて執拗に追ってくるって事は……」

「超絶者としての恐るべき実力と、人格的な成熟度はまた別の話よ。幼くて純粋過ぎるアリス＝アナザーバイブルに振り回されているとは言っているけれど、では周りに侍っている連中だって果たして本当にオトナと呼べるのかしら？　ねえ？」

「……、」

アラディアは沈黙していた。

単純にシュプレンゲル嬢の意見を吟味しているのか、彼女も彼女で『橋架結社』の超絶者としての危険なプライドが残存しているのか。

「あのう。そのデータベースって、結局お前が自分でコツコツ手打ち入力していったんだろ。『橋架結社』の秘密は最初からお前の頭には入っていないのか？」

「愚鈍。それは先生たるわらわを誘って、この足で踏んづけてほしいのかしら？　ただし自分で考えて発言した事は教え子を評価してあげてもよいけれど」

アンナはぐりぐりと裸足のかかとを椅子の下、硬い床に押しつけつつ、

「でもダメよ、頭の中にありますだけじゃ確たる証拠とは言えないわ。大物を脅すならたとえ同じ情報であっても物理的で目に見える材料が欲しい」

「物理的……」

「そうよ愚鈍。あれだけの力を持った超絶者連中が、揃いも揃って戦う事すら絶対避けたいと思うような強烈な文書。やると決めたら一発で必ずダウンを獲って相手の反撃なんて許さない、銀の弾丸のストッピングパワーが必要なの」

ただし奇麗に仕留めきれなければ、向こうの手がここまで届く。

たとえ瀕死であっても超絶者だ。破れかぶれになれば上条達はまず助からない。

上条なんて、むしろ対超絶者戦では命を失わなかった事がないくらいだ。

「それにわらわは非常に優れた魔術師ではあっても、完全記憶能力を持つ訳じゃない。きちんとしたデータベースがあるなら、素直に参照してその一部を別メディアに記録保存した方が確実よ。身の丈以上の強敵を脅すならより一層イメージ戦略は大切にしなくちゃね」

小さなアンナは座席の横から車長用の信号弾発射機を見つけ出し、西部劇のようにくるくる回しながら、

「少なくとも、丸腰で逃げ回るよりは確かなデジタル証拠を手元に置いた方が安全。そこまでやって、初めて『橋架結社』に勝負を仕掛けられるって事よ。厳戒態勢で移動は大変だけれど、こっそり作ったバックアップ施設まで向かいましょう」

こちらを追ってくるのは『橋架結社』だけではない。新統括理事長たる一方通行やアレイスター絡みの戦力もある。

だけどやはり、ひとまず目に見えて異質で一番怖いのは『超絶者の集団』か。

(……それに『橋架結社』の野望を唯一潰せる存在、っていう大義名分があれば、それがアンナ＝シュプレンゲルを他の組織や集団から守る盾になるかもしれないし)

敵の敵は味方というか、司法取引というか。

危険なバランスだけど、念じたくらいで強大な敵は消えてくれない。それなら敵の勢力が一つだけに留まらず三つ巴に膨らんでしまっているハイリスク状況を、むしろこちらも積極的に利用するべきだ。

上条当麻は改めて慎重に尋ねた。

「R&Cオカルティクスの魔術データベース、その完全なバックアップ。それはどこにあるんだ？」

「愚鈍にしてはまともな質問ね。正解は第一五学区、学園都市最大の繁華街よ」

行間 一

第一二学区、『橋架結社』領事館。

時が止まっていた。

禍々しい革の衣装と柔肌をさらすアリス＝アナザーバイブルは一月、肌を切り裂く大気に身をさらしたまま、どこか一点をぼんやり見ていた。彼女は外の世界に興味がないようだった。

あれだけの超絶者達が、声をかけるのも躊躇っていた。

迂闊な一言はそれだけで『並の』超絶者くらい粉砕しかねないと、誰もが思っていた。

「あ」

だから、H・T・トリスメギストスのそれは決して注意散漫だったのではない。

敬愛する主人の時間を取り戻すためなら、しくじって粉砕されても構わない。そういう青年執事なりの忠義の行動だったはずだ。

「アリ、ス……？」

耳が痛くなるほどの沈黙があった。

緊張を孕んでいた。

『橋架結社』の超絶者ならアリス＝アナザーバイブルの機嫌は世界全体に勝ると骨身に染みている。だから誰もがこう考える。これは地雷。最悪の三歩先まで破壊の嵐が巻き起こる、と。

が、何もなかった。

停止していた。小さな少女は倒れる事も崩れ落ちる事もなく、ただただその場で突っ立ったまま固まっていた。まるで石でできた少女像のように、髪の毛一本動かなかった。

壊れてしまった時計のようだと、Ｈ・Ｔ・トリスメギストスは思った。

それほどの衝撃だったのだろう。

上条当麻。

たとえ刷り込みのように後付けで入力された『せんせい』だったとしても。

彼に、拒絶されるのは。

嚙み締め、ぶちりと青年執事の唇で嫌な音が響いた。

「おおおおお」

いいや、唇だけではない。

裂ける音は続く。まだまだ続く。青年執事のシルエットが崩壊していく。

縦に真っ二つ。

己を引き裂いて、Ｈ・Ｔ・トリスメギストスは青空に向けて咆哮した。

巨大な断面を己の顎として。

彼はそういう、ありとあらゆる物体や現象に極限の切れ味を添加する超絶者だ。

「ムト＝テーべぇぇぇアああ‼‼‼」

こうして処罰専門の超絶者は野に放たれた。

号令を受けた超絶者ムト＝テーべは、目的を達するまで絶対に止まらない。

「Ｈ・Ｔ・トリスメギストス」

自らの体を縦に引き裂くほどの激情に駆られる青年執事に、呆れた声があった。人域離脱が過ぎる青年執事に悪魔の少女が腰に片手をやり、コウモリに似た翼を広げ、そっと息を吐く。

超絶者のボロニイサキュバスだ。

彼女は真っ赤な輸液のチューブを腕から外しながら、

「わらわもフリーになるしこれから勝手に行動するけど、わらわがいなくなったからって『旧き善きマリア』辺りとケンカするんじゃないずら。仲良くぞ。ああ見えてママ様超むくれておるからそなたの方から歩み寄らないとギスギスが消えぬばい」

「……、」

びぢびぢっ、と湿った音が連続した。

青年執事は左右の手で自分の頭を掴み、縦に裂けた体を再び元に押しつけていく。無言のまま、傷一つない超絶者が再び整う。

「……了解しました。ムト＝テーベの出番が終わった今、一般的に手順を考えれば確かにあなたもまたフリーです。それではあなたには処罰専門のサポートをお任せしたい」

「何ぞそっちはどうするずら？」

「外から仲間を呼びますよ。一般的に考えてすでに私達は事を起こしていますし」

そこまで呟いて、Ｈ・Ｔ・トリスメギストスはそっと唇を噛んだ。

以降は声には出さない。

ボロニイサキュバスは上条当麻に肩入れしている救出派だ。

（……そしてそれがおそらく、我がアリスに傷をつけた上条当麻への一番の攻撃になる）

『橋架結社』の機密情報を漏洩するアンナ＝シュプレンゲルだけではない。

上条当麻。

ヤツもまた、殺すべき標的だ。

第一章　逃げるのはもう飽きた　Break_Through_MCV.

1

HsMCV-08『プレデターオクトパス』。

分類・次世代機動戦闘車。

乗員・四名（ただし乗員ゼロでの完全な外部リモート運転・ドローン化も可能）。

寸法・全長一〇メートル、全幅二・八メートル、全高三メートル（アンテナ等は除く）。

重量・二〇トン（弾薬、燃料、人員、追加装甲等の重さは除く）。

最高速度・時速二五〇キロ。

最大登坂傾斜・六〇度（ただし路面の水分や凍結など、コンディションによって変化）。

機関部・ディーゼルエンジン＋電動併用。

駆動方式・四輪または八輪駆動に切り替え可能。また前後四つ単位で各々独立旋回可能。

索敵装置・対人／対空／対車両等多目的目標マイクロ波レーダー、光学映像からの顔認識及び設定オブジェクト検索、赤外線感知、音響探知、レーザー測距等。及び同種ロックオンを検出するカウンター装置群。

　C４Ｉ機能含む通信方式・中長距離地上無線通信、近中距離赤外線レーザー通信、近距離超音波通信、高速衛星通信等。これらは統合して前線通信拠点レベルと同等の水準を満たす。

　武装・一二〇ミリ戦車砲（各種砲弾、及び対地・対空飛行ドローン発射機としても併用可）、四〇ミリ自動擲弾砲、一二・七ミリ重機関銃等。

　防御設備・多目的欺瞞スモーク発射筒、対ミサイル誤爆・迎撃用金属網投射機、被弾ダメージ減を目的とする自動姿勢傾斜プログラム等。


「へえー、珍しいのが停まってる。昼メシかな？」

　あちこちにガーゼや包帯を巻いた不良少年の浜面仕上は、正月から普通にやっている大きなディスカウントストアの前でそんな風に呟いていた。宗教関係の第一二学区らしく、ビルの上の階は普通に神社とか教会とかっぽいが。

　市街戦に適した濃い灰色の八輪は街中で見かけるにしては相当珍しい軍用車だが、消防車や救急車も緊急時以外はコンビニに立ち寄って食料の調達をするらしい。たまにカメラで撮られてＳＮＳなどに上げられているのを見かける事もあった。

　ピンクジャージの滝壺理后はそっと首を傾げてから、

「あれでしょ、戒厳令。さっきスマホでそんな緊急メッセージが流れてた。地震が来た時なんかにビヨビヨ鳴るアレ」

「戒厳令って、ちょっとそれマジかよ。訓練のつもりだったのにチェックつけるの忘れていましたとか、緊急通知にありがちなお詫びの石もくれない誤報じゃなくて？　けど、言われてみればコンビニもスーパーもみんなシャッター下ろしていたっけ。あれお正月休みじゃねえんだ。ヤベえな……」

「退院できたから問題ないけど。あと少し遅れていたら、弱者保護の名目で病院ごと封鎖されて閉じ込められていたかも」

そもそも第一二学区までやってきたのも、新年シャッターだらけの街で、所々で殺気立っているバーゲンセールを避けていたらこんな所まで来てしまった……くらいの事情だった。でもあれ、まさかお正月のバーゲンじゃなくて日用品の買い占め的な騒動だったのか？

一方、滝壺理后はぼんやり目でこう言った。

「世界中で使ってる検索エンジンとペンギンマークのディスカウントストアが平常運転ならまだまだ大丈夫だよ、平気。地球は問題ない」

「そんなもんかね……」

ガロガロガロガロ、というディーゼルの太い排気音と共に、すぐそこの大通りを軍用車の車列が通り過ぎていった。先頭に似たような八輪の装甲車、物資弾薬で満載の軍用トラックが三台、そして最後尾にはレーダーと馬鹿デカい機関砲を二つも備えた対空戦車までついていた。一体何と戦うつもりなのやら。

滝壺はあんまり気にしていないようで、出入口にあった樹脂製のかごを引っこ抜いてカートにはめ込みながら、

「みんなおせちはもう飽きたんだっけ。じゃあ今夜はローストビーフとかにしちゃおうか？」

「和洋じゃなくて、そういう高級志向を避けたいんじゃね、麦野とか絹旗とかあの連中は。普通にカレーうどんでも作った方が喜ばれんじゃあ」

「どんぶり……。じゃあ間を取って今夜はローストビーフ丼で」

「わあ、同じもの使ってやがるのに一気に安っぽくなった!!」

2

窮屈な通路。

そしてエンドレスで流れているテーマソングにぐわんぐわん頭をやられつつ。

食料品や化粧品、オモチャやテレビゲーム、果てはキャンプ用品や自転車まで。ありとあらゆる雑貨で埋め尽くされた現代のダンジョンに、上条当麻も買い物かごを抱えて挑んでいた。

上条は出入口近くで山積みされているボックス扱いのマスクを眺めて言う。

「あれ、インフルエンザ流行ってんのかな？」

ディスカウントストアの、特に出入口近辺は科学的な占いに使える。今一番売りたい旬の品を前面に押し出しているため、世間の流れがそのまま反映される訳だ。

アラディアは同じくピラミッド状に積まれた市販レベルの風邪薬の紙箱を一つ手に取って、

「こんなカラフルなカプセルが薬……？　まったく、学園都市の得体の知れないケミカル技術ときたらいい加減の極みね。こういった身近な相談と解決はお高く留まった学者じゃなくて、同じ所で暮らす民と魔女の領分でしょう」

「おいおい、天然素材の木の根でできたヘルシーな薬品なら副作用もオーバードーズも一切起きないとでも思ってんのかよアラディア。うっアレはまずい……」

「……そこでいちいち言い淀んで目を逸らす必要ないわそうよね海外製の頑丈なダクトテープってディスカウントストアで買ったとか言っていたねあの小さな神うふふ大丈夫よこれは誇張された訳でもないただの事実なのだからこんなものでは傷つかないけどわたくし」

暗い顔してめらっとしているではないか。

何にせよ、流行っているのはインフルエンザだっつってんのに普通の風邪薬を推しているいい加減さもまたディスカウントストアっぽい。売り出しコーナーのマスクの中にもスポーツ用とか、あんまり感染対策になっていないものもしれっと混じっているし。

一方、別の視点を持っていたのは小さな悪女のアンナだった。

風邪とかインフルエンザとかとはとことん無縁の地肌剥き出し少女（……なのか？）は言う。

「お酒を店の裏に撤去してコーナーごと封鎖してあるわ。やっぱり戒厳令だからかしらね」

そっちについては高校生の上条には実感が持てない。

お酒があるから暴れるのかお酒を没収されたから暴れるのか、さてどっちなんだろう？

「それにしても、何とも皮肉なもんだ……」

「なに？」

隣のアラディィアが首を傾げていた。

一月三日。新統括理事長・一方通行は学園都市全域に戒厳令とやらを敷いたらしい。こちらもやはりお正月特売価格の液晶テレビがみんな揃って同じ番組でそう言っている。表向きの理由は某国領事館での戦闘騒ぎを迅速に終息させるためとあるが、もちろん上条達（というよりアンナ）を追い回すための処置だろう。

「愚鈍。今はお店が開いているけど、戒厳令でしょ。この先はどうなるかは読めないわよ」

「……食べ物や飲み水も買えなくなる日が来るって？」

ぎょっとする上条に、小さなアンナはニタニタと笑いながら、

「そもそもわらわ達は追われる側だもの。生活物資は足りなくなってから右往左往しても遅いのよ愚鈍。馬力のある八輪が手元にある訳だし、多少ゆとりを持って多めに備蓄を揃えておいて損はしないでしょう。コップ一杯の水のために死地へ赴く羽目になりたくなければ、逃走資

源は最低限と考える物量の三倍は欲しいところね。つまりひとまず二、三日分かしら？」

戒厳令。そのせいで街中を戦車や装甲車が列を作って走り、頭の上を無人制御の攻撃ヘリや自爆攻撃ドローンが飛び回っていても誰も怪しまない。

「ちくしょうしっかり統括理事長やってるじゃんかよあの野郎……」

「お間抜けなところも含めてね。くすくす、重役の椅子に座ると人間ってみんなおんなじ流れに収まっていくものなのかしら」

……そう、言い換えれば上条達が八輪に砲塔までのっけた『プレデターオクトパス』を街中で乗り回していても誰も気に留めなくなっているのだ。通報しないし呼び止めない。

どれだけ強大な火力を揃えても、標的を捕捉できないのでは追い詰めきれない訳だ。これを皮肉と呼ばずに何と言う？

今の内に第一五学区へ向かうのが理想。

『橋架結社』の計画を知り、それを唯一止められる立場になれば、学園都市もアンナを必要不可欠な存在と認識してくれるかもしれない。

(はあ……。羽毛布団とか電子レンジとか、ほんと何でも売ってるなあ。ずっとここにいたい。ないのはペットなんかの生きてる動物くらいか？)

使いそうでそんなに使わない、色とりどりの衣装ケースを見ながらほのぼのしてしまう上条。追われている真っ最中なので、何かに埋もれていると安心するのかもしれない。

そんなおじいちゃんモードのツンツン頭の真後ろで、何か良からぬ気配が二つ。

「アンナ、逃亡中って自覚があるなら目立つのはダメよ。胸元に布を抱き寄せるだけじゃなくてきちんと服は着るべきじゃない？　お尻」

「衣類については、あなたに言われる筋合いはないと思うけれどへそ出しビキニ魔女。しかも切れ込みできてない？　誰に破いてほしいのその袋とじ」

笑顔のまま上条の目の端から涙がこぼれていた。

……布の面積がどうこう以前に、そもそもこのクソ寒い一月に裸足で表をぺたぺた歩いている時点で要注意の職質対象である。アラディアなんかどこぞの青年執事の手で斜めに斬られたせいで、ただでさえ露出度満点の変則ビキニの裂け目を無理矢理針と糸で応急処置しているっぽいし。なんていうか普通のビキニ蝶結びよりも一〇〇倍キケンだ。

目を泳がせて微妙に距離を取りたい上条だが、彼も彼で上着の右袖だけ不自然に肩から破れたワイルド仕様だった。神裂お姉ちゃん系とでも言うべきか。

現実から逃げるな。

上条当麻は後ろを振り返った。

「それにしてもカートはなくて良いのか？」

「手持ちのカゴ一個にしておきなさい愚鈍。自分で天井を決めずにいると、目についたいらないものを片っ端から詰め込む羽目になるわよ。ほらこれ切手サイズのモバイルルータですって、面白そうだけど実際使いどころってある？」

　小さなアンナの言う通りか。

　ディスカウントストアは安さに任せて衝動買いをさせる専門家なのだから、素人考えで対抗できるなんてそもそも思わない方が良い。あっちは心理学とか経営学とか目一杯広げているのに、個人の曖昧な感覚だけで勝てる訳がない。

「アラディアどうする？　上条さんは数が多過ぎて風景に圧倒されてるけども」

「色々欲しいけど、最優先はひとまず食料調達でしょう。……なにこのやたらと角ばった細長い延べ棒みたいなヤツ？　ヤバいこれ何のお肉……？？？」

「普通のサラダチキンだよッ‼　本来なら骨にくっついててこれ以上は売り物にできない細かいお肉を集めてプレスしたエコな食べ物だってば、何でそんな怖がるのアラディア⁉」

　見た目だけならザ・工場製です‼　といわんばかりの四角い塊から自然を愛して森で暮らす魔女達の女神はやや距離を取りつつ、

「即効性のある栄養源なら、そうね、バナナとか？　もちろんナマモノは長期保存できないから、チップスを手に入れた方が良さそうではあるけど。後は蜂蜜、ナッツやドライフルーツも捨て難いね」

　含蓄があるんだかないんだか。保存を意識しているのだろうが、喉が渇きそうなラインナップである。というかバナナのチップス、お菓子ではなくご飯って扱いだったのか？？？

（……いっそ小さな冷蔵庫は売ってないかな、この店？　電子レンジはあるっぽいけど）

上条も上条で棚からどさどさカゴに放り込んでいく。複数人で数日分だと自然と数も増えていく。自炊できない状況だとなおさらだ。そして貧乏じゃないって素晴らしい。バイト前後、アラディアに殺されまくりながら渋谷を走り回っただけの事はある。そろそろ一回くらい申し訳ありませんでしたって言えコノっ。

「水どうする？　買っていく？」

「車内に五〇リットルのタンクがあったけど。それより生活のサイクルをしっかり頭でイメージしてちょうだい、洗顔や入浴系が欲しいってば」

「うっ、そうなると歯ブラシとかもいちいち全部買わないと、なのか……？　うわー、学生寮まで戻れば普通にあるのに何この無駄な出費！　知らずに漫画の同じ巻買っちゃうのよりキツい。これいったん帰っちゃダメ？　だって部屋にあるのはもう分かってんだよ!?」

「あらあら困ったわ愚鈍。自宅なんて一〇〇％張り込みされているでしょうに死にたいの？」

全ての元凶が何故か上から目線で罵倒してきた。

こんな事では負けない上条は震えながら視線をよそへ逃がすと、

「おっ、福袋売ってる」

「？　なにこれ、フォーチュンクッキーの巨大版とか？」

「……愚鈍と田舎魔女。欲しいものが一つの袋に全部揃っているなんて話は絶対にありえないからやめておきなさい。元から格安のディスカウントストアの売れ残り品詰め合わせよ、しかもド級の不幸人間が当たりの袋を引く確率なんて〇%じゃないの？」

じっとしていると涙がこぼれそうな少年の肩をアラディアがそっと抱いてくれた。

しかしまあ、買い物かご持って魔女達の女神と並んであれこれ言いながら生鮮食品や生活雑貨のコーナーを見て回る日がやってくるとは。冗談ではなくほんとにブチ殺されまくった一二月三一日の渋谷を考えてみたら、人生のなんと摩訶不思議な事か。

アラディアはアラディアで、ボディソープを手に取り怪訝な目で背面の注意書きを眺めて、

「学園都市製は食べ物に限らず何でも不気味ね。この化学製品のカタマリはナニ？　どうやって使うのこれ？？？」

油を化学加工しない石鹼って逆に何なんだよと上条は心の中で思いつつ、

「そりゃ速乾性ボディソープ。全身の肌に塗ってからちょっと待って汚れを浮かせるヤツだ、一気にべりって剝がせるの。湯船にお湯を溜める事もできない貧乏学生に大人気なんだぞ」

「それから貴方の服も必要ね。そのヤバい右袖、誰に引き裂かれたの？」

「服の話ならアラディアとアンナの方が最優先だと思うんだナニそのお肌見せびらかし祭り基本無料でどれだけサービスしてんだ北半球の一月は真冬なんですよと……痛たっ⁉　無言で蹴るなよアンナ！」

そんな訳で食品関係から離れたコーナーも見て回る。

欲しいのは上条の上着だが、電気ストーブに折り畳める簡易ベッドと、あれば嬉しい品は他にも色々ある。ただしあれもこれもと買ってしまったらあっという間にお財布が空っぽになるのは目に見えているので、自分と戦って誘惑に抗うしかないのだが。

ちょいちょい、と上着を摘まれた。

上条が視線を下げると、アンナ＝シュプレンゲルが何か持ってきている。テレビゲームのパッケージのようだ。見た目は小さいのでそれだけなら兄妹のおねだりタイムに映ったかもしれないが、そこにはこうあった。

たわわな☆魔女裁判。

「(ねぇねぇ、これ街中に隠れた魔女達を捕まえてちょっとえっちな取り調べをして正体をさらけ出す画面タッチ型のゲームですって。これもレトロを愛する復刻ブームの流れかしら？　値下げされてお買い得みたいだし、これも買っていきましょうよ愚鈍。うふふ日本ってやっぱりクレイジー国家だわ)」

「(どろどろ悪女って何でわざわざこういうの見つけてくるの⁉　ダメだよこれ絶対アラディアが爆発して俺の骨とか内臓とか見えちゃうヤツだよ！　たわわなんて言ってる場合じゃなくなるよ‼⁉⁇)」

「(行間を読みなさい愚鈍。わらわはそれを所望しているのよ？　具体的にはキ×タマ蹴り上げられて愚鈍の体が床から二センチくらい浮くところが。やだ、わらわの口から言わせないでよねこんな恥ずかしい言葉)」

「アンナのツンデレが初っ端からド派手に破損して予期しないエラーがドバドバ発生してる」

ディスカウントストア、ほんとに何でもありすぎだ。

ひそひそが止まらない上条とアンナからちょっと離れた場所では、(両足のダクトテープ拘束も解いて全力超絶者モードの)アラディアが壁にかかっている別の商品に目をやっていた。こんなのバレたら上条なんか髪とか鷲掴みにされて胴体から野菜みたいに首を引っこ抜かれそうな状況ではあるが、あれは何を見ているんだろう?

(絵本?)

「人魚姫……。ああなんて救いのない悲劇。海に住む魔女は世間知らずの人魚から言われた依頼を真面目にこなして応援しただけで、よってたかってヤバい迷惑な人扱いだし……ッ!!」

「ねえそれぶわっと泣くトコそこ!? 泡になって消えたお姫様サイドじゃなくて!?」

口元を両手で押さえて小刻みに震え続ける魔女達の女神をなだめてさらにお買い物。アラディアにおねだりされてロール状の布をいくつか手に取る。何に使うんだろうこんな物?

買う物を全部揃えても油断してはならない、レジ周りこそ最大のトラップの宝庫だ。

「焼きいも食べたい」

「アラディアって自然食品なら見境なしなの……?」

上条当麻の貧乏タイムは終わった。彼には年末のバイトの成果がある。なので女子大生っ

ぽいレジのお姉さんに怯む事なく買い物かごを持っていった訳だが、

「あら」

アンナの小さな足でスネを蹴られた。

こいつの中でクセができていないと良いのだが。幼女の足でも地味に痛いし。

「スマホはダメよ愚鈍、支払いは現金。というかまだ電源入れているとか死にたいの？」

「？」

「ケータイ関係は何かと記録が残るでしょう。わらわが基板のパーツから抜き差しした特別製ならともかく」

正直何が何だかだけど、実際に巨大ＩＴを経営していた小さな悪女が言うと重みが変わってくる。言われた通りに支払いすると、袋詰めしてお店を出る。黄色のでっかいレジ袋を二枚買ってもパンパンだ。セレブかよ。そして路肩に料金メーターがついていたが、停まっているのは八輪のボディに戦車の砲塔をのっけた例の機動戦闘車だった。

アンナは薄っぺらな胸元にドレスをかき寄せたまま、どこかよそを指差した。

小さな公園の方から、いかにも仮設っぽい一〇メートルくらいの鉄塔が真上に生えていた。

「モバイル傍受アンテナ塔。スマホのデータ通信なんて、みんなアレで抜かれるわよ」

「マジかよ……」

「今は戒厳令なのよ。通信の秘密なんて奇麗ごとは通じないわ」

ばらばらら!!　といきなり頭上をヘリコプターが横切って焦る上条だったが、あれはこっちを見つけた訳ではないらしい。ひとまず周辺から変なサイレンやスマホの緊急警報はないからだ。ゴツい鉄骨を記号の＊みたいに組み合わせたバリケードを太いワイヤーで吊った輸送ヘリが複数よそへ飛び去っていくのが見える。

（……そういえばこれ、学園都市の防衛兵器って誰が作ってるんだろ？　普通の企業に依頼しているって感じじゃなさそうだけど、採算は取れてるのか？？？）

「愚鈍。学園都市の兵器は製造ラインや運用体制も含めて、全部技術研究名目よ。つまり財源は一〇〇％税金だから何をどれだけ作ったたって絶対予算不足にはならない。しかも、わざとスペックを落としたダウングレード版なら街の外、世界中にある協力機関に押しつけられるから、いくら生産しても赤字にならないし。ご利用する皆様の安全のため学園都市側が実地でたっぷり試験をしておきましたって言い張るだけで、そこらの警備員が散々使い倒した中古の型落ち兵器からさらに重要機密部品を抜いた安物を定価の三倍以上で押し売りできるのよ？　大したエコでリサイクルだわ、宗教法人だから減税よりもえげつない真似してくれるわね」

聞かなきゃ良かった豆知識が乱舞するのはやっぱりネットの雄だからだろうか？

でっかい大画面をつけた飛行船がゆったり一月の青空を進んでいた。あんなのがもう怖い。いきなり大量の爆弾を降らせてきたらどうしよう。ありえない、という線引きは、目の前の道路を当たり前に戦車や装甲車が通り過ぎていった時点で完璧に壊れてしまったのだし。

三枚羽の風力発電プロペラが回るエコな街。

まるで舞台のかきわりみたいに空虚な風景だ。

（……他人事じゃない。俺達がそうした、って言った方が正しいんだろうし）

でも間違ってはいない、と断言できるのが唯一の救いか。

料金メーターに小銭を入れて車内に帰還する。何気に高校生にはレアな体験だ。

アラディアが自分の衣装を指で引っ張っていた。

糸で仮留めしていた場所を、お店で買った生地で改めて縫い直している。割と器用なお姉さんだ。

「ヒソップやローズマリーの花で染めたシルクの布……。何でメッシュ生地しかないの？」

「多分それ虫除け付きの換気扇カバーだぞ……。化学薬品不使用のヤツ」

上条がひとまず新しい上着に袖を通していると、

「貴方達は一体何を買ってきたの？」

わしゃわしゃと黄色いレジ袋の中を覗いたアラディアが、そこで顔をしかめた。

出来の悪い子のおつかいリザルトを見るお母さんみたいな目になっている。

「……ゼリー飲料に固形のブロック。後はカップ麺？　ヤバい、次の買い出しができる見通しが不透明だから当面の食べ物を確保するというミッションだったはずだけど」

人が手軽で長持ちしそうなものを選んだというのに、自然を愛するバナナに目がないドスケべ姉さんには不評なようだ（若干の反抗）。ディストピア系のＳＦ映画に出てくる謎の食事でも眺めるような目で、植物素材を売りにしている黄色い袋の中身を吟味している。

「それならこっちの方がまだ健康じゃない？」

「うわ昆虫スナックッッッ!! そりゃ売ってるの見た事くらいはあるけど、罰ゲームか怖いもの見たさ以外で買う人いたのかあれ!?」

「次世代の高タンパク源よ。塩キャラメル味だってば、ポップコーンみたいな感じ？」

「……、」

質の良い大豆ミートが出揃った段階で食用の虫はやや劣勢かと思っていたのだが、どうやら上条をびっくりさせる仕込みじゃないっぽい。いくつかある小袋からアラディアは普通に自分の分を抜き取ってキープしている。

ヨーロッパ辺りの神聖な森に暮らす女神様の食生活がちょっと心配になってきた。安定的に虫を捕まえる腕があるなら釣り餌にして魚でも釣れば良いのに、と思ってしまう上条。

「何その顔？　やだやだ、せっかくの東洋文化が泣いてるよ。この国はイナゴとかハチの子とか、元々虫を調理して食べる良質な食文化が根付いているってば。世界の先頭に立つ技術は身近にあるんだから、きちんと継承しないともったいないわよ？」

超古代なんだか最新鋭なんだか微妙に判断しづらい女神様であった。あとアラディア、やっぱり時間に追われるなどで余裕がなくなると栄養補給をスナックやチップス系に頼る人らしい。

自炊ができずに部屋の中でおやつを貪る自堕落姉さんか。

「……まったくスケベな格好したバナナ姉さんめ」

「なに今ちょっとついうっかりでポロっとその口から何出した？」

「待ってすぐさま謝るからそのグーこれからどうするのか始める前に説明して超絶者⁉　『旧き善きマリア』はもういないんだってばらばば怖いッ‼」

ともあれ。

背後に回ったお姉ちゃんから両手でこめかみぐりぐり（甘口）されながら上条は言う。

「んいー……？　でもアンナ、やっぱり目立つよこの八輪。スマホで撮ってる人とかいたぞ」

「お間抜けね愚鈍。こう見えて車体の重量だけで二〇トンもあるんだから。ざっとダンプ二台分、ターンテーブルの立体駐車場に隠そうとしてもエレベーターが壊れるわ」

一方、アンナ＝シュプレンゲルはケミカル系でも割とイケる方らしい。マスカット味のゼリー飲料を手に取るサマは、舌なめずりまで交えている。見た目は幼いのに変に仕草が妖しいので頭の中の認識がちょっとバグる。

何となく視線を逃がすと、アラディアはアラディアでぐりぐりをやめて砲手用の座席に腰掛けると組んだ二つの掌をひっくり返し、そのまま前にやって背筋をぶるぶる震わせていた。

「うう―……やっぱり体がなまっているね。これって運動を怠っていたから？」

「狭い車の中だと居心地悪いとか？」

アラディアは上条の方をジロリとダウナーに睨んで、

「ダクトテープ。手足をぐるぐる巻きにされたまま何日も放っておかれた方よ、床ずれとか起こさなくて本当に良かったわありがとう」

どうもすみませんとしか言いようがなかった。

これだけ分厚い装甲でも、外から増幅された音声が届いてきた。

表は多分爆音の渦だ。

『現在、学園都市全域では無期限の戒厳令が敷かれております。皆様は外出を控え、学生寮や自宅などでの待機活動にご協力ください』

おそらく飛行船の大画面だろう。こんなアナウンスが繰り返されている。

『なお、水や食料などの生活物資については、不足があれば学生寮の寮監に連絡をしてくだされば補給もいたします。皆様、混乱せず冷静に待機してください』

「冗談だろ。寮監も何も、うちの学生寮なんか大人がいるトコ見た事ねえぞ。同じ屋根の下にいつでも管理人のエプロンお姉さんが待機してくれるとかどんなパラダイスだよ……」

「何でお姉さん方向限定なの？」

げふんと咳払いしてアラディアから目を逸らすしかなかった。

保健室の先生と一緒だ。ロマンである。真顔で口に出したら正面から殴られそうだが。

何かしら思春期の邪念を受信しているのかアラディアはやや警戒っぽく眉をひそめつつ、

「というか、だから危険であっても外へ出てくる学生が後を絶たないんでしょう。いつまできるかはさておいて、今はまだディスカウントストアだって開いていたし」

一番偉い車長席で優雅に足を組む小さなアンナがいじくっているモニタは、軍用回線だけでなく民間の周波数も拾えるらしい。つまりテレビやラジオだ。新年の三が日も終盤戦、徐々に平常運転に戻りつつあるテレビでは生放送でワイドショーをやっていた。セットはお正月っぽい小物で溢れているけど、芸能人の格好はもう普段着だ。

『戒厳令、と言うとあまり聞き馴染みはありませんが、そう不安がる必要もないでしょう。元々コタツシンドロームのせいで外出は減少傾向でしたし。正直さほど影響はないのでは？』

『まあせっかくの新年だしー？　働き過ぎの皆さんはこれを良い機会だと思ってえ、自宅でのんびりくつろいでみるのも良いんじゃないのー☆』

『なお、現在各病院では兵員用緊急外来が設置されております。これにより病床の四〇％を常に空けておかなければならないため、緊急の用がない限り一般の皆様は来院を控えてください。あなたの軽率な行動が公共に対する迷惑行為になります』

上条は眉をひそめた。

外出を控えて家に閉じこもっていろ。当たり前のサービスを利用するな。こんな冬休みに上から目線で言われたら結構ストレスが溜まると思うのだが、自由を侵害されてもテレビは軒並み好意的だった。反対意見が事前に排除されている、とも言えるのかもしれない。

「愚鈍、戒厳令なのよ？」

小さく指を振るアンナ＝シュプレンゲルが答えになっているんだかいないんだか、な事を呟いた。テレビのリモコン以外で一体何を操作したのか番組表を呼び出している。

上条でも気づいた事がある。お正月にはいくつか映画があったはずだが、戦争や災害テーマのパニック映画が不自然に削り取られ、やたらと長い通販番組に置き換えられている。

ＣＭだけはやけに賑やかだった。

『お正月キャンペーン！　今だけ何回回してもＳＳＲ以上は確定、さらに魔玉石は一度にバンと一〇倍放出、経験値だってみんなでお気に入りにドバドバ注入しちゃおう。こいつがサムライストリートからみんなへのお年玉だあ‼』

「ま、これも学園都市の外出自粛計画の一環でしょうね。数字だけで作れるイベントだし」

「？」

「みんな小さな画面に釘づけにさせて、外出させる気をなくしているのよ愚鈍。取り上げて奪うのではなく、楽しませて選択肢を削る。支配者があなた達みたいなのによくやる手だわ。新年なら各社一斉に大規模なキャンペーンを打っても大して目立たないでしょうしね」

真偽不明ではあるけど、実際に巨大ＩＴを創り七〇億人を操作したアンナがワルい笑みを浮かべると寒気が違う。

（……新統括理事長か。あいつも色々考えているんだろうけど）

アラディアは世俗のマスメディアにあまり興味がないのか、手元にあるディスカウントストアの黄色いレジ袋をがさごそしながら、

「鏡はないの？　あれだけ色々買い込んでいたけど」

「愚鈍の持っているスマホでも使ったら？　黒い画面はそのまま鏡になるわよ」

「ぐにぐに」

何をやっているのかと思ったら、鏡（？）に向かう魔女達の女神は自分の顔に両手を当てて、ほっぺたを引っ張ったり伸ばしたりしている。あれは……マッサージか？　女の子の日課はいきなり見せつけられるとちょっとシュールだ。

（あれ？　でもなんか、画面の端に緑のランプが点いているような……）

「っ、これって録画サイン？　ちょっとなに人の無防備なお手入れ顔をこっそり記録に残しているのよド変態‼︎⁉︎⁇」

女の子と共同生活やっているんだなあ、と（今度は中辛以上の威力でこめかみぐりぐりされながら）上条は益体もなさすぎる感想をこぼす。

やっぱり空間が一個しかないのって色々問題が出てくるのでは？

「それじゃあ愚鈍、前提のおさらいをしましょうか」

「うん。ひとまずアンナに言われた通りに買い出ししたけど……」

見た目えっちなインテリお姉ちゃんのぐりぐりからいったん解放してもらいつつ、上条はチ

ョコレート味の固形ブロックを手に取った。

　何となくこれが一番お菓子っぽい。

「わらわ達は学園都市、アレイスター、『橋架結社』の三勢力から直接的に追われる立場になっているけれど」

　三つの追っ手のどこであれ、だ。アンナ＝シュプレンゲルも彼女の手助けをしている上条やアラディアも、今捕まればろくな目には遭わないだろう。特に、アンナについては捕まる捕まらない以前に問答無用な風潮ができつつある。

　アンナがこれまでやってきた事を考えれば、上条だって手放しには許せない。

だけど、『だから』で殺してしまって良いかと聞かれれば、答えはノーだ。

　サンジェルマンにヘルカリアやメルザベス。彼らがそんな決着で満足すると思うか。

「ひとまず対『橋架結社』に的を絞って行動する。そのためにはわらわ達が今いる第一二学区から、魔術データベースをこっそり隠した第一五学区まで行きたいわね」

「第一二学区って、東の果てだよな。目的地の第一五学区は西側。飛行場ばっかりで全体的に立入禁止の第二三学区は通れないし、最短でも第六、第五、第七学区と迂回して入らないと」

「ただ、一つの街の中の話よね？　次の民家を探すだけで何十キロも走る半分砂漠化したオーストラリアの内陸部じゃないし、車で飛ばせば一時間もかからないはず」

　アラディアの意見はもっともだと思うが、こうしている今もすぐそこを戦車の列が通り過ぎ、体に悪そうなアスファルトの粉塵を舞い上げている。笑える話だが、この『プレデターオクトパス』にはサイドミラーにウィンカー、ブレーキランプ、ナンバーなどがついている。つまり公道を走る時は道交法を守らないといけないのだ。いきなりアクセルペダルを底まで踏んでかっ飛ばしたらあっという間に不審車両として露見する。

さらに言えば、

「相手はあなたと違って馬鹿じゃないから、あちこちに検問くらいは敷いているでしょう。それでも、手配中にわらわ達が素顔丸出しで歩くよりは、一〇億円近い缶詰に収まって車道をゆっくり進んだ方がいくらか安全なはずだわ。かなり、ゆっくりに、なるはずだけれど」

いったんパックのゼリーをすすってから、アンナはこう付け足した。

何をやっても必ずくすくすという毒が混じるのは、もうクセみたいなものなのか。

「さっきも言ったけど、この車両は単純な車体の重量だけで二〇トンもある。四〇トン台から最大で七〇トンまである戦車よりはマシとはいえ、老朽化した小さな橋は怖くて渡れないし狭い裏路地をすいすい進める訳でもないわ。ずっとアクセルで一直線じゃなくて、道が細かったり古そうだったりする場合は人間がちょこちょこ降りて先の様子を確認して、このMCVで通れる事を確認してから車両を進ませる……っていう形になるからそのつもりで。自分の手を動かさない人からすれば簡単だと思うかもしれないけれど、本来なら大型のトラックやトレーラーって路面を傷つけかねないから事前に走行ルートの申請をしないと走れないのよ？」

「ならイタリア車の八倍以上お高いこの窮屈な缶詰の中に身を隠す意味は何よ？　結局わたくし達が外に顔を出して確認作業をしないといけなくなっているならハイリスクじゃない」

「防犯カメラにドローンに衛星まで。色々仕掛けがある監視社会で四六時中素顔をさらして歩き回るよりは『まだ』マシだと言っているのよお間抜けさん？」

　無駄に一触即発になりそうな気配がしたので、上条が慌てて割って入った。

「ま、まあまあ二人とも！　何が何だかだけどこうなったら一蓮托生なんだし、こんな狭い車の中でケンカしたって仕方がないんだｓ

「…………………………………………

……………………………………………

……状況を把握する努力もせずにとりあえずで遮ってくるのってわらわとっても嫌いだわ」

「えっ、あ？」

「うるせー貴方どっちの味方よ喰らえムシ」

「あモガーッ!!!?!??」

　まさに不意打ち、すぐそこにいたアラディアさんからしっとり掌を使って口全体を押さえる感じで昆虫スナックをお見舞いされた。上条の背筋がビクーン！　と強張る。おそらくは脚が六本生えてる系ではなく乾燥させたイモムシ系。……ただ困った事に塩キャラメルをたっぷりかけた甘じょっぱい方向のサクサク食感しかない。こう、超有名な丸まったキャラメル味のスナック菓子っぽいっていうか、予想に反して普通に美味しかった。こうなると自分が何食ってんだか分かんなくなっちゃって脳が混乱するというか、正直とてもコメントしにくい。

「ど、どうすんだこの初体験どこの引き出しにしまおう今の記憶……？　ていうか、なんかやるなら今すぐやった方が良い事なんだろ？　俺達はお作法を知らない。アンナ、分かっているならやり方を教えてくれ」

「わらわに何か頼むならまず頭を下げなさい愚鈍？　そうね、すぐ近くでやっている検問を迂回するところから始めましょうか。良いチュートリアルになるし。二〇トンの重量に道路の方が耐えられるかをどうやって測定するかだけれど、この手持ちの超音波ソナーキットで……」

そこまで耳にした時だった。不自然にアンナ＝シュプレンゲルの声がひずんだ。

重力を忘れる。

「？」

いきなりだった。

上条当麻はぶっ倒れた。

3

視界が暗い。

というかぬるま湯に体を投げてぷかぷか浮かんでいるような、バランスの悪さを感じる。

どこかから声が聞こえた。

『考え……れば当然……たわよね』

『そもそも彼を休……るのが最優先、と……話をして……はずよ』

ここはどこだ？

そう考えて、上条は自分がいよいよ参っている事に気づく。どこも何もない。先ほどから動いていない。つまり『プレデターオクトパス』の車内だろう。

誰かの声が聞こえる。

一人ではなく、互いに声を投げ合っている。

『おそらく「旧……きマリア」の「復活」の世話……っているんでしょうけど、……は完璧じゃない』

『死人の体を死後ゼロ秒……巻き戻す術式、だ……わね？』

『失った血液は戻っ……ないっておまけつき。いき……倒れたの……そらく貧血のような症状でしょう。ヤバい、そ……極度の疲労や緊張か……解放も手伝った』

『なら栄養食で対応……のが一番だわ。血は自分で作……モノよ』

（アラディア。アンナ……？）

ぼんやりする頭で考えて、上条はそっと瞼を開けた。

それまで自分が目を閉じている事に自覚すらしていなかった。

『それよりも、わざわざそっちの体にサイズを合わせる必要ってあるの？』

『できる時に各部の調子を確かめておきたいわ。本来ならこっちの方がわらわの正しい形なんだけど、長時間、安定してこの状態を保てる訳じゃないもの』

だんだん言葉がはっきり聞こえてきたのは、声の質が変わったのではなく聞き取っている上条の方が回復してきたからだろう。

そして。

何故か裸の女性が同じ密閉空間に二人もいた。

濡れタオルを使って体のあちこちを拭き取る格好で。

多分あれだ。

石鹸と掌消毒のエタノールを足して二で割ったような学園都市の速乾性ボディソープ。まず体に塗ってから、ちょっと待つと全身の汚れが浮かび上がってくるから後は乾いたところをさっと一拭きすれば全身つるつる奇麗になる、とかいうヤツだ。ただパリパリになった赤いクリームを濡れタオルで拭っている場面に遭遇すると、なんかド派手なボディペイントを落としている素っ裸の人に遭遇したような気分にさせられる。

元から真っ当な下着をつけているのかどうかも謎で、あちこち地肌だらけな格好ではあった。それでもカンペキに脱ぎ捨ててしまうと全然違う。それとこうしてぎゅっと肌を押し潰しているのを見ると、『柔肌』という言葉の意味を視覚情報として学べる。これは絶対試験でも忘れない漢字になると思う上条。

そして緊急時だったので冷たい床に寝かせるしかなかったのは分かる。

だけどローアングルだといよいよ笑えない事態になっていた。

あと上条当麻はこう言いたい。人が気絶したのを『これ幸い』と考えて女の子だけで秘密の行動に出るのは良くない判断だと思います！　むしろお姉さん方こそ正当な天罰がくだったのでは⁉

言いたいだけの人は口が石化していた。

わー、アンナ＝シュプレンゲルがいつの間にかカラダがでっかくなっておっぱい成長させているなあ、などと思っていた訳ではない。決して。

「……わらわはいい加減に楽がしたい。なので、自分を従えてくれる強き『王』を求めているのだけれど」

と、妖艶な美女と化したアンナ＝シュプレンゲルが意味不明な事を言い始めた。

こっちの方が本来のバージョンらしい人はにっこり笑って、

「でもスケベな『王』は嫌いだわ、愚鈍」

思いっきりクソ野郎の顔面を踏んづけた。

4

夕暮れ。

第一二学区を離れた彼らがやってきたのは、隣の第二三学区だった。

当然、戒厳令の今では一般航路は封鎖して貨物及び空軍基地として接収されている。なので普通の人間がフェンスを越えれば警告抜きで銃殺もあるのだが、彼らは全く気に留めない。

アレイスター、アンナ＝キングスフォード、木原脳幹。

彼らはフェンス沿いに学区外周を警備している完全武装の警備員達の目の前を歩いて堂々と横切っていく。人間はもちろん、機械的なカメラやセンサーすら侵入者を捉える事はできない。

木原脳幹が本気で呆れたような口調で言った。

『何をしている？　説明抜きに私まで魔術とやらに巻き込んでいるようだが』

巨大IT・R&Cオカルティクスの登場で一般層にまで魔術の存在は周知されてしまったものの、一方ですでに公式サイトは閉鎖されている。アプリやサイトの補助もなく素で術式を使えるほど、この街の警備員は魔術にどっぷりでもないはずだ。

いいいや、

「ふふっ。難しい事ハ特ニ何モ。魔術とは本来世俗ノ世界〜（から）隠されているものデございい⧄（ます）」

メガネをかけた女性からはそれだけだった。

彼女ほどの達人になれば、誰でも使える認識阻害や人払いの術式さえここまで尖（とが）らせる。基本の一つ一つを、大国の大統領の首（くび）を獲（と）れる域にまで尖（とが）らせる。

プロの魔術師ごときであろうがお構いなしに、だ。

ベージュ色の修道服に金髪の女……そういう体を借りたアレイスターは静かに呟（つぶや）いた。

「安心材料になんかならないぞ。私達にできるという事は、他の連中にもできるという話でもある。超絶者（ちょうぜつしゃ）にアンナ＝シュプレンゲル。あのレベルの裏までかけないと先手は取れない」

「◎◎（はいはい）」

低く不安定な声に対しても、キングスフォードは柔和に笑んだままだ。

思春期で扱いの難しい少年を眺めるおっとりお母さん、といったような。

フェンス沿いでは多少の人だかりもできているが、特に悪意はなさそうだ。屈強なドーベルマンを連れた警備員（アンチスキル）に、何かしらのマニアっぽい青年達が志願を申し出ては煙たがられている。そもそも警備員（アンチスキル）は教職員の集まりなので、まず教員免許がないと議論にならないのだろう。

本物の銃を持って戦車に乗れれば何でも良い。サバゲーやＦＰＳのマッチングみたいな気分で参戦を希望する青年達に、警備員（アンチスキル）の一人が金属製のスタンドで立っている機材を片手で摑（つか）んでぐいっと向きを変える。顔をしかめる青年達のトーンがちょっと落ちた。

アレイスターはそちらへ視線を投げて、

「……低周波士気減退音響、か」

人の耳には聞こえないがイラつく音響を浴びせる事で、自発的な帰宅を促す。テレビやネットでは猫なで声をしておいて、結局裏では街全体がこうだった。見えない迷路ができている。まあそもそもこの街を創ったアレイスターも人の事を言えた義理ではないが。

ともあれ。

アレイスター達は飛行機に用はない。足を運んだのは学術鉄塔だった。飛行場が多く並ぶ平面だらけの学区では珍しい事に、展望台つきの四〇〇メートルもある鉄塔だ。放送関係の他、狙った場所へ必中で雷を落とすレーザー誘雷や巨大構造物が人の精神に働きかける象徴性研究など、今運用されているだけで四九の高所実験に利用されている。

三五〇メートル地点の展望台は単純な観覧用の他、レストランや宿泊施設などもある。

無人カウンターで機械相手に偽名のチェックインを済ませると、アンナ＝キングスフォードは飛行船を意識しているらしい客室を珍しげに観察し、

「あらあら、空いてい〼わね。年末年始なのに」

アレイスターはそっと付け足した。

「外出制限が出ている。そもそも、初日の出を過ぎれば展望台なんてこんなものだよ」

「うふふ」

キングスフォードはホテルの窓辺に歩いていきながら囁(ささや)く。

追っ手が潜伏する場所としては申し分ない。

「さてさて。迷えるウサギさん達ハ下界ノ何処(どこ)ニいるノやら♪　広域スキャンデ丸裸ニして差し上げ〼(ます)」

ゴールデンレトリバーは呆(あき)れたような調子で、

『それにしても、自信満々に出ていった割に翻弄されて標的を見失うとはな』

「まあ、シークレットチーフハ△(ちょっと)意外でしてよ。スペックノ◎×(たかいひくい)では×、直接戦闘ニぶつけてくるなんていう×(ざつ)ナ使い方ガ。何ト言い〼(ます)か、分厚い百科事典ヲ摑(つか)んでこちらノ顔へ投げつけられたトでも言い〼(ます)か……」

でも、もう使えない。

アンナ＝シュプレンゲルとて、まさか二度も同じ手が有効になるとは思っていないだろう。

それなら人間フィルム缶にされた直後にさっさと切り札を使っている。今まで惜しんだという事は、そこに脅(おび)えが透けている訳だ。

ここぞという切り札をあっさり潰した、と考えればむしろプラス。

自己の律し方は心得ている。こういう所で、自家生産の不安や嫌悪(けんお)に呑(の)み込(こ)まれるキングスフォードではない。

「其(それ)ハそうト、占術ノ対象ヲ決めてください。追いかけるのハアンナ＝シュプレンゲルデござい〼か、其ともムト＝テーベ？」

アンナ＝キングスフォードはあくまでも柔和なままだ。

「あるいハ上条当麻？」

ガンッ‼　という鈍い金属音があった。

魔術師らしからぬ事に、アレイスターがその拳で手近な壁を殴りつけた音だった。

アンナ＝シュプレンゲルの性質は、英国で大悪魔コロンゾンと戦っていた頃にも目の当たりにしていた。

そう、アレイスターはエイワスを奪われ、一度死んでいるのだ。

手も足も胴もない人間フィルム缶にしても、アンナは逃げ切った。これまでの事を考えれば、もう次は殺すくらいしか選択肢はない。

よって。

その『人間』は低い声で、怨嗟そのものといった方針を示す。

「……倒すべき者の居場所を」

「では、そのように☆」

5

「何でいきなりアンナ優しくなってるの？　あ、あの悪女アンナ＝シュプレンゲルが黙って毛布を貸してくれる、だと？　やだ待って照れるこいつまさか俺に惚れているのｋ

「ペ×スを噛み切ってほしいの愚鈍？」

上条の全身が一回り小さくなった。いや二回り以上。

外見と中身が違い過ぎる!!　ついさっきまでオトナなお姉さんモードだったが、どうもあれはあまり長い時間キープはできないらしい。おかげで外見だけならミニサイズな女の子の口からこれが出た。首を傾げて下手からキョトンで優しく質問されちゃうと逆に超おっかない。

アンナは呆れきった顔になって鉄分配合らしいゼリー飲料をこちらに手渡しながら、

「誰にも頼れず逃げている側としては、身内に何度も倒れられても困るのよ。逃亡者にとって虫歯と盲腸は命取りって話は知らない？　愚鈍は血が足りていないようだから、手っ取り早く食べて体内の工場へ増産の指令を送ると良いわ」

「……あとアラディア、ちょっと食べてみて苦手と分かったフルーツ味の固形ブロックこっちに押しつけたりはしていないよな？」

「何の話かサッパリね」

それにしても、だ。

さっき色々見ちゃったし、女の子の熱と甘い香りでいっぱいの車内にいると無駄に緊張してしまう。そもそもこの装甲車？　での共同生活には無理があるのではないか。こっちは姉（？）が二人で使える空間とか一個だけだし！　ペット禁止の男子寮だっていうのに猫にシスターに神とフリーダムを極めた学生寮だって、寝る時は一応部屋を分けていたというのだぞ⁉

魔女達の女神がじっとこちらを見て、

「いつまでも意識しているんじゃないのスケベ」

「……思春期の取り扱いを知らないのかバナナ姉さん、上条さんはしっとり年上女子からの不貞腐れ軽蔑トークで思いっきりぶり返しましたよ？　今。まさにこの瞬間」

わずかに頬を赤くしたアラディアに無言で椅子を蹴られた。

だからそういうお姉さんからの一撃が吊り橋効果みたいに心臓をバグらせるんですっ‼

「なら愚鈍、操縦手の席に回る？」

必死で口元のゼリー飲料に意識を集中する上条へ小さなアンナは心の底から見下した感じで視線を投げて、

「全部このコンソールモニタ一つで指示出しできるから、今はもう車長とか砲手とかのくくりも必要ないんだけどね。それでも一応、電子機器がトラブった時のための運転席はあるにはあるのよ。砲塔側じゃなくて、車体側の最前列だけど」

「おい、そんなの任されたって車どころか原チャリの運転もできないよ！」

「だからそれは、全部こっちのコンソールモニタでやるって言っているでしょう。あなたのような愚鈍はただ座席に座っているだけで良いわ。狭い空間で独りぼっちはなかなかしんどいと思うけど、自分世界の息抜きタイムが欲しい時だけそっちに移るって手はあるわよ」

「まあ、それなら」

「（……ただまあ『プレデターオクトパス』だと専用の運転席なんていらない設備扱いだから、弾止めとして再設計されていたはずだけど。何しろ車体前面にある独立した空間、あそこをわざと潰してモンロー効果の爆風やメタルジェットを食い止めるのにちょうど都合が良いのよね。うふふ）」

「超おっかない注意書きはきちんと分かるまで説明してもらえますアンナさん⁉　小声でずらっと並べられても消費者金融のＣＭみたいで追い切れないよッ‼」

そんなやり取りがありつつ。

見た目は軍用車で空気は女の子の部屋。甘ったるい車内にいると忘れがちになるが、

「よっと」

上条当麻が頭上のハッチを開けて八輪の『プレデターオクトパス』から外に出る。もう真っ暗だった。冬は陽が沈むのが早いとは言っても、アリスとケンカしたのは午前中だったはず。やはりそれだけ長い間車内でぶっ倒れていたのだろう。

吐く息が白い。

顔を洗ったように意識がはっきりする。

一月三日の夜、切り裂くような真冬の空気であった。

辺りは真っ暗。戒厳令という言葉は夜になると存在感が増す。つい最近までクリスマスだのお正月だので街中ピカピカ光っていたのが嘘みたいだ。

ツンツン頭の少年はそろそろと八輪の砲塔から地面へ降りていく。

「……二〇トン以上ある機動戦闘車？　だと、通れる道も限られている、か」

だから先に人間が進んで道路の様子を確かめ、ついうっかりで老朽化した立体交差をぶっ壊さないよう確かめる必要があるらしい。それからもちろん、街中に張り巡らされた検問で引っかかる訳にもいかない。

ここはそうでもない――というかアンナが手薄なスポットを見つけたのだろう――が、清掃ロボットや警備ロボットの他に、固定の防犯カメラも増殖している印象があった。機動戦闘車で移動している最中、街並みに合わない即席の鉄柱にくくりつけてあちこちから睨みを利かせているのを車内からいくつも見かけた。もちろん狙いは上条達なので油断はできない。

「ふむ」

アンナに渡されたのは五〇センチくらいの棒切れみたいな小道具だった。

超音波ソナーキットなんて言うから不気味な超兵器かと思ったが、実際には交通整理に使う赤く光る棒の鍔の辺りに小さなモニタをつけた感じだ。側面全体がある種のスキャナになっていて、道路の表面を薄くなぞって面を埋めていくのだとか。

（む。これだと微妙にいちいち腰を曲げないといけないのか、モップみたいな形にしてくれりゃ楽なのに）

「全部塗り潰す必要はない。道路の状態を確かめられれば良いから、一メートル四方を区切って二つ三つサンプルを抜く感覚で構わない、だっけか……？」

カチカチとスイッチを親指でいじりながら上条は一人呟く。

ＡＥＤと一緒で、結局は機械の指示通りに手を動かすのが正解なんだろうけど。

得体の知れない毒々しいドーナツを売っているショップも冷たいシャッターを下ろしていた。今日はおしまいではなく、マジの閉店っぽい張り紙もある。永遠に続くと思っていたのに、何がきっかけで流行が終わるかなんて読めないものだ。

（それにしても……）

ぼんやりとした光が遠くの方に見えた。

戒厳令サマサマだ。

大抵のお店は金属シャッターを下ろして早々に店じまいしているため、検問をやっている場所だけ不自然に明るい。おかげでいきなり鉢合わせするリスクはかなり減った。遠目に見ても、軍用車両が固まって道を塞ぎ、工事用っぽい屋外照明をたくさん立てているのが分かる。

（しっかし何だありゃ？　通りかかったトラック呼び止めるどころか、通販の段ボール箱まで一つ一つ開けてるぞ……）

下りてきた運転手は困ったように頭(あたま)を掻(か)いて成り行きを見守っていた。

プライバシーも何もあったものではない。全部の車をあのレベルで検査しているなら、警備員(アンチスキル)側(がわ)と同じ八輪の機動戦闘車でも危ない。何にせよ、無暗(むやみ)にチェックポイントへ近づくのは避けた方が良さそうだ。

大通りの交差点とかトンネルとか、複数の道が集まる交通の要所には検問。

ただそれ以外にも光が集まるスポットがあった。法則性が読み切れないと怖い。

「あらあら愚鈍、自分の目で見ても理解できないの？」

ハッチから顔を出した小さなアンナはスポーツ用のサングラスに似たスマートグラスを手にしていた。さっきの車長席以外でも操れるらしい。視線や音声のコントロールだと指で触る大きなモニタと比べると操作感覚は変わるだろうし、やれる事自体も少なくなりそうだが、そういえばリモートで戦う陸上ドローンとしても使えるんだったか。

くすくすと毒のある笑みを浮かべ、でもアンナはきちんと説明してくれる。

「一度で覚えなさい。あっちの光は洗車場とかタクシー会社の整備場とかでしょうね」

「？」

「運送会社やレンタカーでも良いけど。愚鈍、ようは元から存在する業務用のガレージを接収して、戦車や装甲車の整備をしているのよ」

学園都市の警備員は悪い人達ではないのだろうが、今アンナと引き合わせても状況がややこしくなるだけだ。対話の暇もなく銃撃される恐れがあるし、そこに処罰専門の超絶者ムト＝テーベやアレイスター達が突っ込んできたら最悪も最悪である。

魔術サイドの中でも秘匿された、頂点クラスの殺し合いに学校の先生を巻き込みかねない。

上条は車内で拾った双眼鏡を覗きながら、

（ちえっ。新年のタイミングで警備増強のために妹達が出張っているって話だったのに、あの辺にはいないか。大人ばっかりだ。会話はできないって考えた方が良いのかな、これは）

いないといないで気になってくる。

何にでも特別な意味を求めたがるのは、それだけ自分が追い詰められているからだ、とは頭で分かっていても。

妹達もそうだけど、インデックスや美琴達は大丈夫だろうか？

あの領事館に超絶者は何人いた？　その後の戒厳令のゴタゴタで、三つ巴の追っ手とやらはあらぬ方向に牙を剥いていないだろうか。何しろ上条を助けるためだけに駆けつけてきてくれた人達なのだ。協力うんぬん以前に彼女達の無事くらいは知っておきたいところだ。

（確か、スマホは危ないって話だったけど……）

「まさかその素人臭いスマホ電源入れてないわよね？　ＳＮＳまわりも絶対触れない事。メッセージにうっかり既読なんかつけたら許さないわよ」

上条は双眼鏡から目を離す。

つい足元のアスファルトに目をやってしまうが、

「……愚鈍、言っておくけどチョークや小石で謎のサインを残すのもナシよ。スマホやパソコン使うよりはマシかもしれないけれど、その場しのぎで考えた即席の暗号なんて学園都市のスパコン使ったら秒で見破られるわ。今は○と一だけで表せる文字や数字だけじゃなくて、ファジーな落書きや色彩パターンを使ったやり取りも普通にイメージ連結アルゴリズムで共通項を繋いで答えを導き出してくるもの」

「っ」

「この街の学者達が麦畑のミステリーサークルを真面目に解析して何の言語規則性もないただのイタズラという事が証明された、なんてわざわざ学会で発表したの知らない？」

夢がないわよね、とアンナはつまらなそうに呟きつつ、

「愚鈍の知り合いなんて当然のようにマークされているでしょう。炙り出すのに彼らは使える、と思われたらそれこそ人質にされかねないわよ。守りたければ、機械的な検索で追われる関連を全て断ち切りなさい。この街に根付いている巨大なコンピュータが右から左に素通りするくらいには冷酷に。それが思いやりというものよ？」

「はいはい……」

結構本気っぽい呆れ顔のアンナに言われて、上条はそっと両手を上げた。

身内に速攻でバレるような状況だ。全力でこちらを追う連中なら確かに秒も保たないか。

今はあのぼんやりした光……学園都市、警備員勢の検問にぶつからないよう気をつけて自力で進むしかなさそうだ。

「……ただあれ、こっそり迂回すれば回避できるって感じか？　二〇トンの塊だと狭い路地は通れそうにないし、連中は大通りの交差点に陣取っているから、広い道はどこを選んでも必ずあそこにぶつかっちゃいそうだけど」

「少しは頭を使うのよ愚鈍。さもないと使わない脳が錆びるわよ」

アンナは肩をすくめて、

「地図に載っているだけが全ての道順ではないわ。むしろ、描かれていない死角のコースを見つけられればそのまま学園都市の目を欺く事ができる。特に、この街の警備員は状況把握も相互連携もスマート化に頼りきりでしょうからね」

「地図にない道って……。銀行強盗が地下深くに手掘りのトンネルでも拵えてるってのか？」

「そこまで大がかりではないけれど、愚鈍にしては悪くない着眼点だわ。まぐれ当たりが完全には否定できないから世界って怖いわよね」

「？」

投げやりに言ったのに素で返されて、かえって上条の方が面喰らってしまった。

アンナの方は答えのない意地悪問題を出したい訳ではないようで、

「ヒント一、こうやって地べたから眺めていても見えない順路。ヒント二、地図アプリは公道を細かく網羅する一方、私有地は所有者に配慮して大雑把にせざるを得ない。それからヒント三、土地の限られた人口密集地の方が多い。大サービスよ、ここまで言えばもう分かる？」

「手っ取り早く答えを言ってほしい」

「イヤよ愚鈍。『黄金』の口先だけの知識人（笑）はみんなそれで頭が腐っていったんだから。誰も彼もが自分こそ世界最強の魔術師だとか自惚れなければ、ブライスロードの戦いなんて勃発すらしなかったわ。もっと穏便に、どちらかが退く選択肢だってあったはずなのに」

と、その時だ。

アンナ＝シュプレンゲルの体がハッチの奥に引っ込んだ。

砲塔がよそへ回る。

「っ？」

6

夜だった。

一月三日、切り裂くように冷たい夜風が吹きすさぶ屋外。

大量のコンテナが並べられた、第一二学区のトランクルームだ。

「んーうっ」

ボロニイサキュバスは寝起きのように両手を上にやって背筋を伸ばした。ばさりという空気を叩く音と共に、すらりと立つシルエットからコウモリに似た巨大な翼が左右へ大きく広がっていく。

すでに包帯も輸液のスタンドも用済みだ。

第一二学区の領事館は元々アリスのオモチャだった。彼女が抜け殻状態になってしまった以上、他の超絶者達が居着く理由は一つもない。あの場に留まれば、押し寄せてくる学園都市の面々と無駄な戦闘を繰り広げる羽目になっただろうし。

何より、罪もない人間を一方的に虐殺していくのは彼女の存在意義に反する。

右に左にストレッチしつつ、悪魔は虚空に向けて囁いた。

「なにー？　もうギブアップぞ？」

『わたしはこういう索敵は苦手、どこに行って誰を殺すのかはリスト作って教えてほしい』

「はいはい、それじゃ悪魔のお姉さんに任せておけたい」

『良いの？』

「何の話？」

『わたしは処罰専門の超絶者、ムト＝テーベ』

「だから何の話？」

きょとんとしたまま、ボロニイサキュバスは小瓶から白く濁った液体をどろりと地面に落とした。身を屈め、指先で伸ばして、地面に禍々しい魔法陣を描いていく。

人の寄りつかない、荒涼とした、それでいて人工物の残る風景。

こちらを照らすのは冴え渡る頭上の月だけ。

これこそ悪魔のホームである。

闇の中で複数の気配がざわつく。そんな中でボロニイサキュバスはけたけたと笑って、

「上条当麻の坊やと戦う理由はないのう。アラディアについても以下略。だけどアンナ＝シュプレンゲルは別腹ぞ。あの女がこれまでやってきた事を考えれば、冤罪被害者だなんて呼ぶのは到底無理。つまり、わらわの『救済条件』には当てはまらぬばい」

『こっちにつくなら何でも良いけど。サキュバスって占いなんてできるの？』

「なーに言っとるずら、どう転がっても破滅にしか進まぬぼっけえ予言なんて悪魔の十八番ぞ」

『ナニ占い？』

「じゃじゃーん！　人には言えない男女の液体まぜまぜ占い」

『……、』

沈黙があった。

ある種のサキュバスは男性を誘惑し、得た物を使って女性を襲う。つまり街の中から条件に

合う獲物を捜す技術はある訳だ。

ボロニイサキュバスはけらけらと笑いながらパタパタ尻尾を振って、

「ちーなーみーにー、スプーン一杯分の牛乳を小皿に乗せて枕元に置いておくとサキュバスは口には出せぬアレと勘違いして男性に被害を及ぼさん、って話は知っとるばい？　つまりわらわの唾液と牛乳を混ぜれば擬似的な要件は満たせるずら」

『ふうん』

「おやおやあ、なんかホッとしてるばい？　うっふっへ生真面目ちゃんったらナニとナニを勘違いしちゃったかのう？？？」

『怒るよ？』

そうしている間にも、ボロニイサキュバスの術式は進められていく。

禍々しい生贄の儀式は時代を経る事で人形や穀物などの代替材料に置き換えられていくものだ。これは、今日のお祭りは大抵が大元のルーツに関係なく無害化されているところからも分かる通り。同じく、性魔術なんてややこしくて面倒臭い代物だって自然と簡略化、あるいは無害化が進められていく。

魔術とは真っ当な契約や取引を誤魔化すペテンくらいに思っておいた方が良い。自分なりの節約術の開発を怠り、いつまでも手元のマニュアルから抜け出せない者は借金漬けになる。まして悪魔はどっちかと言うと取り立てる側、借金で首が回らなくなるのでは立つ瀬がない。

「さて、と」

もちろん追っ手の中には魔女達の女神アラディアがいるし、本命は『あの』アンナ＝シュプレンゲルだ。雑な占いで行方を追っても難なく遮断されるだろう。ただし、『占いを邪魔された時の手応え』は完全に隠しきれない。

二回も三回もは使えない。

逆に言えば、一度限りなら確定で首根っこを押さえられる切り札。

じゅわっ!! という焼印を押したような音と共に、白く濁った液体で描かれた魔法陣の外周の一部が茶褐色に変色していく。

「南南西二・五キロ先ぞ。そうそうわらわの位置からたい」

『向こうもサーチされた事には気づいたね、なら速攻でケリをつける』

7

異変があった。

第一二学区。その夜空に何かが浮かんでいた。

ウェーブがかった長い金髪に、褐色の肌をさらす華奢(きゃしゃ)な少女。

処罰専門の超絶者(ちょうぜつしゃ)ムト＝テーベ。

砲塔の上からアラディアが路上の上条に向けてとっさに叫んだ。

「乗ってちょうだい！　早く‼」

「ひいッ⁉」

屋根の上を這いつくばるようにしてハッチからほとんど身を乗り出すアラディアの手を掴んだ上条が『プレデターオクトパス』の砲塔へ身を乗り上げる前に、すでにゴリゴリと八輪の太いタイヤは動き始めていた。

そしてアンナ＝シュプレンゲルが最先端の機動戦闘車の車内で古風に叫んだ。

「十二使徒の一人、聖ペテロは悪魔の手を借りたシモン＝マグスの飛行を許さず‼」

がくんとムト＝テーベがバランスを崩し、落ちた。

しかし表情は変わらない。

少し離れた場所で地面に足をつける少女、その褐色の両肩から金属の筒が飛び出した。まるで花束のように。兵器関係に疎い上条でも見た事がある。昼間っからあちこちを走り回っていた、戦車や機動戦闘車の砲身だ。

その色彩は全て白色。

「おっと」

冷たい路上に立つムト＝テーベは自らが展開した兵器の重さによろめいて、

「これがあった、忘れてた」

無機質かつ妙に呑気（のんき）な声と共に、太股（ふともも）の辺りからハシゴ車みたいな安定脚が飛び出した。それを地面に強く押しつけて無理矢理にバランスを保持する。

逃げ切れない。向こうの方が早い。

改めて不吉な鳥のように左右の砲身の束を羽ばたかせ、ムト＝テーベがその全てをこちらへ突きつける。

囁（ささや）く声があった。

「ファイア」

ドンガンドゴばがバギン!!!!!!　と。

ビルのコンクリ壁が吹き飛び、アスファルトの道路がメートル単位でめくれ上がった。

一二〇ミリ砲が散弾のように撒（ま）き散（ち）らされる。

砲口からのマズルフラッシュだけで扇状に広がる爆風じみていた。

八輪の『プレデターオクトパス』のタイヤが悲鳴を上げた。前の四つを右に、後ろの四つを左に回したため、その場でターンテーブルのように回転して機動戦闘車が逃げる。アラディアはハッチから上半身だけ出しているから良いとして、上条（かみじょう）はまだ屋根にしがみついている状態だ。砲弾の破片が一つ当たっただけでも即死だし、注意しないと走行中の『プレデターオクトパス』から振り落とされそうだった。

ムト＝テーベは首を傾げて、

「この距離で当たらない？　大砲だけじゃダメなのか、学園都市製ってややこしい……」

白色。

一二〇ミリの戦車砲、それも複数同時。

一発当たれば三階建ての建売住宅くらい丸ごと爆発して吹っ飛ぶサイズの大砲を、ひとまず、触ってから反応を確かめるスマホくらいの気軽さで振り回している。

科学と魔術の線引きとか、『協定』とか。

『必要悪の教会』のステイル＝マグヌス辺りが見たら目を剝きそうな光景だ。

一方で、上条も上条で冷静ではいられない。装甲車程度の壁、というのは実はあんまり信頼できない。肩に担ぐロケット砲で風穴が空いてしまうレベルなので、あんなの直撃したら一発で車体ごと大爆発だ。

飽きたオモチャのように白色の砲身の束を適当に放り捨てると、ムト＝テーベがよそに手をかざした。街灯の下に放置されていた、路駐の自動車。鈍い音がしたと思ったら、腰の左右から白色の大きな車輪と極太のサスペンションが飛び出てくる。

地面に接触する。

ギャギャギャギャガリガリ!!　というゴムの悲鳴を耳にして、砲塔の屋根にしがみついたまま上条が目を剝いた。

高速道路くらいの世界で普通に追ってきている。

「何だありゃ⁉　吸収でもしてんのかッ⁉」

「……ムト＝テーベ。処罰専門の超絶者」

歯嚙みしたのは同じ『橋架結社』のアラディアだ。

彼女は上条が落ちないよう胸元の辺りで彼のツンツン頭を強く抱き締めながら、

「つまり対象に合わせた刑罰の方法を、自力で調達できる超絶者って事だった。ヤバい、異形のテクノロジーで満ちた学園都市とは相性最悪ね……」

「それより愚鈍、あれだけの騒ぎを起こしたのよ。検問所でのんびりくつろいでいる学園都市勢も気づいてわらわ達の方へやってくるわ！　放っておけばキングスフォードまで‼」

車内から小さなアンナが叫んだ直後だった。

ううウウウウウううううう‼‼‼　と、再びあのサイレンが街中に響き渡る。

つまりは学園都市勢にも勘付かれた。

もう何から何まで最悪だ。

薄型画面一つで運転から射撃管制まで全部やっているのだろう。車内からアンナ＝シュプレンゲルはそう警告したものの、次世代兵器そのものに脅えている訳でもなさそうだった。

バタバタバタバタバタ‼　という騒音と共に頭上を旋回するのは、ゴツい攻撃ヘリのHsAFH-11

『六枚羽』。無人制御で動く冷たい兵器だ。

　ムト＝テーベは視線を上に投げたりもしなかった。

　鈍い音と共に背中一面から蜂の巣に似た白色のミサイル発射ポッドが飛び出す。それは追っ手自身の装備のはずだった。『六枚羽』が走行目標へ狙いをつける前に、大量のミサイルが無人で動く攻撃ヘリを爆破してしまう。さっきと違って使い方を覚えた動きだ。

　まずい。

　学園都市の科学技術は『外』と比べて二、三〇年は進んでいる。それは軍需方面でも以下略だ。つまり、騒ぎが大きくなればなるほど高性能の兵器群が集まってきて、むしろムト＝テーベのオモチャが増えてしまう!?

　が、アラディアとアンナは別の次元にいた。

　魔女達の女神は自分のおへその下辺りに目をやり、真下の車内へ声を投げる。

「気づいちゃった？」

「まあ何となくだけれど」

　短いやり取りだけでは、上条は首をひねるしかない。

　アラディアはずり落ちそうになっている上条を抱っこし直しながら、

「よしよし。さっきの手近な車と違って、ヘリコプターは遠く離れた空中にあったのに構わず取り込んでいたでしょう？　つまりムト＝テーベの取り込み条件は距離じゃない」

「あれ？」

「起点はわたくしと同じよ」

アラディアは固い声で言った。

ぎゅっと、改めて強く上条(かみじょう)を抱き締めながら、

「自分の影と対象の影が触れる事でその戦力を我が物にする」

「……、」

そういえば、だ。

領事館でアラディアがH・T・トリスメギストスに不意打ちで斬られたのも、どちらも三という数字を起点としているからだった。『復活』を扱う『旧き善きマリア』(ふるきよきマリア)と男女の性を攻撃に転化するボロニイサキュバスだって、両方とも『命』を直接取り扱っていると言っても良い。

超絶者(ちょうぜつしゃ)とは、全員がどこか重なり合っているのだろうか。一見バラバラでも何か統一した理屈が隠れている？

ならば超絶者達(ちょうぜつしゃたち)の中心で畏怖されるアリス＝アナザーバイブルとは？

「だから夜空を飛ぶヘリを取り込むのに、空中へ飛んで近づく必要はなかったの。地べたの影と自分の影が合体すれば白色の影として自分のものにできるだけの話だったから。アンナ!!」

ギャギャガリ!!　と後ろ四つのタイヤを流すようにして十字路を勢い良く曲がりつつ、射撃管制も行うアンナ＝シュプレンゲルは不安定なカーブ中でも迷わず一二〇ミリ砲を発射した。

爆音が凝縮され、上条の鼓膜が一瞬その役割を忘れる。

どこかに命中するというより、空中で炸裂した戦車砲弾は辺り一面へ均等に衝撃波を撒き散らした。いわゆるエアバースト。そしてずらりと並んだ街灯を片っ端から砕いていった。

起点が『影』ならこれでムト＝テーベの術式は使い物にならなくなるはずだが、

「いっ⁉」

上条が叫ぶ。

ババシュッ‼　という火花の炸裂する音があった。

ムト＝テーベが右手を上にかざした直後、夜空に眩い光が放たれた。それは小さなパラシュートをつけてゆったりと滞空する照明弾だ。

「……ただの懐中電灯や手持ちの蛍光灯じゃない、わざわざマグネシウムを使っているって事は光量に制約があるとか？　例えば太陽の自然光ベースだとしたらざっと考えて数万ルクスくらいかしら」

アンナほど細かく分析している余裕など上条にはない。

花火というより溶接に似た極端な光源で、周囲の影が地面に延びる。

その辺の工事現場に放置されていた巨大な塊の影と褐色少女のそれが重なった直後、ボゴォ‼　とムト＝テーベの右腕が弾け飛ぶ。その身長と比べてあまりにも大きすぎる白色の棍棒が顔を出した。アンナは八輪を蛇行させて何とか回避しようとするが、そこで目撃する。

違う。メートル大の鈍器ではない。

親指より太いワイヤーをまとめたリールだ。横に倒せばそのままテーブルに使えそうなサイズが細い腕から出てきたので、巨大な棍棒に見えていただけだったのだ。

時速一〇〇キロ以上も出しているのだ。あんなものをしならせて叩かれたら分厚い軍用タイヤでも弾け飛びかねない。まして人間など肌に掠めただけで手足が千切れて吹っ飛ぶ。ムト＝テーベ自身、巨大すぎるワイヤーリールに重心を引っ張られ、体をよろめかせる。

それでも真横のスイングがきた。

「ヤバい‼　アンナそこ曲がってってば、早く！」

抱き締めた上条の肩に噛みつくようにして、アラディアが叫ぶ。

ギャリギャリギャリ‼　と太いタイヤが悲鳴を上げた。全力でしがみつかないと上条は落ちそうになる。そして八輪の『プレデターオクトパス』が向かった先は道路ではない。土地不足の第一二学区では珍しい事に、高層ビルではなく一軒家（？）のでっかい教会だ。

カーブしても敷地には突っ込まず、直後に八輪が地面の下に大きく潜る。

古めかしく塗装した教会の真下にはコンクリを固めて作った下りのスロープと地下駐車場が広がっていたのだ。これも学園都市流か。

表でオレンジ色の火花が巨大に散った。

白色の影。空気を引き裂いて起きる死の唸り。すぐそこの出入口を親指より太い金属ワイヤーが激しく叩き、コンクリの壁をごっそり削り取ったのだ。

狭い出入口から屋内への移動に邪魔だと感じたのか、ムト＝テーベはテーブル大のワイヤーリールを切り捨てる。二本の足を気軽に動かして下りのスロープに向かってくる。

だけどそこは一本道だ。

こちらはただ薄型液晶の指示に従ってコマンドを送るだけで良い。

シュプレンゲル嬢の小さな指が車長席のコンソールモニタの一点をタップした。

「はい完了」

ズドンッッッ!!!!!!　という一二〇ミリの爆音が吼えた。

ムト＝テーベの腹の真ん中に直撃した。

くの字に折れた超絶者がスロープの外までぶっ飛ばされる。まるでそんな形のロケットだ。

「ふふっ、わらわを死ぬほど褒めて拝みなさい愚鈍!!」

もちろん一発当てたくらいで安心なんてしていられない。上条は、自分の頭の後ろが痺れるような死の緊張感が継続しているのを強く感じ取る。ギャリギャリとタイヤを鳴らして八輪の機動戦闘車は地下駐車場を走り抜け、砲身を後ろに回して防護したまま建物反対側のスロープの金属格子シャッターを体当たりで突き破って別の通りに飛び出す。

「っ！　地図にはなくて安全に検問を抜けられる秘密の順路ってこれか!?」

「あら偉い、自分で考えて答えを出すのはとてもイイ事よ愚鈍。大きな地下駐車場に潜って別の通りへ出る。これなら地図アプリの公道だけ眺めてバリケードを組む警備員(アンチスキル)の裏をかける」

「そうかよありがとう。今の体当たり、アラディアが慌ててハッチの中に俺を引きずり込んでくれなきゃぐしゃぐしゃに折れたシャッターの格子に巻き込まれて首が飛んでたわ!!」

8

申し訳ない、とムト＝テーベは考えていた。

大の字でぶっ倒れている褐色少女は、歩道を彩る花壇(いろど)をお尻で踏んづけてしまった事実に沈痛だった。これは、意味のない破壊だ。お花は標的でもなければ戦力強化にも繋(つな)がらない。こちらの仕事を邪魔する訳でもない。処罰を司(つかさど)る執行人は破壊に稀少価値を持たせ、その行為によって平和を守らなくてはならないのに。

がらんがらん、という重たい金属音があった。

中華鍋を路面に落としたような音だ。

（……それにしても良かった、とっさに複合装甲を選んでおいて。爆発反応装甲なんて名前は格好良いけど、徹甲弾とかいうのだと普通に抜かれていたはず）

夜空の月を見上げながら、金髪褐色の超絶者(ちょうぜつしゃ)は静かに考える。

処罰とは公正でなければならない。例外を認めてはならない。因果応報がきちんと効果を発揮してこそ、人の世は正常に機能する。真面目に生きた人がその分だけ幸せになれる社会ができる。ルールを守るとは耐え忍ぶ事だ。つまり我慢の量に合った見返りがあってしかるべき。

　そもそもムトとはエジプト神話の女神。それも死後の世界の幸せではなく、現世で敵国と戦って物理的に民を守る女神として数千年前、テーベという巨大な街に君臨していた。

にも拘らず標的を目の前で逃したのは、痛恨。

　不徳の致すところである。

（『矮小液体』は……無事。まあバインダー込みで小さくすればマッチ箱より縮小してどこにでも隠せるし）

　ギャリギャリガリガリ、という金属のベルトを動かすような音が耳に入った。

　そういえばまだ夜空に撒き散らされている太いサイレンはそのままだったか。

　つまり敵を捕捉した学園都市側は戦闘態勢を解いていない。

　拡声器からがなり立てるような太い声があった。

『そこのお前!!　現在、学園都市全域は戒厳令下にある。住人ならば学生証または同等の信頼性を持つ身分証を、ゲストであれば旅行証明書をそのまま目に見える位置に提示せよ！　なお、不幸な誤解が生じる事を我々は望んでいない、くれぐれも紛らわしい真似はするな。すでに発砲の許可は下りている!!』

　無視して身を起こした。

遠巻きにこちらを囲んでいるのは強烈なヘッドライトの群れ。ビームのように直線が目に見えるのは、履帯が削り取ったアスファルトの粉末が霧のように滞留しているからか。

戦車だか対空戦車だか装甲兵員輸送車だか機動戦闘車だか、細かい分類は知らない。そもそも声は聞こえているけど、本当に乗員が存在するのかどうかも含めて学園都市のテクノロジーは謎だらけだ。屋根から妙にアンテナもたくさん立っているし。

でも多くの光源のおかげで、地面に影が延びているのは良い。

ご協力には感謝をしよう。

超絶者ムト＝テーベは無表情のままこう呟いた。

「……与えられた職務を全うできないのは、社会が悪いのでもルールが間違っているのでもない。現実に、手を下す執行人たるわたしの実力が不足しているから」

『おいっ？』

「なら必要なだけ影を呑むよ。自由で公平な社会のために」

エジプト神話の女神ムト。

それは穢れた死肉を啄むハゲワシをモチーフに据えた、護国と戦争の神である。

行間　二

第一〇学区の刑務所の中でも、最も壁の分厚い独房。そこに居を構えていても、新統括理事長・一方通行の耳目は生きている。そうでなければ学園都市の管理はままならない。

『人口密度、及びヒト、モノ、カネの流れの動線』

『ネット上の動向、特に危険な流言をリストアップ』

『兵力の展開状況』

『ターゲットと危険分子・超絶者の目撃情報の整理とエリアごとの優先順位づけ』

などなどなどなど。

とはいえそれは旧統括理事長・アレイスターが学園都市の隅々に散布・敷設したナノデバイスの『滞空回線』ではない。大仰な覗き趣味の使用キーはすでに凍結している。

とはいえ、ある意味ではこっちの方が反則かもしれないが。

科学の天使と魔術の悪魔。

学園都市を自由に飛び回るそれらこそが、第一位の耳目となる。

刑務所にしては無駄に豪華なベッドに腰掛け、壁に埋め込まれた液晶の大画面に目をやりながら一方通行（アクセラレータ）は静かに考える。

ありったけの情報を網羅するが、まだ足りない。

そもそも一番の前提である超絶者（ちょうぜつしゃ）についての定義がまるで解明できていない。

今が何時だろうが壁の受話器を持ち上げれば冷や汗でびっしょりになった看守どもが仔牛（こうし）のフィレステーキくらいは持ってくるだろうが、今は水一杯すら喉に通す気も起きなかった。

（……戒厳令は早すぎたか？　いや、例の超絶者（ちょうぜつしゃ）どものせいでコタツシンドロームとかいうふざけた名前の社会現象が席巻（せっけん）している状況だ。群衆の動きが予測できねェなら封殺しちまった方が安全は守れるに決まってる。今学園都市（がくえんとし）にいる普通の連中は外から判断材料を注入されてやがる以上、赤信号を見てきちンと止まる保証すらねェンだから）

そもそも戒厳令は出したが、こんな猫撫で声で受け入れられるのは予想外だった。

こちらは罵声も覚悟で決断したというのに、何なんだ。この気持ちの悪い歓迎ムードは。

「チッ」

こういう守りの思考自体、これまでの一方通行（アクセラレータ）とはかけ離れているだろう。だがこの街の行く末を預かった以上、無碍（むげ）にもできない。平和と安全に対して義務が生じる。プライドだの美学だの、一人で捨て鉢になれば勝った事にできた頃とは話が違う。

いや、実際には何も成し遂げてはいなかった。気分に浸っていただけだ。

夜空を舞うクリファパズル545からの報告が続いていた。

『目に見えるところですと、第一二学区で砲撃含む車両級の衝突あり。付随して検問の配置に乱れがあります。中央データリンクへの未報告案件、発砲した車両については具体的な特定を急いでいますう。それから、あれ……う、嘘(うそ)でしょお……？』

「？」

ムト＝テーベか。

あるいは上条当麻(かみじょうとうま)、アラディア、アンナ＝シュプレンゲル側か。

（……あの野郎、どォいうつもりで世界的な悪女と肩並べて遊ンでやがンだ？）

何かしらの動きがあった事は予測できたが、答えは一方通行(アクセラレータ)の想像を超えた。

『学園都市(がくえんとし)の東側外壁を越えて、何かが来る……。ちっ、超絶者(ちょうぜつしゃ)ですう！　しかも数が多い、ちょっとこれマジかジジジザザザがりガリガリ!!!!!!』

盤面が傾いた。

腐っても悪魔。たった一人いれば英国を丸ごと戦争の熱気と錯乱に包み込むほどの魔性である。それがこうもあっさり撃墜されるとは、よほどの実力者と見て良い。

そもそも人造の悪魔と音信不通になるという事は、耳目の片方を潰されたに等しい状況だ。

ただし闇雲に心を乱しても状況が変わる訳ではない。

まだ終わってはいない、と強く踏(ふ)み止(とど)まって考えるべき。

「カザキリ」

『え、えっと、あのう……』

「悪魔は自力で自分の面倒を見る。オマエが無事なら報告しろ。報告する前にあっさり消えンじゃねェぞ、クリファパズル545を助けてェなら報告してから渦中に突撃しろ」

『っ、うん‼』

必要以上に力のこもった声が返ってきた。

こいつもこいつで正義バカだ。

自分にとって得のない、全く割に合わない選択肢を提示されて喜んでやがる。

……これが学園都市の能力者の総意だとすれば、街が丸ごとお人好しなのかもしれないが。

一方通行は顔をしかめて片手で耳を押さえつつ、

「……概算で構わねェ。壁を越えた超絶者は全部で何人だ？」

『す、すみません。その、超絶者の定義がいまいち』

「単純に全部で何人だっつってンだ」

『そっちも正確な事は。ただ、ここから見えるだけでもざっと二、三〇人程度としか……』

それだけ『橋架結社』とやらも本気という事か。

むしろ、今まで学園都市の中にいた超絶者の方が少数派でしかないのだ。

第二章　超絶者ムト＝テーベ　the_Death_Penalty_WH.

1

全ては自分の頭に入っている話だ。

究極的に言えば、旧R&Cオカルティクスの魔術データベースもアンナ＝シュプレンゲルが自分で書き殴ったメモの山でしかない。つまり第一五学区まで行って中身を検索したとして、出てくるのはアンナ自身の知識でしかないのだ。

明かりを落とした暗く冷たい鋼鉄の箱の中、小さな悪女は視線も振らずに囁いた。

「なに、エイワス？」

『いや別に。君にしてはかなり我慢をするんだな、と』

「ここのところ踏んづけてあげなかったから甘えてきたのかしら愚鈍」

くすりと笑って、しかし小さなアンナは相手にしない。

だから未知なる者の声だけが続いた。

『ようやく詐欺師のマダム・ホロスから肉体を取り返したのだろう。この世界を好きなように知覚しどこまでも自在に動ける形で。私は君が善悪問わずの「自由」を思う存分謳歌しようと考えたとして、何も不思議には思わんよ』

シュプレンゲル嬢は小さな手を握ったり開いたりしながら、

「こんな体で？」

『君は本来の力や容姿を完全な形で取り戻す事に、さほど執着していないように見える』

ふん、とアンナは鼻から息を吐いた。

図星ではある。

この辺りは、腐っても人に叡智を授ける神託を司る存在か。

ほしいのはもっと別の何かだ。

自分の中にはないものだ。

「……ひとまずは『橋架結社』から始めるわよ」

『アンナ＝キングスフォードではなく？』

「できるところから」

『橋架結社』の計画を知り、唯一止められる立場になれば連中と交渉ができる。

さらに言えば、学園都市からも必要とされる存在になれる。

そのために第一五学区へ向かうのがベター。

逆に言えば、だ。

「現状キングスフォード対策は何もない。シークレットチーフの力を全部使ってもね」

実際、エイワスという切り札を使ってもキングスフォード撃破の報は得られなかった。人間フィルム缶状態から脱するため自信満々でアレを使っていたらどうなっていた事か。今になって背筋に軽い悪寒すら感じる。

ただし、

「わらわにはできなくても、超絶者の集まりなら話は別かもしれない。そしてキングスフォードとは違ってあの超絶者連中ならまだ手玉に取れるわ。アリスのコントロールにせよ、その力の一端を注いだ超絶者特化の『矮小液体』にせよ。隙が多いのよね、力の大きさと反比例して」

『なるほど。君らしい悪徳の一手だな』

「アリス＝アナザーバイブルを直であの女にぶつけられれば良かったけど、今の上条当麻との関係性だとどうかしら。だけど他にも様々な方向に尖った超絶者がいるでしょう？　その中には、相性の組み合わせでキングスフォードをあっさり倒せる誰かがいるかもしれない。死霊術師とか機械の天敵とかね。素直に諦めても得られるものがない以上、わらわ的にはひたすら醜悪に引っ掻き回すのが正解よ」

そんな訳で、まずはできるところから。

『橋架結社』対策については、もう十中八九は絵図ができているのだ。

だけどだからこそ、完全な確定が欲しい。

今この頭にある中身と、かつて自分で作ったデータベースと比較してでも。

思わず疑ってしまうのはそれだけケタ外れの話だからでもある。

『橋架結社』のやろうとしている事は、シュプレンゲル嬢の目から見ても。

『できると思うかね、彼らに』

「さあ？　だけど、いくら何でもそこまでは、で頭ごなしに否定するのは弱い流れよ。そこには妥当性も信憑性もなく、最悪な中でせめてこうであってほしいという自分の甘えしかない。具体的な脅威がその辺をうろついているのに、自身で逃げたがっている方向に閉じこもって安心するほど間抜けな話もないでしょう？」

だから自分の思考や感情に引きずられない、硬く冷たいデータの山に頼りたかったのだ。

自分の予測は紛れもない正解であると、客観的な補強が欲しかった。それがどれだけおぞましく、この悪女でさえ目を逸らしたいものであったとしても表示してくれる何かが。

重ねて言う。

つまり、アンナ自身は十中八九答えを弾き出している。

後は最後の確定を得るだけだ。

そして第三者に突きつける事ができる、物理的なメディアに落とすだけ。

「……こういう時、自分に完全記憶能力がないともどかしいわね」

『あれは、あったらあったで苦労しそうな「体質」だと思うがね』

ディスクにせよ不揮発性メモリにせよ、形のある物理メディアなど時間の流れと共に劣化・風化して読み込めなくなるのは分かっているはずなのに、自分の頭で情報を抱え込むと自縄自縛の疑問に押し潰されて答えが歪んでいく。しかも完全記憶能力持ちと違って、一般に不確かな記憶に客観的な信用、証拠能力は宿らない。


計画については知っている。

アキレス腱も網羅しているから、いつでも潰せる。


『これを客観的に証明できなければ「橋架結社」の超絶者どもと交渉はできない訳だ』

「あなたが得意としている事でしょう？　秘められし神の使者を気取って神託を与えるメッセンジャーなら。ローズの口を借りたのは最初のきっかけだった。誰にでも読める形を作らせたその一冊がいわゆる『法の書』なのだし」

『あれはブライスロードの戦いの後、「黄金」が転がり落ちた破滅の道のりにうんざりしていた君が私という伝達者を介して試みた、一粒の新しい種子だろう。しかし』

「ええ愚鈍」

シュプレンゲル嬢はそっと息を吐いて、

「交渉なんてわらわの第一目標ではないわ」

『そもそもあれは、あってはならない計画だ。少なくとも君にとっては。交渉の余地が残っていた事にむしろ軽い驚きを感じているが』

だから裏からこっそりかき回して潰せるように、見えぬ組織とやらにバックドアを仕込んでおいたのだ。アリス＝アナザーバイブルに上条当麻の『個人的な伝説』を聞かせる事で、絵本の人物のように慕わせるといった方法を使って。

(……だと言うのに、わらわは何をしているのかしらね)

これについては小さな足で軽く蹴りつつ。

『悪いが聞こえているぞシュプレンゲル嬢。君は私、シークレットチーフの巫女だからな』

ただエイワスの言う通り、『橋架結社』の危険極まりない計画を潰す事を第一と考えるなら、交渉など無意味だ。無警告でアキレス腱を切ってしまった方が手っ取り早い。

世界を守る？　何を馬鹿な。

近代西洋魔術史上でも一、二を争うあの詐欺師からようやく取り戻した、物理的な『自由』だ。小さな悪女は自分こそがこの広い世界を貪って思う存分享楽にふけると決めている。つまり『橋架結社』と戦うのも、彼らの計画を潰すのも、そうした善行とは無縁なのだ。

では何を守りたい？

第一に欲するのは何だ？

そしてアンナ＝シュプレンゲルは小さく呟いた。

「……わらわの『王』、か」

2

一月四日、早朝。

ぱしぱし、と上条当麻は軽く頬を叩かれた。

一瞬、うちの三毛猫が前脚を使って遊びでもねだってきたかと思ったがそんな訳はない。

アラディアだ。

「起きてちょうだい」

「う」

目を覚ますとそこはガソリンスタンドだった。例の戒厳令で店員さんが見当たらなかったので、給油も兼ねて自販機コーナー兼休憩所を借りて仮眠を取っていたのだ。木のベンチで横になる上条を床に屈んでアラディアがいじってくるため、必要以上に顔が近い。実際、垂れた銀髪が少年の頬をくすぐっていた。

とはいえ、

「もう五時半よ。事務所にあった勤務表を見る限り、通常日なら責任者クラスがやってくる時間帯。普通の民間人が戒厳令って言葉に緊張感を持っていない場合、自分の仕事場の様子を窺いに顔を出す可能性はゼロじゃないわ」

「うあうめあうあるへ？」

「それで甘えているの？」

寝ぼけて舌が回っていないのだが、冷たい声であしらわれた。

（新年一月四日、『もう』朝の五時三〇分。……世界って変わったなー？）

「ほら早く。体を起こせば自然と眠気も消えていくものよ」

「むー」

とにかく起きろと言われた以上身を起こすしかない。

と、ここでアラディアがこちらの背中とベンチの間にしなやかな手を差し入れてきた。

タイミングが悪かった。

上条の唇が何かに触れた。思ったより近くにあったアラディアのほっぺたに。

一瞬まだ夢の中かと思った。

「んう……？　あっあれ!?　ちょっと待て今とんでもないコトをやらかしたんじゃあ!?」

頭のぼんやり感が一瞬で吹っ飛ぶ。

今回はもうガブリと噛みつくとかそういう生易しいのじゃない気がする。何しろ相手は一二月三一日には問答無用で何度も人を殺してくれたアラディァ様だ。

なのだが、

「……良いよ別に。事故なのは見れば分かるし」

「?」

びくびくっ、と顔の前で両手をクロスしたまま状況が掴めない上条。

アラディァはこちらからわずかに目を逸らしたまま、それ以上何もしてこない。

来なければ来ないでおっかないのだが。こう、目には見えない借金が知らないところで膨らんでいきます的な。

「とにかく起きて、いつまでものんびりしていられる状況じゃないでしょうし」

今は追われる側なのだ。

誰も頼んでいないのに自分で選んだ道だから、文句も言っていられないが。

頭はスーパー重たいけど、今度こそ上条は何とかして自力で身を起こす。木のベンチだと体のあちこちが痛い。ブラインドを下ろした休憩所から出ると肌が切れるくらいに寒かった。外は白いもやが出ている。

「それにしても、何で朝からアラディァこんなに元気なの……? どこの国から来たのか知らねえけど時差ボケなんじゃないのそれ」

「……今まで貴方達に手足縛られてその辺に転がされていたからできなかったけど、本来、魔女は規則正しい生活をして自然から恩恵を受け取る生き物よ。陽が昇る前から活動してるくらいで驚かないの」

　ここばっかりはぴしゃりと言い切るアラディア。

　それから魔女達の女神は片目(かため)を瞑(つむ)って、

「なに？　何か色々聞きたそうな顔だけど」

……別にそんな事は全くないのだが、アラディア側が勝手に深読みして内側から扉を開けてくれたのならチャンスだ。

　というか、あれ？

　今ならアラディアに向けて謎に包まれた超絶者(ちょうぜつしゃ)や『橋架結社(はしかけけつしゃ)』について質問ができる!?

「あのええと！　じ、じゃあそのですねッ!!」

「力み過ぎ。わたくしは逃げないから肩の力を抜いてリラックスするのよ坊や」

「あ、あなたは赤いアンドロイドではないのではありませんか？」

「そんなレベルから確認始める!?　まあ慎重なのは良いけどッ!!」

　アラディアが総毛立って叫んだ。

　しかしこう、クールな魔女姉さんの雰囲気が変わったというか。何でも肯定スタンスだし、ちょっと甘やかしモードに入っていないかアラディア？

「……えと、じゃあ直近だとムト＝テーベについてとか？　知っておかないと死ぬ情報もあるかもだし。でも、『橋架結社(はしかけけつしや)』のお仲間の情報なんて話したくなかったら」

「そこまで気を遣う必要はないわ。今さらね」

一月の早朝、白い息を吐くアラディアは肩をすくめてから、

「それじゃまずは基本から。ムトはエジプト神話で語られている女神の事よ」

「うん」

それはあの領事館で、H・T・トリスメギストスから聞いた気がする。

知りたいのはそこから先だ。

「ハゲワシを象徴とする女性形の軍神。漠然とした死後の世界の幸せを約束する他の神と違って、実際に地上で戦って敵国から民を守るために存在する『物理的な女神』よ。具体的に、テーベという古代都市を外敵から防衛すると言われていたの」

「……マジかよ。ほんとに戦争特化、それだけの神様……？」

「子を守る母の様々な機能の一つとして、そう信じられていた、ね」

アラディアは何やら微妙な訂正を促しつつ、

「ムトは女神でありながら、古代エジプトの王様ファラオの妻でもあるとされる特別な存在よ。厳密には、お妃様とムトが同一視されるの。まあ代々の妻が全員ムトと同じって事になるから、男性のファラオ側から見るとムトは母であり妻であり娘でもあるけど」

……この辺あまりにも複雑過ぎるが、まあ何千年も昔の古代エジプトの恋愛観を現代に当て

はめて考えるのもナンセンスだろう。

「そして最高神アメンには妻が必要だとして、後から創られた女神という疑惑もある存在よ。まあこれについてはわたくし、アラディアがどうこう言える立場ではないけど」

「……？」

前から引っかかっていたところではあった。

アラディアという女神自体は、取材に来た人間へイタリアの魔女が適当に吹いたホラ話という説もある、との指摘をインデックスから聞いた。なら今ここにいるアラディアはつまり何なんだろう？

存在しない何かの名前を名乗る事に意味があるのか。

魔女が語った話は真実だが、壮大過ぎて書き残した人物が正しく記録できなかったのか。

「どうしたの？」

「いや……」

何故（なぜ）、躊躇（ためら）ったのだろう？　向こうは聞けば答える受け入れの態勢だった。仮にここだけ拒否しても、本人が明確に拒んだという確定が得られるのは何か大きな取っかかりになると思う。

あるいはその『確定』が怖いのか。

今ここにある、仮初めの平和がガラガラと崩れてしまいそうで。

と、外で合流したアンナは魔女さんを見るなりニヤニヤ笑っていた。

「右の足首」

「……余計な事は言わなくても良いの」

？　と上条は首を傾げる。

そういえば『アレ』、何で今もやっているんだ？　上条自身の躊躇いでうっかりモードを変えてしまったため、あのツンツンぶりだと質問してもアラディアは答えてくれないっぽいが。

当然ながら給油に使う計量機はガソリンや軽油を扱う危険な代物だ。しかも屋内ではなく表に露出している。なので事務所とは別に一機一機ロックされているはずなのだが、こちらもアンナ＝シュプレンゲルのテクノロジーがあれば何とかなるものらしい。

悪女のアンナは鼻で笑って、

「毎回変わるワンタイムパスワードも二段階の認証も結局パターンだわ。そもそもの擬似乱数を解読してしまえばザルもザルよ。その辺のカメラの性能が向上した事で、指紋や虹彩なんかの生体認証はかえって怖いって認識くらいはあるようだけど」

「寮のカギ、むしろオンボロなアナログで良かった……」

「お間抜けを極めたの愚鈍？　そっちはもっと単純なパターンの組み合わせよ。愚鈍にできる最強セキュリティ設定と言ったら、貧乏で盗まれるものが何もない事じゃない？」

そんな事を言い合いつつ。

上条はすぐそこに、時代遅れの公衆電話が取り残されているのを見かける。

何となく、だ。高校生の上条でも、追われている状態でスマホを使うのは良くないというのは分かる。ただ、発信者のはっきりしない公衆電話なら、あるいはインデックスや御坂美琴と連絡を取る事だって……。

小さなアンナが下からジロリと睨んできた。

「だからやめておきなさい愚鈍。というか、勝手な真似して窮地に陥ったらお尻を蹴って頭から犬小屋に突っ込むわよ？」

「はいはい」

諦めるしかなさそうだった。詳しく説明はしてくれないが、こっちはこっちでリスクを消し去れる訳ではないようだ。Ｒ＆Ｃオカルティクス、世界に名立たる巨大ＩＴを丸ごと一個作ったアンナに情報面の知識で勝てるとは思えない。学園都市は『外』と比べて科学技術が二、三〇年は進んでいるとはいえ、別に上条が全部一人で作った訳でもないのだし。

（無事だと良いけど。同じ街にいるのにもどかしい……）

追っ手の注目がこちらに集中しているという事は、インデックスや美琴達はむしろ手薄で安全だと信じるべきか。

八輪で頭に戦車の砲塔までついている機動戦闘車はとにかく目立つが、アンナの提案で洗車機の中に押し込んであった。すっぽり収まってしまうとバレないものらしい。

小さなアンナはばさりと紙の大きな地図をコンクリの地面に広げていた。アラディアと一緒になって、こちらもどこかで拾ってきたらしい虫眼鏡を通してじっと眺めている。

「さて、わたくしのスクライングだとこんな感じ？」

「誰が実行しても見える事象は同じよ。『水難』と出ているようだけれど……」

細かい文字を目で追ったり、小さな駒を置いて敵（？）の布陣をシミュレーションしている訳ではなさそうだ。どうもオカルトな占いっぽい。アラディアが地図の上で虫眼鏡を滑らせると、歪んだレンズの中で何か細かい光のようなものが躍るのが分かる。

「どうしたの？　地図を見たいならわたくしの隣に来てってば」

言って、アラディアは屈んだままちょっと横に体をずらしてくる。

ひとまず従ってみるが、上条からだと何やってるかさっぱりだ。とりあえずあの格好で屈むと罪悪感を覚えるくらいお尻がすごいので、あんまり後ろから遠巻きに見ていたくない。

全く気づいていない脇ガラガラ姉さんは地図に集中しながら、

「水晶占い。実践魔女ではそう珍しくもない占術よ。水晶を凝視してそこから得られたビジョンから知りたい情報を読み解く。これはその変化球ね、実は水晶も球体も必ず揃えなければならない条件ではないって事は知っている？」

やり方じゃなくて、つまりこの先何があるんだの答えが気になるのだが。

アラディアは昔の探偵みたいな虫眼鏡を地図から離すように持ち上げると、

「それから右手」

「？」

上条が言われて掌を差し出したら、虫眼鏡の縁に触れた。パキンと甲高い音が鳴り響く。

アラディアは用済みらしい虫眼鏡を手の中でくるりと回すと、大きな棒のキャンディでも舐めるようにその縁へ軽く唇を寄せて、

「やっぱり幻想殺しがあると楽ね」

「まあ、呼び出した諸力を追儺する作業を丸ごと省略できるんだもの。しかも、しくじって反動に苦しめられる心配もない。『黄金』は規模だけ膨れ上がって勝手に破裂した目も当てられない結社だったけど、最後の手段としてブライスロードの奥深くで保管するだけの事はあるわ」

いまいちどういう評価なのか上条には読み取れない。年上のお姉さんに頼まれて硬い瓶の蓋を開けてみたー、くらいの気持ちで受け止めて良いんだろうか？

……何それ悪くないかも。

「こんなのでいちいちニヤついているんじゃないわよ愚鈍。占術についてはやり過ぎない方が良いでしょうね。魔術に疎い学園都市勢ならともかく、ムト＝テーベやキングスフォードだとこっちの深入りを逆探してくる恐れもあるわ。ふと無人の廃墟で気配を感じるように」

小さなアンナは唇を尖らせ、紙の地図を手早く畳む。

「今いるのは第六学区、わらわ達はまだまだ第五学区も第七学区も越えないといけないわ。さ

あ愚鈍、第一五学区まで何とか近づいていきましょう」

「分かるけど……」

呟きながら、上条もまた砲塔てっぺんのハッチを目指す。

車内は相変わらず狭く椅子も窮屈だ。全員で車中泊を断念したのもこれが理由だった。

「ていうか遊園地の街って装甲車で入れたんだな。出入口は頑丈なゲートでチケットの管理とかしているイメージだったのに」

「愚かだわ、機動戦闘車よ」

いちいち訂正を促すアンナ。

「一度で学習しないと××の穴に暗記棒を一本ずつねじ込んで覚えさせるわよ」

「……、」

暗記棒って何だろう？

何にせよ、この調子だとトウモロコシは穀物なのか野菜なのか論争でも激しく怒りそうだ。

「あと愚鈍、遊園地ってお客さんの目につかない場所にきちんと業務用の車両進入口を用意してあるものよ。これだけ広い園内にどうやって大量の食材やお土産商品を運び込むつもり？絶叫マシンのメンテナンスで、重さ何トンもある金属レールや太いワイヤーの束を交換する時は？　まさか全部手持ちじゃないわよね」

「そうじゃなくて。第六学区って、学区全体が遊園地になってるエリアじゃん？　うわー、こんな夢と希望で溢(あふ)れた国に軍用車で突入とか世紀末かよ……」

「……………………………………………………………………………」

……………………………………………………人の言葉を遮って」

「おとぎ話も源流を辿(たど)れば割とホラーだったりするけど」

するっとアラディアが差し込んできた。

今のは助けてくれたんだろうか？

魔女達の物語に詳しい女神様の声は上から聞こえた。どうやらナチュラル系を極めた山ガールは四六時中鉄の箱で缶詰にされるなんて耐えられないらしく、ハッチから上半身だけ出して風を浴びているようだった。つまり乗降用のハシゴに片足を引っかけている訳だが、

「ブぼふアラディアっ⁉　馬鹿‼　なにこのアングルっ、無防備お姉ちゃんってば‼」

「？」

「……気づいていないなら放っておきなさい、本人が勝手にやっているんだし。愚鈍が手に負えないバカだからって何も自分から殴られに行く事はないわ」

真上である。スカート穿(は)いた擬人化美少女となった唐傘お化けを下から覗(のぞ)き込(こ)むようなありえないビジュアルが展開中だが、アンナ＝シュプレンゲルはそんな事よりついさっきパンの自販機で買った明太(めんたい)マヨコーン惣菜(そうざい)パンのお味が気になって仕方がないらしい。昨日たっぷり買(か)

い溜めしたのが車内にあるのに。一兆個の乳酸菌とか、もうインフレを起こしまくってにっちもさっちもいかなくなったバトル漫画みたいな健康飲料を美味しそうに飲んでいる。

基本的に八輪の『プレデターオクトパス』の操縦はアンナに丸投げだった。

高校生の上条ではハンドルを任されても右往左往するだけだ。というか画面操作だからハンドルなんてないし。テクノロジーに懐疑的なアラディアだって以下略だろう。そうなると、運転から砲撃まで車長席のコンソールモニタ一つですいすいこなすアンナの独壇場になる。

上条当麻は極至近、頭上一メートルで必要以上に存在感を増しているアラディア姉さんのお股は極力意識から外すよう不断の努力を続けながら（何かの修行かこれは⁉）、

「……そうなるとやっぱり今日も追っ手のムト＝テーベを警戒しつつ、学園都市の警備員とかが敷いている検問を迂回して越えていく感じか？」

「分かりきっている事をいちいちありがとう愚鈍。××の穴に色々突き刺して定食屋の割り箸入れみたいにしてほしいの？」

口の悪さで言ったらどこぞの『人間』以上かもしれない。

思わずため息をつく上条だったが、

「それから、不自然なまでに沈黙するアレイスター関係が抜けているけど死にたいのかしら」

アレイスター、のところで明らかに空気が変わった。

上条よりも強い緊張を放っているのは、意外にもアンナの方だった。

「アンナ＝キングスフォードは愚鈍と違って正確さを求める魔術師よ。一手一手に無駄がないというよりは、無意味に終わってしまった行動すら見方を変えて有効な手札に変えてしまうというか、なんだけど」

ぽつりとアンナはそう呟いた。

あの小さな悪女が、自分の弱みを他人にさらしている。

上条にはそれは退化には見えなかった。一歩ずつだけど、前に進んでいる。

「例えば占術とかで居場所を特定したとしても、その一つだけでは襲ってこない。必ず複数のソースを頼り情報の確度を限界まで上げてから、無駄のない一手を理詰めで正確に打つはず」

「だとすると……」

「そうよ愚鈍。昨夜、ムト＝テーベから逃げるために派手な砲撃戦をやらかしたでしょ。あの報告は科学サイドの学園都市経由でも広まったはず。……つまりそっちを傍受されて分析が進められていると考えると、そろそろ危ない。キングスフォードが重い腰を上げる頃だわ」

3

アレイスター＝クロウリー、アンナ＝キングスフォード、木原脳幹。

傍目に見れば外国人の修道女と謎の近未来メガネお姉さんが大型犬の散歩を（戒厳令で外出

禁止の街中で）している、という奇妙な画ヅラに見えるだろうが、そもそもそれは無理な相談だろう。たとえ武装した警備員の目の前を歩いて横切っても、呼び止める者など一人もいない。

今度は確実に見つかる。

学園都市へ潜る時、そう言っていたのは木原脳幹だったか。

アレイスターはそっと息を吐いて、

（……こういう認識の簡易操作も、魔術を深く知る者には通用しない。超絶者はもちろんとして、今は学園都市側にも人造の悪魔がいたな。クリファパズル５４５）

こんな事はすらすらと思い描けるのに、人の心は読み解けない。

いつだってずっと間違いばっかりだ。

一方、アンナ＝キングスフォードは物珍しそうな目を路肩の車列に向けていた。都市部での使用を想定しているからか、黒っぽく塗装された戦車や装甲車がずらりと並んだアレだ。

思ったよりも近い。近すぎる。

ちょちょちょちょと小さな歩幅で一メートルまで近づいていく知の大女神は丸っきり観光客だ。こう、イギリス辺りの宮殿にいる真っ赤な衛兵でも眺める感じ。

魔術がなければ速攻でバレて戦闘状態になっていた。

「まあまあ。パレードみたいデ派手ですわね」

「永久遺体をあんまり過信するなよ。外から見分けがつかないとはいえ、本質はすでにある遺体を動かせるようにしてあるだけだ。魔術的防護が使えない状況、つまり例えばいきなり足場を崩されたり高圧電流を浴びせられたりで行動阻害されれば、普通の砲弾一発でバラバラになるのは変わらない」

「では、車両以外ノ方々なら比較的安全だと？」

「今のを聞いてどこに『では』と繋げたのかが謎過ぎるんだが……」

ちょいちょいと至近一メートル以内で警備員の群れに指を差しているキングスフォードに、アレイスターは思わず片目を瞑って額に手をやる。

それでも全く気づかれない辺り、アレイスターとは違う達人の術式か。

本当の達人は、こういう基本の魔術を決して疎かにはしない。

というより全体で大きな体系なのだ。魔術の世界に無駄な歯車などない。

よって、特別な必殺技が一つあるのではなく、誰でも使える易しい術式を端から順に必殺の域にまで徹底的に研いで威力を高めている。

殺すための術式という考え方自体、道を極めたキングスフォードからすれば業腹だろうが。

ゴールデンレトリバーは休憩中らしい警備員が吸っている煙草の煙をひくひく嗅ぎつけ、バニラのような混ぜ物の香りにうんざりしながら、

『説明してやれ、アレイスター。何度教えても覚えられないのならともかく、そもそも知らない事は罪ではない』

「分かってはいるが……」

一八〇〇年代で知識が止まっている知の大女神は、魔術はともかく科学側の脅威については疎(うと)いのかもしれない。知識の有無というより、脅威を実感できないというか。一度も熱したやかんに触った事のない赤子のように、ある種純粋過ぎるのだ。

ややあって、アレイスターは早朝の青空に人差し指をやって、

「学園都市(がくえんとし)が開発した二〇〇ミリの自走榴弾砲(じそうりゅうだんほう)や多連装ロケット砲なら、射程は三〇キロを超える。つまり街のどこであっても正確に砲弾を落とせる訳だ。民間施設への被害さえ考慮しなければ、警備員(アンチスキル)一人が無線なりレーザーなりスモークなりで合図を一つ送っただけで爆発物の雨が降ってくるぞ。具体的にはロケット砲の一斉射で一万発くらいの子爆弾が指定した土地を埋め尽くす。これが安全と言えるのか？」

ヴィウ！　という電気シェーバーみたいな音が頭上を横切った。

空撮用、ではない。

プラスチックでできたたった四五センチの鋭い二等辺三角形。それが数百単位で、ムクドリみたいな群れを作って塊で飛んでいた。遠目に見ると大蛇が波打っているようだ。普段は自由自在に空中を滞留しつつ、標的を見つければこっそり頭上に陣取ってロックオン、固体燃料を着火、後は落雷のように一気に標的へ突き刺さって爆発する自爆飛行ドローンだ。

アレイスターはそっと息を吐いて、

「あの『スネークヘッド』一機で手持ちの対戦車ロケットくらいの爆薬が積んである。つまり車両系が一番苦手とする真上から急降下で襲われたら、戦車や装甲車は片っ端から助からない。いきなり人の頭に落ちれば言わずもがなだ」

「あらあら。△見×間ニ大変ナ世ノ中ニなってい⧄わねえ」

頬に片手を当ててお上品に首を傾げるアンナ＝キングスフォード。

まあ、彼女が生きていたのは一八〇〇年代の後半だ。第一次世界大戦前なら戦車も飛行機も毒ガスも登場していなかったのだから、あるいは良い時代だったのかもしれない。核兵器のない戦争なんて、もはや理想の世界と紙一重な側から見れば。

もちろん小型ドローンは電波の混線や横風に煽られるなど、コントロール不能の墜落事故も後を絶たない。あんな信管つけた爆発物を街中で常時大量に飛ばしていたらどうなる事か。数が増えるというのは端数扱いのアクシデントが発生しやすくなるという意味でもある。何かが起きてからミサイルや砲弾を発射するのではなく、あらかじめ頭の上を全部爆発物で埋め尽くしておく。少数の事故を忌避するのではなく、事故が起きても人的被害が出ないように街並みから締め出してしまう。まさしく戒厳令下でなければ運用できない次世代兵器だった。

アレイスターは敵の眼前でこう尋ねた。

「今日はどうする？」

「そろそろ本気ヲ出そうかと☆」

4

八輪の装甲車に戦車の砲塔をのっけたような機動戦闘車に乗って、上条達(かみじょうたち)は第六学区、遊園地の街をゆっくりと進む。

外は切り裂くように寒いが、狭い車内は女の子の甘ったるい熱でいっぱいだ。

車長席のアンナは自動運転にちょこちょこ手を加えつつ、何やら通信まわりの設備をいじっていた。民間の周波数に合わせてラジオでも聞いているのかと思ったら、どうもモニタの画面を小さく切り分けてネット系のテレビを観(み)ているらしい。何をどこまで傍受できるんだこれ？

『一月四日になりました。おはようございます、子供なぜなに相談所でーす。なんと今回はお正月スペシャルで二時間の拡大版っ☆　それでは最初のスカイパ(おでんわ)は第一三学区に住む小学二年生、アズミちゃんの質問から参りましょう。アズミちゃーん、あけおめー。お姉さん達に教えてほしい事は何かな？』

『こ、ことよろ……。ええと、どうしてさむいとカゼをひくの？』

『面白い所に注目したねアズミちゃん。でもまずは先生から勘違いを正しておこうか。目に見えないから分かりにくいんだけど、風邪の原因になる菌は夏でも冬でも普通に空気中を漂っているよ。冬に患者さんが増えるのは空気が乾燥しているからなのと、人が元々持っている免疫力っていうのがあって……』

ふふっ、と小さな笑みがこぼれた。

口元に手をやっているのは車長席のアンナ＝シュプレンゲルだ。普段の当たりの強さと比べたら妙に柔らかい笑みだ。ここだけはいつもの毒がない。

「……良いわね、素直に質問して何でも吸収して。教え子としては一〇〇点満点だわ」

「そんなものか？」

「くれぐれも気をつけなさい黒光りの愚鈍。そうやって自分で考える前から質問を投げつけてしまう間抜けな輩と違って、まず聞いて、頭の中で噛み砕いて、それでも分からないところを自分なりにまとめてから恥ずかしがらずに質問する。これをパーフェクトと呼ぶのよ？」

じゃあシュプレンゲル嬢から気に入られるには七歳だか八歳だかの振る舞いを覚えなくてはならないのか。はっきり言って今回は難易度が高過ぎる。

「知識の量の多い少ないは問題じゃないわ」

アンナは一番偉い車長席で優雅に脚を組み、肘かけに肘を突いて頬杖。

魔王モードで囁く。

「……使わない知識は錆びるのよ。一度は覚えたはずの漢字の書き間違いを恐れてとりあえずでひらがな書きに逃げた結果、本当に読み書きを無様に忘れてしまうように。だから真なる叡智を得るにあたって、『何もそんな基本を』『どうしてこの自分が』なんていう余計なプライドが一番の天敵なの。恥じるな半端者。テキストは目の前にある、膨大に見えても一から順にステップを超えていけば達人になれるのは先人が証明もしている。なのに基本の確認もしないで自分ならいきなり飛ばして実践や応用に行けるなんて舞い上がってはダメ。まして考える前に投げ出してしまっている事に自分自身で気づいていない、何も学ばずに残っているのはやたらと育ったプライドだけなんていうのは論外も論外ね」

何か、意外なタイミングでヒットした。

まず聞いて、頭で噛み砕き、それでも分からないところは自分なりにまとめてから、恥ずかしがらずに質問する。

アンナが言った通りに、上条は恐れずに先へ進めてみる。

「お前は……結局、何がしたかったんだ？」

「人類全部を正確に導く、だなんて高尚な目的じゃないわよ」

シュプレンゲル嬢は無邪気なやり取りを耳にしながら、どこか意識をよそに飛ばしていた。

その唇から、溢れる。

「……わらわは自分の持っているものを皆と共有したかった。求める者が知識の餓えや渇きを癒やせるならば。ただし、それは完全に正しい形でという前提があったのだけれど。そして結局、何も叶ってはいないわ。半端で欠けた叡智がもたらしたのは人を見れば馬鹿にする口先だけの天才どもに、救いようのない争いよ」

『えー、続いては第七学区にお住まいの小学四年生、竣太くんからでーす』

『ぎゃー、わーッ!!』

『あ、あの竣太くん？　竣太くーん？』

『なにー、あはは！　待って今なんかきてるから、わあっ、(ドタンバタン!!) きこえなーい!?　キャハハあははは!!』

「……、」

「そんなそこまでピリつく事ないと思うよ!!　知らない人ん家の子なんだし!!」

黙っているとイギリス清教の連中も把握してない謎の呪いとか持ち出しそうなくらいチリチリしている小さなアンナに慌ててしがみつく上条。

「……まるで『黄金』にいた口先だけの天才どもを見るようなムカムカだわ」

「すごくコメントしづらいけど、頭の中のイメージは修正した方が良いのかこれ……？」

『……はあ、はあ。お、お姉さん、ぼく四七歳の赤ちゃんです。うふふ、お姉さん、こ、子供ってどこからどうやって生まれてくるの？　ぶふふう……』

『わあッ！　な、何でこういうの事前ブロックしていないんですかあプロデューサーあ!?』

「今のはヤッちゃって良いと思うぞアンナ」

上条は遠い目になった。生放送ってやっぱり大変だなあ、と思う。

みんな慣れない自宅待機で暇を持て余しているのかもしれないが。自分から寝正月を選ぶのと、外に出るなと周りに言われるのは感覚が違うだろうし。

(戒厳令怖い。こんな風に外を移動するのが贅沢になるなんてなあ……)

ちなみに操縦を担当しているアンナがいきなりアクセル全開で飛ばさないのは、ネットテレビのやり取りに画面を占有させて意識を傾けているからではなく、

「辺り一面私有地だと道路の強度が心配ね……。足元もアスファルトじゃなくてタイルっぽいし、いきなり底が抜けたりしないと良いんだけど」

「底って?」

「その質問は○点だわ、考える前に質問しないの」

小さな悪女の冷たい声が待っていた。

「遊園地の構造は見かけ通りとは限らないわ。絶叫マシンの巨大なモーターや業務用電源の変圧器、荷物やゴミのコンテナ搬入出とかで、意外と地下に広がりがあるものなのよ？　例えば、そうね。想像なさい愚鈍。電柱と電線で頭の上をびっしり覆われた遊園地なんて見た事ある？夢を壊してしまう現実の設備はみんな足の下にしまってあるのよ。全部ね」

そういうものなのか。

上条は横からアンナのいじっているモニタを眺めながら、

「……それにしても、観覧車とか絶叫マシンなんかはみんな止まっているみたいだな。早朝って時間帯のせいか？」

「まったく愚かな想像力ね。アトラクションまわりは実際に開園する直前じゃないと命にかかわる重要な試運転はできない訳だから、むしろ早朝の遊園地は騒がしくなるはずよ」

車長席に腰掛けるアンナは液晶画面を指でつつきながら答えた。呆れのため息がデフォルトになりつつある。自動運転車の仕組みも取り入れているからだろうが、ハンドルがないので車を運転している感じは全くしない。

動くもののない風景は、まるで巨大な遊園地全体が冬の寒さで白く凍結したかのようだ。

しかしそうなると、これはやはり例の戒厳令のせいだろうか。遊園地は学区全体が大きな私有地な訳だから、確かに上の経営陣？　とかがいったん方針を決めたら一面の風景が秒で切り替わってしまいそうなものだが……。

「それにしては、なんか、いないか？　あっちこっちに顔認識の四角が浮かびまくってるけど⁉」

「興奮すると息がかかるわ愚鈍。それ以上やったらぺ×スの管に黄色い練り辛子を押し込むわよ」

「悪女のくせに男の子の構造が分からんのかそんなのやったら爆発しちゃうよッ‼」

「仕方ないんじゃない？」

アラディアもまた呆れたように言う。

ナニが押し込むのがっ⁉　と上条は総毛立つがそういう話がしたいのではないらしく、

「いくら外出自粛を要請しても、街にのこのこ顔を出す連中は一定数存在するでしょうし」

まだ開園前の早朝だから、夢の世界を楽しむためならルール無用で外出するお客さんではなく仕事でやってきた従業員っぽい。見た感じ遊園地のスタッフとトラックの運転手が半々、といった感じ。急に戒厳令で外出禁止とか言われても第一七学区の無人工場は（人が出勤する必要はないので）誰も止めていないのだ、すでに前日から作り置きしてあるケーキとかツイストドーナツとか遊園地限定の食べ物はどうすんの？　と大人達の顔に書いてあった。……アラディアの言い分に従って早めにガソリンスタンドを出たのは正解だったかもしれない。

アンナはネットテレビから離脱して外の様子を大きくモニタに映している。

「うわー……。おいアンナ、そっちそこ奥の方はどうなってんだ？　窓がないから怖いよ」

「バカね愚鈍、そっちにカメラと連動したペリスコープあるでしょ。あなたの座席は装填手用だから、砲手用とは別に全方位警戒のサブ観測機材は一通り揃っているはずだし」

「へぇーソウナンダー」

「……」

……………………………………………………………………自分から聞いておいて」

「待て何だその黄色いチューブ……。だってペリナントカがもうサッパリだもん‼　おじいちゃんスマホと違ってそこらじゅうにあるボタンとかスイッチとか試しに指ですいすいやって覚える訳にもいかねえだろっ、ズドンと何が飛び出すか知れたものじゃねえんだから‼」

「ほらほら、ペリスコープは潜望鏡。ああ、言葉の変換できている？」

実は日本語ではなく共通トーンとかいう謎言語を使うアラディアが優しいお姉ちゃんみたいにそっとアシストしてくれた。……ちゃんと二つの言葉で聞こえるから人間の脳って怖い。

「あなたが甘やかすから愚鈍のバカ化が止まらなくなるのよ」

「別にわたくしが初めてじゃないわ。そういうのはどこぞの『魔神』にでも言ってってば」

学ぶ意欲のない子には全く興味がないのか、実質的に一人で全部やっているアンナは車長席の薄っぺらなコンソールモニタを退屈そうに指先でつついている。

「だからアンナ怖いよ、俺にも外の様子もっと見せてくれってば」

「はあ、まったくうるさい愚鈍だわ。ほら」

車長席から腰を浮かせたアンナにちょっと代わってもらう。良いのか席を離れて？　とも思ったが、アンナ的にはコンソールモニタを見て横から指でつつければ問題ないのか。

そういう訳でツンツン頭がしっとり温かい車長席に座ってみる。

と、すぐに動きがあった。

小さなアンナが、とすっ、とそのまま上条の膝に乗ってきたのだ。

どうしよう、両手のやり場がすごく困る。

何となくバンザイしてしまう上条。

あと妙にすべすべだと思ったら、小さなアンナはぶかぶかのドレスを胸元に手繰り寄せてい

るだけなのだ。想像以上の展開だ、裸エプロン的というか背後の防御力ゼロではないか⁉

躊躇(ちゅうちょ)なく背中を倒してこちらへ体重をかけてくるシュプレンゲル嬢に目を白黒させつつ、

「あの、アンナさん？」

「割と忙しいからそのままで。質問を受け付けている余裕もないわ。そもそも、愚鈍が画面を見ても分かる事は少ないと思うけれど」

「……珍しく素直かと思ったら、お嬢、微妙にイライラ継続していませぬか？」

「あらバカがようやく一つ学んだわね、偉い偉い。わらわは根に持つ人間よ」

がづっ、と床に固定された座席の根っこを蹴飛ばされた。

見ればアラディアがそっぽを向いている。上条(かみじょう)が何をやっても反応してくれない。

しかもそれどころではなかった。

アンナの頭越しに画面を見てみれば、目(め)を剝(む)くような事態が広がっている。

胃袋が一気に冷えた。

「こっちのは、業者の人じゃないよな……？　やっぱりいるよ警備員(アンチスキル)。うわー、多いし‼　戦車とかいる‼」

ガロガロガロガロ、とディーゼルの太い排気音が前方から近づいてきた。一台？　一両？　とにかく単体じゃなくて、複数の車両が縦列を組んでいる。

車長席の小さなアンナは退屈そうな調子で息を吐くと、

「戦車じゃないわよ歩兵戦闘車よ」

「違いってナニ？　なんかそっちの方が名前ゴツくて強そうだけど！」

「散々言っているけど考えてからものを言いなさい愚鈍。重量は戦車の半分くらいしかないし、あんな物干し竿みたいに細い砲身は使わない。あれ三五ミリの機関砲でしょ、一二〇ミリ砲と比べれば豆鉄砲だわ。空輸のために軽量化を意識しているのか装甲なんかアルミだし」

「つ、つまり普通の戦車よりはグレードが落ちるって事か？」

「ええそうよ、どっちみち装甲車クラスの『プレデターオクトパス』の装甲厚なら普通に貫通するけどね」

「やっぱりどう考えても怖いッ‼」

膝の上にいる小さなアンナは何やらゾクゾクと背筋を甘く震わせていた。上条を困らせられれば自分の乗ってる車が蜂の巣にされても構わない派なのかこの悪女。

正面からやってくるのは戦車（?）や装甲車、軍用トラックなどの車列だ。というか順番が違う。そもそも多くの軍用車が我が物顔で私有地を走っているから、上条達の『プレデターオクトパス』も従業員さん達に怪しまれないのだ。

見つかれば即戦闘、周囲には遊園地の職員さんもいる。警備員だって先生だ。

辺り一面に太いサイレンが鳴り響いたらおしまいだ。

砲手用の椅子に腰掛けたまま、アラディアが裸足の足を擦り合わせていた。魔術の起点だ。

何かあればすぐ動く、と顔に書いてある。

自然と唾を呑み込んでしまう上条だが、アンナは気軽にパカパカとヘッドライトを点滅させた。わざわざ目立つ行動をした事でひやりと上条の背筋が凍る。ただ、なんか向こうも同じように挨拶を返してきた。

そのまますれ違う。

例のサイレンは鳴らなかった。

外から見ただけでは、こちらの正体には気づかないようだ。

忍者のように物陰から物陰へ飛び回るのではなく、自然な動きをするのが一番なのか。

そして改めて周囲を観察すると、固定の検問所以外にも結構学園都市の警備員はいっぱいいた。その辺に車両を停めて、砲塔のない戦車から一抱えもあるでっかい砲弾を受け取っている。

「専用の弾薬給弾車よ愚鈍。確かに車体は流用でしょうけれど」

「街の中ならもっと効率良くやれそうだけどな……」

変なアレンジはしない方が事故や誤爆のリスクも減る訳か。

あと、食べ放題のビュッフェみたいな金物のトレイをいっぱい並べた台車に人が集まっていた。あれは料理を並べるだけでなく、電熱線で温めての調理も兼ねるらしい。ふふん顔のアンナが言うところの炊事車とかいう不思議な車で大人達が揃って朝ご飯を受け取っている。購売や学食と違って争奪戦にはならず、列を作っている。戒厳令って戦争なんだなー、と（おそらく最優先で狙われているであろう）　上条は得意な人に聞かれたらものすげー怒られそうなざっくり感想を抱く。見た目はもう学校の先生っていうより軍人っぽい。

優雅に彼らをやり過ごし、しかし膝の上のアンナは自分の親指の爪を小さく噛んで呟いた。

「……和んでいるんじゃないわよ愚鈍、こんなのいつかはバレるわ。中央データリンクのタイムテーブルに存在しない軍用車が実弾積んだまま勝手に徘徊している訳だし」

そして最後までバレずに進まないといけない理由も特にない。

すでに導火線に火は点いている。だけど爆発する前に第一五学区へ辿り着けば済む話だ。

「っ？」

と、八輪の『プレデターオクトパス』がゆっくりと停止した。

理由は明白だった。

上条は膝の上のアンナを両手でそっと下ろすと、乗降用のハシゴを掴む。ハッチを開けて砲塔の上から顔を出した。

幅五〇メートル以上の巨大な断絶の正体は、

「川……か」

「自分の目で見ても答えが出ないとかとてもレアだわ愚鈍。正解は遊園地で意図的に敷設された水路よ」

マンホールより小さなハッチの底から、アンナの声が追ってくる。

どっちにせよ、二〇トンもある機動戦闘車は水に浮かない。向こう側へ渡るには数に限りのある橋を使わないといけないし、橋は交通の要衝だ。当然一つだけではないが、ここからざっと見るだけでも橋のある場所は全部学園都市の警備員達が検問を敷いているのが分かる。鉄骨や有刺鉄線を組み合わせたバリケードに、工事現場で使う大きな照明器具。それから戦車や装甲車などの火力の塊。山積みされた木箱は砲弾でも詰まっているんだろうか？　あそこに近づいても良い事はなさそうだ。

上条は真下の変に甘ったるくて熱っぽい女の子空間な車内を見下ろしながら、

「さっきみたいに、車に乗ったままそっと脇を通り過ぎるっていうのは？」

「何も知らない愚鈍の目には簡単に見えたかもしれないけど、あれだって結構なギャンブルだったのよ？　まして正規の検問所なら人間と車両のＩＤは敵味方問わず必ずチェックされる。どう考えてもバレて戦闘になるわ。……そうなると『橋架結社』やキングスフォードも聞きつけてくる」

アンナの言う通りだ。そもそも素通り作戦で全部フリーパスなら昨日の夜も困らなかった。

「橋が全部押さえられているなら、そうだ、浮き橋とか自分で作ってみたりすれば……」

「その辺にある木箱やロープで？　自分の頭で考えたのは認めてあげるけれど、二〇トンの塊を安定通行させる規模になったら死ぬほど目立つわよ愚鈍」

開いたハッチから冷たい空気が入り込む割に、車内のアラディアはかえって嬉しそうだ。

「ううっ、もう我慢できない……。ちょっと貴方、わたくしにも外の空気を吸わせてよ」

「ちょっとアラディアっ、狭い！」

小さなハッチから二人で顔を出すと、割とぎゅうぎゅうだ。足場代わりに使っているハシゴは一つだし、こう、コタツで同じ面に二人で収まっちゃう感がすごい。優しいけどおっとりズレてるお姉ちゃんかよ。

ほとんど抱き合いながら、アラディアは胸いっぱいに冷たい空気を吸っていた。

ただ、

「アラディアどっち見てんの？」

「遊園地で働く人達よ。夢や魔術、魔女のイメージを良い方向に持っていく貢献という意味では決して疎かにはできないってば」

警備員の方は良いんだ……と思った上条は周囲に引っ張られて心が荒んできたのだろうか？

冷静に考えたら、遊園地に来て普通の人が注目する方は武装した敵対勢力じゃないはずだ。

「人間観察。まあわたくしの場合は、趣味とは呼べないけど」

「？」

至近で不思議そうな顔をしている上条に気づいたのか、アラディアは本題に移る。

「コレを捨てて自力で水路を渡ってから、改めて対岸で別の軍用車両を盗むって選択肢もあるんじゃない？　この得体の知れない八輪、遠隔操縦でもある程度は走らせられるんでしょう。

適当な橋にあるヤバい検問へ無人で突っ込ませて注意を集めている隙に、とか」

「最後の手段としてはね。何度も同じ手を使ってわらわのデータリンク侵入が露見するのはまずい。移動の足を確保する他に、そもそも情報分野……第一五学区の魔術データベースに触れるのがわらわ側の目的だ、って推測されてしまうヒントだけは一ミリも残したくないわ」

……それ以前に一月四日の冬も冬、橋を使わないって事はイコール水温〇度近くて白い湯気とか出てるあの川に飛び込んで渡るのだ、という選択肢の規格外っぷりについてもっと時間を割いて議論してはいただけないだろうか？　川幅は五〇メートル以上あるってゆってるのに。超絶者の皆さんなら水着みたいな格好でざぶざぶ泳ぐ新年のおめでたい寒中水泳スタイルでも平気かもしれないが、平凡な高校生の上条は多分渡り切る前に凍ってそのまま流される。

アンナが乗降用のハシゴを小さな足で蹴って警告してきたので、上条達はいったん頭を引っ込めてハッチを閉める。

バラバラバラバラ!!　という頭上を突き抜けていく『六枚羽』のヘリのローター音を耳にしながら、

「どうにかして、あの川を安全に渡る方法を考えないとな」

「水路っつってんでしょ一度で覚えないと鼻フックであちこち引きずり回すわよ愚鈍」

はなふっくってナニ？　という目で揃って首を傾げる二人にアンナが何故か咳払いした。

アクセルを踏み過ぎた少女（？）はちょっと口をもごもごしながら、

「……ただ、同じ時間に行動しているのはわらわと学園都市(がくえんとし)だけじゃないわ。ムト＝テーベにキングスフォード、わらわ達が解決策を見つけるまであの化け物連中がお行儀良く待っていてくれれば良いけれど」

5

ぶるる、と。

褐色少女ムト＝テーベは体を折り、自分の肩を両腕で抱いて、それでも体を小刻みに震わせていた。

彼女は大体最強だが、普通に寒がりの女の子だ。

自分の白い息とか見たくない。

『橋架結社(はしかけけっしゃ)』の領事館にいた時も、基本的には館内に留(とど)まり暖炉の前で丸まってぬくぬくしている方が好きだった。というか表に出るのは特別にアリスを出迎える時くらい、といった方が正しい。夜寝る前にはお風呂(ふろ)でじっくり体を温め、入念なストレッチで体温をさらに上げて、そこからホットミルクを飲み、ベッドは掛布団(かけぶとん)と毛布が全部で三枚、しかもエアコンの設定温度はがっつり二八度である。全然エコじゃない。

（……ボロニイサキュバスとかアラディアとか、何であの格好でけろりとしていられるの。まさかしれっと体表を守る保温術式でも開発している？　わたしに内緒なんてずるい……）

第六学区であった。

ただし明確な敵を見据えている訳ではなく、

「お嬢ちゃん、もっとヒーターの近くに来なよ。遠慮しなくて良いんだ！」

「どうも」

「そっちはパレードの演者さんか？　そりゃあ誰も見てないリハーサルだって気合い入れなきゃダメだけど、今からそんな格好じゃ風邪引いちまうだろ。待ちの時間はちゃんとスタッフ用のコートとか羽織ってねえと！　防水でもこもこしたヤツ!!」

「はあ」

「そうだココア飲む？」

「いただきます」

おじさんのヤニっぽいガラガラ声にきちんと頭を下げる超絶者。ぺこりとである。

いきなりてっぺんの統括理事会から戒厳令が出回ったが、新年だったので会社とは連絡がつかない。そして会社員の遅刻は学生のようにはいかない。そんな訳で一定数の従業員やドライバー達が仕事場である遊園地までやってきて、立ち往生を喰らってしまったらしい。ムト＝テーベが身を寄せているのも、第六学区のあちこちにいくつかある小さな塊の一つ。誰かが勝手知ったる感じで倉庫の奥から引っ張り出してきた屋外ヒーターの周りに人が集まっている。お

鍋に使うようなガスボンベを詰めた金属製のでっかいパラソルで、本来なら喫茶店の屋外テーブルや人気アトラクションの行列を等間隔で温める設備だろうが。

「おっちゃんはトラックドライバーだけどさ、お嬢ちゃんも大変そうだねえ。いきなり戒厳令とか、客商売は人が集まらないと話にならないっていうのに！」

「いやわたし、別にこの遊園地で働いている訳では……」

「あとこれお餅食べる？　四角いお餅、おっちゃん正月のヤツ余らせちゃって」

「四つでお願い」

「思いっきり食べるねえ、遠慮なくなってきたじゃん。それで良いんだよ！」

誰か網持ってこい金属のアミー、とおじさん達が騒ぎ出す。というかトラック運転手、そもそも一月一日にはどうやって焼いたのだろう？

アツアツのココアに焼きたてのお餅を投じるカカオ汁粉なるギャンブルを始めつつ、割と多国籍な味覚と感性を持つムト＝テーベは頭上を見上げた。

ゴオッ、と。意外なほど低い高度に巨大な機影があった。

頭にでっかいお皿を乗せた大型旅客機といった感じだ。

「早期警戒管制機か」

おじさんは正統派らしい。小皿に垂らしたしょう油に喫茶店っぽいスティックシュガーをちょこちょこ足して理想のたれを目指しつつ、

「航空宇宙産業特化の第二三学区が近いからあんなのが低い空を飛んでるんだろうけど、土地の限られた学園都市でアレを持ち出してもな……。宝の持ち腐れというか、それだけ統括理事会も混乱してんのかね。そもそも何でいきなり戒厳令なのか、誰と戦ってんのかもいまいち分からんし」

「早期警戒管制機とは？」

「ようはでっかい偵察機だよ」

「偵察機がすでにちんぷんかんぷん」

「うーん、まあ敵を見つけるために飛ばす飛行機かな。学園都市のHsAWACS-05だと、あのお皿みたいなレドーム一つでざっくり半径一〇〇〇キロくらいカバーする。あと馬鹿デカいサーバやコンピュータも一緒に積んでいるから、手に入れたデータを基に大部隊へ直接指示出しもできる。リアルタイムで敵味方合計一五〇〇機以上の動きを完全追尾して、その中の五〇〇については口ックオン情報を共有して味方にそのまま攻撃させる事もできる優れものだ。こいつが遠くからロックしちまえば、現場の戦闘機はいちいち敵機の背後に回り込んでじっくり狙う必要もないって訳。ただ本来なら制空権を確保して、最前線からある程度離れた空域で旋回させて安全を保たないとメリットがないんだけどな。ちなみにこれゲーム知識ね、好きなんだーフライトシミュレータ！　最近は安っぽいスマホVRでも面白いのが出揃ってきてさあ」

ふむ、とムト＝テーベは甘ったるいマグカップに落としたお餅をフォークでつついて伸ばしながら頭上を見上げる。

趣味人から長々ときてしまった。

半分も理解していない自覚はあるが、必ずしも分厚い知識は必要ではない。

ボロニイサキュバスの占いは一度だけ。カードは使い切ってしまった。つまり処罰専門の超絶者として、今一番欲しいのは『索敵』だ。

そしてムト＝テーベが戦力確保するのに、わざわざ天空まで飛び上がってパーツを直接毟り取る必要はない。

今は早朝。

聖なる太陽は再び東の空から現れた。

低空を飛んでいたのも良い。すでに、こちらの地面には早期警戒管制機の大きな影がのっぺりと張りつき、向こうから覆い被さってくれている。

褐色少女は体を縮め、湯気を出すマグカップを両手で愛おしげに掴む。強引にお餅をぶち込んだ甘ったるいココアにそっと唇をつけてから、

「うん、組み合わせ大成功」

6

ぞくり、と。

最初に背筋を震わせたのは、車長席に座って優雅に小さな足を組んでいたアンナ＝シュプレンゲルだった。

直後、ばづんっ!!　と『プレデターオクトパス』内部の照明が真っ赤に切り替わる。

「レーダー照射？　でもなに、範囲が広い……。嘘でしょう、風景全体がいきなりマイクロ波で塗り潰されたっ⁉」

ううウウウウウうううううううううううううううううううウウウうウううううううううううううううううウウウウウウウウウウうううううううううううううううウウうううううウウウウウうううううウウウうううううううウウウウウウウウううううううウウウウウウ!!　と。

外から再びあの爆音がやってきた。

学園都市が異変を感知した。こっちにとっては死を告げるサイレンだ。

上条は真っ青になって、

「発言して良い？　何が何だつまり一体どうなったお願い具体的に説明してッ!!」

アンナは馬鹿の質問に答えなかった。

ぐんっ!!　といきなり八輪の機動戦闘車が急加速する。あれだけゆっくり進んで自然な動きを演出していたのに、全部かなぐり捨てて。

依然として車内の薄型液晶を睨みつつ、ようやくアンナが口を開く。

「つまりと言ったら誰かに居場所がバレたって事よ愚鈍。でもかなり高出力ね……。具体的に誰かがはっきりしないのが一番まずいわ！」

「自分語りじゃねえかそれじゃ説明になってない！」

「うるさいわね自分の頭で考えないならその顔わらわのお尻で踏んづけるわよッ」

レーダー、という言葉が出ていた。

なら普通に考えれば科学サイドの学園都市……と考えるべきだろうが、超絶者連中と付き合いの浅い上条でも身に覚えがあった。

褐色少女ムト＝テーベは、地面に延びた他者の影と自分の影を接触させる事で両者を合わせて、その力を我が物とする。

（そもそも学園都市が気づいたら、無線で連絡を受けた検問の連中が一斉に動き出すか……）

魔女達の女神アラディアは慌てる上条の肩に手を置いてそっと席に座らせ、

「ヤバいテクノロジーで追われるから逃げた方が良いって話？　でも大きな水路を渡らないと先へは進めないんでしょう？」

そうなのだ。

だからアンナは水路沿いの道路を走らせる事しかできない。小さな段差を越え、二〇トンもある車両全体で飛び跳ねるようにして。

そこまでやっても、足りない。

居場所を一方的に察知され、見えない誰かからじわりと追われているのは自覚しても、抜本的に追っ手との距離を広げて逃げ切る事は叶わない。

こんなのを続けていたらいつか捕まる。

ただし闇雲に橋へ突っ込んでも検問を守る学園都市の警備員達に勘付かれる。

彼らも彼らで、装甲の薄い軍用車両など一撃で吹き飛ばすだけの火力を山ほど抱えているのだ。八輪に戦車の砲塔までつけた『プレデターオクトパス』でも、一本道の細い橋を強行突破するのは流石に厳しいだろう。対岸の検問所から集中砲火を浴びたら逃げ場がないし、全速力の機動戦闘車ではなく手前の順路に砲弾を叩き込まれて橋そのものを落とされたら、こちらのスペックに関係なくそれこそ一発でおしまいだ。分厚い缶詰ごと冷たい水の底に沈められて閉じ込められるのだけは避けたい。

上条は目を剝いて、

「アンナ、敵の方角と距離は⁉」

「分からないッ」

「科学か魔術か知らんけどマイクロ波のレーダーを使ってるんだろ！　それだけ凄まじい出力

の電磁波を辺り一面広範囲に飛ばしているんだ、中心点にヤツはいる!!」

ととんっ!　とアンナの人差し指が画面を素早く突いた。

オンラインの地図データが更新される。台風の予想図のように、赤くて巨大な円の中に一点、中心に×印が刻みつけられる。

「……愚鈍にしては上出来だわ。後でわらわのおみ足使って優しく踏んであげる」

「褒めてもけなしても踏むのかアンタは」

大空を舞う早期警戒管制機の動きとは思えなかった。というか、こいつは今いる第六学区の道路に沿って地上を移動している。

「何だこれ、車……?」

「そんなレベルの出力じゃないわよ愚鈍。軽く見積もってAWACS仕様、だけど大型旅客機サイズのアレが地べたの道路を走り回るなんて矛盾はありえないわ」

確定だった。

しかも近い。

「ムト=テーベ!!」

上条が思わず叫ぶ。

ギャギャギャガリガリ!!　と、後方、何かがスピードスケートに似た動きで角を曲がってきた。

白色。

巨大な塊、に見えた。

でも違う。ウェーブがかった長い金髪に褐色の肌の少女。前傾姿勢で滑る超絶者の背から、巨大な回転式のレドームが生えていたのだ。直径は九メートル。サイズがサイズなので、前に少し傾けるだけでちょっとしたバスより大きな円形の索敵装置にほとんど体が隠れてしまう。

唖然としていたのは、あれだけ唯我独尊の道を突き進んだアンナ＝シュプレンゲルだった。

「本当にそのままAWACS……。防空巡洋艦に匹敵する大出力レーダーを人口密集地、高度○メートルで作動させるとか本気？　電子レンジとは言わないまでも、表の人間は片っ端から火傷くらいはするわよ、下手したら失明もありえる」

ばんっ!!　ボン!?　という爆発の衝撃波が二〇トンの車体を揺さぶってきた。

誰かがこっちに撃ってきた訳ではない。

むしろ、よそでいきなり爆発事故でも起きたといったニュアンスの方が近い。

「あちこちの検問所にある、木箱に詰まった砲弾が高出力の電磁波で誤爆を起こしているんだわ……。ほとんど剝き出し状態の砲弾の電気信管が反応しているのよ」

ぎり、と歯嚙みしたのはアラディアだった。

火傷に失明、弾薬ケースの誘爆。

『救済条件』という縛りを自らに課した、同じ超絶者である魔女達の女神が吼える。

「ムト＝テーベ。何よこのヤバい飛び火は、処罰専門の超絶者が聞いて呆れるわ……ッ!!」

「っ。アンナ、アラディアも。俺達がやるしかない、戦ってあの女止めるぞ!!」

ぐりんっ!! と八輪の砲塔が走行しながら真後ろに向いた。

足回りはドラム缶型の警備ロボット辺りから影を拾ったのか。滑るような挙動でこちらを追うムト＝テーベがぴくんと震えた気がした。自分の体より大きなレドームまで積んでいるのだ、八輪側の動きは全部読まれている。

「あれじゃ当たらないっ」

何を掴んだのか、魔術サイドのアラディアもまたそんな風に告げた。

ここでは外せない。

分厚いマイクロ波による誤爆の一回でも危ないし、補給用弾薬のどれか一発が破裂したら山積みの木箱はまとめて誘爆しかねない。そうなったら学園都市の警備員はもちろん、遊園地にやってきた普通のスタッフ達も命を失いかねない。

上条は叫んだ。

「本人じゃない！　手前の道路!!」

ツッッドン!!!!!! という炸裂音と共に、走行中の車体が減衰しきれない反動で鋭くキックされた。右か左に回避しようと身構えていたムト＝テーベは、高波のようにパノラマに大きくめくれ上がった路面をポカンと眺めて、そしてまともに激突した。

先読みされるなら、扇状に壁を広げて回避不可能にしてしまうのが一番だ。

だけど多分あれでもムト＝テーベは死なない。

そこに変な信頼があって躊躇（ちゅうちょ）の必要がない辺り、すでに上条（かみじょう）は呑（の）まれつつある。

予想は外れた。褐色少女は追ってこなかった。

もちろんこちらの攻撃が通じたからではない。横から鋭く、何かがムト＝テーベの脇腹へ突っ込んだからだ。バン！　ボン!!　と何度も鋭い激突音が後を追ったのは、水路から離れる格好でムト＝テーベが道路を何十メートルもバウンドしたからか。レーダー照射が途切れたのか、車内の照明が白に戻る。

金属の砲弾でも、魔術の閃光（せんこう）でもなかった。

人、に見えた。

「……、」

かたかたかた、という小さな震えがあった。

額から嫌な汗が止まらないのはアンナ＝シュプレンゲルだ。

「………………………………………………………………………………、」

「アンナ？　おい、アンナってば!!」

上条（かみじょう）は慌てて横から薄型モニタにしがみついた。

今も時速一〇〇キロ以上で『プレデターオクトパス』は第六学区の水路沿いを突っ走っているのだ。ただ、ハンドルもレバーもないので何をどうすれば運転できるのかはサッパリだが。

そして車長席に割り込んだせいで、半ば密着する格好になったアンナ＝シュプレンゲルから耳元でこう囁かれた。

彼女は確かに目撃していたのだ。

これまでの凶暴かつ高慢なプライドが、いきなり折れた。

「……あんな、キングすフォード……？」

7

アンナ＝キングスフォードがやった事自体はシンプルだった。

そもそも前日、彼女は聖守護天使エイワスを撃破していない。適当に戦った後、わざとトドメを刺さずに逃がしてあった。

あれはシュプレンゲル嬢の持ち物。

帰還するその後を追跡していけば、自然と彼女の元まで案内してもらえるのだから。

「あらあら」

それでいて、キングスフォードは八輪の『プレデターオクトパス』ではなく、彼らを追っていたムト＝テーベの方を先に攻撃した。

理由は単純明快。

「いけ⧄×よ、超絶者とやら。マイクロ波でしたか？　とにかく、自らノ魔術でもって何モ知ら×◯ノ方々ヲ傷つけるような事ガ◯ってハ」

「なに？」

ばらっ、と。

歪んだ戦車の側面にめり込んだムト＝テーベの背で、自分の体と硬い装甲に挟まれていた白色のレドームに亀裂が入り、砕けていく。

背中の重さから解放された褐色少女は体を引っこ抜くと、

「本当に、このためだけに超絶者へケンカを売ったの？」

「周囲へ奉仕ヲするためニ。魔術等、元来その程度ノものでござい⧄わよ？」

にっこりと笑って、キングスフォードは即答した。

ただ、その程度のものに己の人生を全て賭けられる女性がいたというだけの話。

一〇〇年の時を超えてなお、胸に刻んだ魔法名に揺るぎがないというだけの話。

「……、」

ここで沈黙したのは、ムト＝テーベが知の大女神に圧倒されたから、ではないだろう。

彼女は処罰専門の超絶者だ。

そして超絶者(ちょうぜつしゃ)は、自らが定めた『救済条件』の外についてはとことんまで冷酷。

自分の感情やコンディションとは別に、完全に切り離して、あくまでも冷徹に標的の情報を収集する。具体的にはガロガロガロ、という小さく遠ざかっていくディーゼルエンジンの排気音を耳にして。

概算で目標を設定する。

(……早期警戒管制機はもう使えない。ここからでは直接の目視もできない以上、音だけが頼り。三分以内に追撃を再開できなければ見失う)

「いけ〼(ませ)×ね」

やんわりと、しかし滑らかに言葉を差し込むキングスフォード。

彼女は自分のほっそりした顎に人差し指を当てて、

「目ノ前ノ脅威ヲおろそかニして、遠くノ目標ニ夢中ニなるとは。……抑々何故(そもそもなぜ)己ニ勝てるト思い込んでいるノです？」

「アンナ＝キングスフォード？」

「いかにも☆」

「あなたが、オリジナル、い？」

「まさか」

あっさりと否定した。

あるいはそうした伝説の気軽な放棄こそが、シュプレンゲル嬢には決して真似のできない事なのかもしれないが。

「今さらそんな事ニ拘泥し〼×。彼女モまたオリジナル。己ニでき×事ヲ立派ニ成し遂げており〼よ、あの子ハ。どうにも、シュプレンゲル♀ニだけハ何故かそういう自覚ガ全く×ようでしてよ。よって、近代西洋魔術史上ノ『アンナ』ハ彼女ノものデ良い。己ハ只ノしが×術式行使者。周囲へ奉仕ガ◯きるならばどんな形ト名前デ◯ってモ構わ×ノですわ」

「ふむ」

超絶者ムト＝テーベはいつも通りだった。

直後、鈍い音と共に右肩から白色が弾けた。自分の体で歪めた戦車の影を取り込んだムト＝テーベが、一二〇ミリ砲をいきなり飛び出したのだ。

「今度はレーザー照準器とマイクロ波レーダーの影もまとめて呑んでる」

ツッツドン!!!!!!　と、躊躇なく発射していく。

そして大気を切り裂き限界まで圧縮する砲弾は軌道を変えてアンナ＝キングスフォードの正面からくの字に折れ曲がった。それはうっかりしていると右から左へ流してしまいそうになるほど、ごく自然であっさりとしたものだった。

「っ？」

「真ノ×理解ガ生み出すものハ、もはや衝突ですらあり〼×わよ」

アンナ＝キングスフォードは首を横に振っていた。

大きな魔女の帽子ごと。

誇っているのではない。メガネの奥にある瞳の色は教え子の答案用紙にバツをつけるようだ。

「……哀しい事ニ、其処ニ○のは只ノすれ違いデござい⧄。己ガ何かしている訳ではあり⧄×。避けているのは己では×あなたノ方なのでしてよ、超絶者」

「ありえない。そんな屁理屈で、実際に行使している術式をねじ曲げるだなんて」

「あらあら。お互い魔術だなんて×確かナ技術ヲ振り回しているくせニ、こんなものノ再現性ヤ絶対性ヲ訴えるノですか、超絶者とやらハ？」

ならば手数で圧倒するか、あるいは体ごと突っ込んで『逸らし』の壁を打ち破るのみ。

そう考えたムト＝テーベだったが、一瞬だけ遅かった。

ぱんっ、とキングスフォードは豊かな胸の前で二つの掌を合わせていた。

「魔力」

それだけだった。

光も音も色も形もない。だけど確実に一人の達人を中心に、何か、目には見えない得体の知れない空間の密度のようなものが分厚く息苦しいほどに変質した。褐色少女はそう知覚する。

アンナ＝キングスフォードは仰々しい必殺技など使わない。

初心者がうんざりするありふれた魔術や儀式を、限界以上にまで尖らせているだけだ。

たったそれだけ。だけど誰にも達成のできない事で、彼女は他の全てを圧倒する。

未完成な世界に蔓延る(はびこる)悪徳と悲劇と不幸を、まとめてねじ伏せる事さえ。

「……何したの？」

「×(いえ)別ニ。うふふ、いったん組み直していただいたこの体、どうも△(ちょっと)本来ノ己より脆(もろ)いらしくて。己ガ全力デ魔力ヲ精製すると機械部品ガついてこられ×(ず)ニ壊れてしまうようなのでござい⧄(ます)。なので内側ニ○(ある)余剰エネルギーヲ外ニ放出して、『あら×(ざる)モノ』ガ顔ヲ出しやすくしただけですわ。さながら、加湿器とやらヲ使って湿度ヲ上げる事ニより、窓ガラスノ表面ニ結露ガ出やすくなるようニしたト言い⧄(ます)か」

真なる達人は本来多くを語らない。

二人目のアンナがそれをする時は、相手のレベルに合わせて『あげている』時だけだ。

まだ何も分かっていない褐色少女に、達人は憐(あわ)れみの視線すら向けていた。

「詰、あなたヲ倒すのは己ではあり⧄×わ」

ズンッッッ‼‼‼　と。

何かが地を踏んだ。

それはベージュの修道服を纏(まと)った金髪の女……に見えた。だが正解か？　そうだとしたら、何故(なぜ)たった一歩で世界を揺るがすほどの衝撃を与えてくる？

俯(うつむ)いたまま、全身から獣の空気を放つ何かがゆらりと近づいてくる。

その手を正面にかざす。

「……その数は三三三、意味は『拡散』。人の持つあらゆる結合を妨げるもの、ここに悪徳と犠牲を積み重ねる塔を構成する諸力の無慈悲なる分解にかかれ」

ばさり、という空気を叩く音があった。

背中から飛び出したのは、コウモリのような一対の翼。

そしてそれが静かに顔を上げ、眼光が全てを貫いた。

「その顔を貸せエ！　大悪魔コロンゾン!!!!!!」

『ききいはは!!　自覚をもって私を使うか「人間」、これはまた大した禁忌なりけるわね。またぞろ世界最大の悪人でも名乗るかえ！　アレイスターっっっ!!!?!??』

閃光と爆発が連続した。

おそらくは目に見えない領域では、さらなる極彩色が乱舞しているはずだった。

8

びくっと震えたのは、機動戦闘車の中にいるはずの上条当麻だった。

確実に、その爆音は装甲で守られた『プレデターオクトパス』の中まで響いてきた。間近の落雷のように。

「やっ、やったのか？　誰がどっちを⁉」

「喜んでなんかいられないってば、三つ巴のどれが勝っても勝負が終われば勝ったヤバい方が追いかけてくる‼　追っ手の中で一番ヤバいって証明したヤツが‼」

アラディアもまた、噛みつくように叫び返していた。

アンナ＝シュプレンゲルはまだ呆然自失としたままだ。キングスフォード？　あの女性は昨日も遭遇しているはずだが、反応が全然違う。八輪の揺れに任せて首をぐらぐら揺らしているアンナは、まるで哀れなお人形だ。

傲岸不遜で小さな悪女はもういない。

（……エイワス、だったか？）

上条当麻は走る車内で必死に薄型液晶にしがみつきながら、

（最後の切り札を使っても、キングスフォードは普通にその辺をうろついている。怪我らしい怪我もなく。全然効かなかったんだ、秘密兵器が！　最悪の予測じゃなくて実際に目の前で証明されたいだから恐怖がぶり返した‼‼‼）

手も足も胴体もない顔面フィルム缶。

いいや、多分アンナ＝シュプレンゲルとアンナ＝キングスフォードの間にはもっとそれ以前に、何か大きな確執が存在する。それもあの圧倒的な力量差の壁も込みで。

とにかく八輪の制御を何とかしないと〇度近い水路にそのまま突っ込む。勝ったのがムト＝テーベであれキングスフォードであれ、彼女達が本格的に追撃を再開する前に五〇メートル超の水路を渡ってしまわないと追い着かれて即座におしまいだ。

だけど高校生の上条には、薄っぺらな画面を見てもどう操作して良いのか理解できない。最低限、この八輪にブレーキをかける方法さえ。何となく3Dのゲームっぽいのかなとは思うのだが、下手に指で触って砲弾が飛び出たらと想像すると怖すぎる。不幸人間が運任せにして良い方に転がったためしもないし。

「アンナ……」

歯を食いしばり、そして上条は小さな悪女の耳元で叫ぶ。

「まだ終わっていないッ!!　キングスフォードとの間に何があったか知らないけど、巻き返せる!!　でも克服するには自分の手で挑まなくちゃならないんだ。だから起きろ！　アンナ＝シュプレンゲル!!!!!!」

「っ、ええい!!」

業を煮やしたように叫んだのはアラディアだった。

彼女は車長席ではなく、乗降用のハシゴに手をかけていた。

「どうするつもりだ!?」

「こんなテクノロジーの塊面倒見る気ないわ。でもヤバいけど何とかするしかないでしょう！　わたくしにできる方法を使って!!」

叫び返し、アラディアは真上のハッチを跳ね上げる。

時速一〇〇キロの切り裂くような冷たい暴風が車内にまで飛び込んできた。魔女達の女神は構わず外へ身を乗り出していく。

コンソールモニタの端に黄色の警告が出た。砲撃の熱分布によって生じる戦車砲の砲身のわずかな歪みを感知して弾道修正するレーザー検出器が異常を捉えたらしい。だから何なのかはメッセージを読んでもサッパリだが。

改めて画面を見れば、表に出たアラディアが両足を開いて砲身にまたがっていた。

まるで魔女がホウキを乗りこなすように。

『命を危険にさらされた魔女が、わたくしのすぐ傍にいるのよ……』

「アラディアっ？」

『夜と月を支配する魔女達の女神を、舐めるんじゃないわ!!!!!!』

ぶわり、とだった。

二〇トンの塊が浮いた。

一二月三一日の渋谷でも、歩行者用信号にまたがったアラディアが夜空を飛ぶところは見た事がある。でも、それにしたって。自分も含めて大空を飛んでいる事実に、上条の心がついてこない。ひとまず自身の右手を口で噛んで、壁も床もどこにも触らないように配慮しただけでも頭は回っていた方だと思う。

液晶モニタを信じる限り、八輪の機動戦闘車は無事に五〇メートルの水路を渡ってしまったようだ。橋のある場所ではないため、集中的に検問を張る警備員達の網も潜り抜けている。

直接距離ならすぐそこなのに、画面を通してアラディアの声が聞こえる。

これもまた現実感を見失わせる材料になった。

『あはは‼　どう、上条当麻？　これが魔女の術式、魔女術。その本質。俗世のあらゆるしがらみから全ての男女の心を解放する自由の力よ‼』

「おいっ、これ大丈夫なのか。おいって⁉　高いよ怖いよ‼」

こっちからすれば、狭いエレベーターがいきなり止まったくらいの、宙吊りの緊張感。

しかし場を支配する魔女達の女神は大空を舞う昂揚感に身を委ねているようだ。手綱を握っている側は気楽なものである。

『ねえっ。いったん飛んでしまったんだし、対岸でいちいち降りる必要すらないんじゃない？　このまま一気に第一五学区まで向かってしまった方が早いと思うけど』

言われてみればそうかもしれない。

というか、ぶわりと舞い上がってしまうと高さの恐怖が実感できなくなってしまった。ざっと三、四〇〇メートルは上がっただろうか。並みのビルなんてもう視線の下だ。

上条当麻も今さらのようにそんな風に思ったが、そこで車内の照明が再び真っ赤に染まった。

レーダー照射。

バラバラバラバラバラバラ!! と派手なローター音を撒き散らして接近してくるのは、無人制御で動く攻撃ヘリ『六枚羽』、その群れだ。

「今すぐ降りろこのッバカぽんこつ天然アラディアお間抜けせくすぃーバナナお姉さん!! 空港のレーダーに引っかかってすっかり敵機扱いされてるよ!!!!!!」

『ヤバい! 休めないわねテクノロジー馬鹿の学園都市!!』

行間　三

ムト＝テーベは右半身を埋めていた。それも高所、バンジージャンプの飛び込み台側面だ。

アレイスターとキングスフォードはすでによそへ行っている。

学園都市側の注目までそっちに移ったのか、サイレンがぱたりと止んでいた。


「……………………………………………………………………………………………………、

……

………」


こき、こき、と。

首を鳴らすと褐色少女は体を引っこ抜き、簡易エレベーターを使って地上を目指す。

(普通のエアバッグって、びっくりするほど便利)

華奢な体にまとわりついている萎んだ白色の影を毟り取りつつ。

力の差は結構だ。相手が誰であろうが、今ある差は雪だるまのように力を増やしていけばいつか必ず埋まる。ムト＝テーベもまた『橋架結社』に属する超絶者。扱い方次第では単独で魔術サイド全体と戦って勝利をもぎ取る、壊れた術式の使い手である。

そんな事よりも、処罰専門の超絶者(ちょうぜつしゃ)としてはこちらの方が驚きだった。

（……倒した敵の生死を確認もしないとは。アンナ＝キングスフォード、強過ぎるというのも考え物かもしれない）

「うう、さむい……」

ぶるり、と震えて自分の体を抱くムト＝テーベ。もうさっさと仕事を終わらせて温かい我が家に帰りたい。あの領事館がまだ残っていれば良いのだが。

騒ぎが大きくなってきた。

学園都市(がくえんとし)の警備員(アンチスキル)だったか。彼らもこれ以上の検問は無意味と判断してバラバラと動き始めている。戦車、装甲車、他には何だったか。色々車両もあるが、今さらああいった小道具にこだわってもついさっき戦ったキングスフォードを退けられるとは思えない。

彼女はムト＝テーベの標的ではないが、刑の執行を邪魔してくるというのであれば対抗手段を構築しなくてはならない。

当然だが、キングスフォードは褐色少女の『救済条件』には合致しない。

（……でも困った。キングスフォードは身内の超絶者(ちょうぜつしゃ)じゃないから、もう一人のアンナと違って必殺の『矮小液体(わいしょうえきたい)』も効かないっぽいし）

殺す事で何かを守る。自由で公平な社会のために。

ムト＝テーベは自分でこれと決めたテリトリーの内部を守る超絶者だ。今は『橋架結社』という単位を外敵から徹底的に防衛する女神にして王妃である。

故に領事館では結社内部での諍いを止める事なく放置もしていた訳でもあるのだが。

ふむ、と呟いて褐色少女はゆっくりと辺りを見回す。何か使えるものはないだろうか？　もっと大きく、もっといびつで。欲しいのは取り返しがつかないほどのスケール。

現実感の欠如した遊園地の街。その水路沿いを歩いていくと、ムト＝テーベは何かを見つけた。彼女の腕より太い鎖を何本も使って、何かが水辺に係留されている。

これも遊園地の出し物の一つなのか。ただ、映画のレプリカという訳でもないらしい。

近くにあった『新技術実証試験公開中』という案内板にはこうあった。

次世代航空戦艦・HsB-AD-CVA01『ふがく』。

全長三〇〇メートル、総排水量一〇万六〇〇〇トン。

速力五〇ノット。

駆動方式、流体力学発電＋補助ディーゼル機関（出力四五万キロワット）。

規格外長射程、大艦巨砲主義の戦艦をベースとし、三五センチの大口径艦砲と大型巡航ミサイルによる比類なき打撃力を実現した本艦は、しかしそこに留まらず、後部の余剰火力を削減して電磁式カタパルトを搭載しております。これにより最新鋭の単座多用途ステルス戦闘攻撃機『HsF/A-49シャープフレイム』四〇機の運用も同時に可能とします。また最新バージョンの二〇〇連装レーザー迎撃ユニットをも併用し、敵航空機はもちろん弾道・巡航ミサイルを中心とした飛来物のほぼ完全な無力化にも成功しました。

流体力学発電はその名の通り、船が空気や海水などの流体を切り裂いた時に生じる抵抗を利用してエネルギーを作る方式です。数万トンの貨物船がコンテナの積み方次第では嵐や高波で両断される事があるように、特に波の力は想像以上に大きなもので、これを正しく活用できれば事実上海に浮かべているだけで無尽蔵の動力を確保できます。

航空戦艦は一度は完全に廃れてしまった艦船分類ではありますが、これら各種兵装によって直接間接・攻守を問わない学園都市の最新技術が実現した世界最強の軍艦となりました。特に、対空レーダーや弾道予測用スーパーコンピュータなど地上施設への大規模な攻撃または高度な電子戦により中央データリンクと寸断された状況であっても、本艦単独で対弾道ミサイル等戦略レベル迎撃インフラを丸ごと保持できるのは非常に大きな強みとなっていて……。

「ふうん」

長々としたのは頭の四行も読まずに、ムト＝テーベは小さく頷いた。

「……三〇〇メートル。まあ、びっくりはするかな？」

第三章　R&Cオカルティクスにすがる日　Secret_DB.

1

うううううううううううううううううううううううウウウウウウウウウウ
ウウウウウウウウウうううううううウウウウウウウウウううううううう
うううううウウウウウウウウウウウウウウウウウウウウウ!!!!!!　と。

　サイレンがうるさい。

　無人で動く攻撃ヘリの『六枚羽』がこちらに迫る。

　アラディアが砲身にまたがり、不自然に宙を舞う八輪の機動戦闘車を領空侵犯する未確認飛行物体とみなして。

　そもそも学園都市をあれだけ引っ掻き回したアンナ＝シュプレンゲルだ、殺しに来る理由はいくらでもある。

『そっちの兵装であのテクノロジー馬鹿倒せないの⁉』

「薄っぺらなコンソールモニタはあるけど何をどうやって操れば良いのかどこにも書いてねえッ！　アンナはぐったりしていて応答しないし‼」

瞳に光のない小さな悪女を車長席の背もたれごと抱き締めながら上条が叫び返す。

しかも脅威はそれだけではなかった。

頭上、思ったよりも近くを巨大な影が横切った。

薄型モニタの中で、砲身にまたがるアラディアは真上を見上げて、

『今度は何……？　そういえばムト＝テーベが白い影の形で取り出してきたんだから、オリジナルのAWACS？　とかいうのも大空を飛んでいるはずだけど』

「違う！　とらんす……輸送機だ‼」

上条だって詳しくない。車長席の薄型画面に重ねて表示された文字を叫んだだけだ。

くじらを思わせるずんぐりした巨大な胴体、その後ろにあるカーゴドアががぱりと開いた。

飛行中でも関係ない。レールの上でも滑るように次々と空中へ放り出されてくるのは、屋根のない無人の軍用四駆だ。

二〇トンもの塊を大空に飛ばしているアラディア自身は外で剝き出しなのだ。まともに一発もらったら車両同士に挟まれてぐしゃぐしゃにされてしまう！

「アラディア‼」

『分かって、る‼‼‼』

ぐんっ!!　と慣性の力が横にかかり、空中の機動戦闘車がS字に曲がって金属塊を回避していく。獲物を喰いそびれて落下していく軍用四駆は、一定高度まで下がるとパラシュートの花を一台あたり三つも咲かせていく。頭上を押さえる輸送機側はさらに追加でサイコロみたいな航空貨物コンテナを落としてきた。燃料か弾薬か、何が詰まっているかは知らないが、やっぱり追尾機能を持った専門の空対空兵器ではないのでこちらにまでは届かない。

束の間、台風の目に入ったような静けさがあった。車内の光も普通のLED照明に戻る。

でもまだ終わらない。

輸送機よりさらに高い高度を、何かがゆっくり交差していく。

『また大きな影が……？　胡散臭いテクノロジーなんか、何度来たって空中戦を想定していないんじゃゃわたくし達を落とせるはずないってば』

「違うぞ、さっきのじゃない、あれ何だ？　とにかくまずい!!」

一見すると、似たようなずんぐりした輸送機に見える。

でも違う。

胴体の一部がスライドしたと思ったら、外に向けて突き出してきたのはガトリング砲、グレネード砲、戦車砲のワンセットだった。

車長席のコンソールモニタがおかしな文字列を並べてきた。

ガンシップ。

何をする飛行機なのか知らないが、直後に車内の照明が再び赤で埋め尽くされた。

ロックオンの警告だ。となると今度の攻撃は機械的に迫ってくる⁉

「回避お姉ちゃん全力で回避い‼‼‼」

『車内で画面を見てそれっぽい事叫ぶだけの人は偉そうね！　やってあげるけどッ‼』

叫び返しつつ、アラディアは八輪の機動戦闘車を無理矢理に切り返す。

破壊の雨が降り注いだ。爆撃ではなく、ガトリング砲による連射。まるで鉛と火薬でできたサーチライトだ。一粒一粒が親指より大きな鉛の塊が毎分六〇〇〇発だか八〇〇〇発だかで襲いかかってくる。頭上から横一直線に解き放たれた機関砲弾のラインから逃れるため、アラディアは強引に『プレデターオクトパス』を振り回した。ちょうどこちらに迫っていた『六枚羽』の一機、その真下へ滑り込む。

天空から降り注ぐ機関砲弾のラインが無人制御の攻撃ヘリに接触する。

あれだけ恐ろしかった『六枚羽』が一瞬でぐしゃぐしゃにひしゃげて爆発を起こす。

だけどしのいだ。

複合装甲とアルミやステンレスのフレームでできた傘がバラバラに砕け散ると同時、

『っ。気をつけて、舌を噛(か)まないでちょうだい‼』

「ひいっ‼」

上条(かみじょう)は車長席でくたりとしたまま動かないアンナを抱き寄せて必死で奥歯を噛(か)み締(し)める。

画面の中では、アラディアが自分のまたがる砲身に両手を這わせていた。バイクでも乗り回すような前傾姿勢に移った途端、ぐんっ!! と一気に地上が近づいた。

直前で無人の攻撃ヘリが爆発したのも、一瞬だけど真上を押さえるガンシップの目を眩ます効果があったのだろう。

一度は下方に消えていったはずのパラシュートの四駆達を一気に追い抜く。こちらへ追いすがるガトリング砲がコンテナを貫いた途端、爆竹みたいな勢いで四方八方に曳光弾が飛び散った。どうやら弾薬ケースに火が点いたらしい。ドカドカ言いながらパラシュートでふんわり降下を続けるコンテナが超怖い。所構わず死をばら撒くミラーボール状態だ。

アラディアも緊張した様子で左右に細かく回避行動を続けながら、叫ぶ。

大通りが原寸大で迫っていた。

『行くよ。三、二、一!』

落ちた。

二〇トンもある『プレデターオクトパス』が、巨大遊園地の第六学区から一気に第五学区を越えて、第七学区の道路へ極太のタイヤを擦りつけるようにして。

真下にズドンというよりは、斜めに突っ込んで路面を滑るような感覚に近い。

分厚いゴムが削れて焼ける甲高い音が壊れた笛みたいに響く。

久しぶりのタイヤと地面の感覚だ。

「落ちるッ‼」

『大丈夫よ。魔女のそれも女神様が案内を務めているのよ、着陸で仕損じて墜落なんてありえないわ』

ドドドガガガガヴウウィ――――――ッ‼‼‼　と。

天空から降り注ぐガトリング砲火が硬いアスファルトを軽々と掘り返し、まるで蛇のようにS字を描いてこちらを追ってくる。

着陸に合わせ、順当に車両の勢いを殺していたら追い着かれる。砲身の上でアラディアは腰をひねり、八輪の『プレデターオクトパス』を脇道へと押し込んだ。厳密には道路ではなさそうだ。大きな共同溝……というよりは、防災用のシェルターかもしれない。

バガン‼　と。

スロープ状の出入口を示す金属の表示板が風船みたいに破裂したが、そこで途切れた。天空から降り注ぐ鉛の連射も地下までは襲ってこない。

「すげえっ……」

『それどっちに対する評価？　まさかこのわたくしを差し置いて得体の知れない金属塊の方じゃないでしょうね』

砲身の上にまたがったまま、アラディアが腰をひねってこっちを睨んでくる。

魔術って便利だけど、太い砲身に見目麗しいお姉さんがまたがって大通りでパレードしたら流石に目立ち過ぎるか。本人が自分からやってるものの冷静に考えると何か罰みたいだし。

うううウウウウウうう!!　というサイレンはまだ途切れない。

敵は警戒したままだ。

スロープからわずかに外の様子が見える。

バラバラバララ!!　と空中で旋回している『六枚羽』はしばらくその場に留まり、やがてよそへと飛び去っていく。地形との相性が悪いと判断したのか。どうも、元々大小のビルで入り組んだ街中だとレーダーの精度は落ちるが、地下空間はより一層走査が難しいらしい。

（でも、パラシュートの四駆やコンテナが地上で警備員に拾われるまでどれくらいだ？　いつまでもじっとはしていられないぞ！）

ようやく、不気味なサイレンも途切れた。

根本的な危機は終わっていない。なのに反射に近い感覚で、上条は静寂に胸を撫で下ろしてしまう。

そしてアラディアが再びハッチから車内に潜り込んできた。

「それよりアンナは回復したの。第一五学区に着いてもアンナが動かないと、『橋架結社』の秘密とやらがどこにあるか説明できないでしょう。まだ悪夢モードでガタガタ震えているの？」

「さっきよりはマシ……って感じかな」

一番偉い車長席でくたりと首を横に傾けている脱力アンナだが、顔の前で軽く手を振ると視線が追いかけてくるのが分かる。ショックは全然抜けていないが、一応意識はあるっぽい。

上条は迷子対応の笑顔を浮かべつつ、

「大丈夫だぞーアンナ。謎のキングスフォードはもういないから」

「ひぐっ⁉」

「名前を直接出すだけでダメっぽいね」

アラディアが半ば呆れたように息を吐いていた。

悪夢に脅える小さな子供そのものだ。

「大丈夫だって！　確かにおっかない姉さんだったけど、ここまでは追ってきてない。ちゃんと逃げ切ったんだ俺達は」

「もういない？　本当にもうあの怪物いない？」

「いないいない」

「ふぐ、えう。うえええ……」

小さな両手できゅっと上条の上着を掴んで自分のおでこをぐりぐり。逆に奇妙に感じるくらいアンナ＝シュプレンゲルは素直だ。

今までの事を考えてみれば、だ。

上条当麻はちょっと遠い目をして、

「待ってよ。悪い事してるとキングスフォードがくるぞー、って言えたらもっと早く色々な問題を予防できたんじゃねえのかこれ？」

「ぴきぃいっ⁉」

「ぶっ⁉　ないない‼　違います、全部大丈夫！　俺達はこっちのアンナ推しだから‼‼‼」

ぶり返してどうするの、恨みの心がくすぶっているのは分かるけど……とアラディアが（ちょっと見当違いの）うんざり声で呟いていた。

なだめて山を登るのはじりじりでも、上から転げ落ちるのは一瞬だ。

賽の河原で小石を積んでいく感覚で上条は泣き虫アンナの世話を焼いていく。

アラディアはどこか呆れた顔で、

「……貴方、何でそんなに手慣れているの？」

「これが初めてじゃないっていうか、いやだってほら超絶者ってアリスに限らず大体みんなわがままで周りを全く見てない困ったガキばっかりだから付き合う方もタイへ痛っ⁉　……あ、あのう、アラディアさん？　別にあなたの事とは名指ししておりませんよ？」

思ったより時間がかかった。

狭い車内で窓がないと時間の感覚が分かりにくいが、もう昼は軽く過ぎてしまったはずだ。

とはいえ、アラディアの飛翔は反則だ。学園都市側が想定していなかったとすると、かなりのショートカットができたはず。

追っ手が混乱し、情報面で一つ一つ点を結んでの一本道でこちらの足取りを辿る事ができない間にさらに進めれば、状況を有利に利用できるはず。

ややあって。

「ぐず」

あのアンナが鼻を鳴らしていた。

それでも彼女は車長席のコンソールモニタを涙目で睨みつける。

ボロボロでも、顔を上げて再び前を向いた。

「進みましょう。どこまで逃げても同じ街の中、いつまでもじっとしていたらまたキングスフォードに追い着かれるわ……」

「良かったアンナが元に戻った」

「わらわは泣いてない最初からいつも通りだわ!!!!!!」

改めて、だ。

ゆっくりと八輪の機動戦闘車を進ませ、地下から地上へ出ていく。

パラシュートの屋根なし四駆を拾った大人達もいない。

どこかよそへ行ったか、あるいはパラシュートの切り離しに意外と手間取っているのだろうか？　自前の装備でタイヤやハンドルが絡まって動けない画は想像するとなかなか楽しいが。

街は完全な無人……とまでは言えなかった。年始の四日から学校の制服を着ている連中は多分現場整理やパトロールとして駆り出された風紀委員（ジャッジメント）だろう。特徴的な腕章がある。しかもそれとは別に、私服っぽい男女もちらほら見えた。高い所から街並みにスマホを向けているから、戒厳令で珍しい寂れた学園都市（がくえんとし）を撮影してＳＮＳでバズりたいのかもしれない。自分から街のルールを違反しちゃいました報告をそこらじゅうに発信したがるとか、不謹慎ＢＡＮでアカウントが吹っ飛ばされない事を祈るばかりだ。

こっちの席にある潜望鏡みたいな装置で遊んでいるアラディアが尋ねてきた。

「ねえ、あれって大人の方は警備員（アンチスキル）よね？」

「それが？」

「さっきからチラチラこちらを見てくる連中がいるってば。ナンバープレートの数字で担当エリアが分かる、とかヤバい事がないと良いけど」

不安だけど確かめようがない仮説だ。

怪しむと言ってもすぐさま無線連絡を飛ばして戦車や攻撃ヘリを差し向けてくる訳ではなさそうなので、疑惑が確信へ変わる前に安全運転で走り去るのが一番だろう。

第七学区と第一五学区は隣接している。縦に長い第七学区の南西へ進む形で突入していくのが早いはずだ。

つまり、

「……この場違いな欧風感。あれってお嬢様学校エリアの『学舎の園（まなびやのその）』かな」

上条はモニタを見ながらぽつりと呟いた。

とはいえ、ここから見えるのはひたすら背の高い塀や鉄柵が続いているだけだが。ただの塀までセレブな香りが漂うとかどんな時空だお嬢様世界。

欧風。

何も言わずに領事館から逃げてしまったため、常盤台まわりを見るとどうしても御坂美琴の存在が気にかかる。だけどここでおじいちゃんスマホを取り出して連絡を取り合ったら、それこそ学園都市第三位の超能力を使ってどこまでも追跡してきてしまうだろう。

それは多分、御坂美琴本人のためにもならない。

と、

「愚鈍、学園都市の冬休みっていつまであるの？」

「あん？　学校によってまちまちだと思うけど……大体八日とか、一〇日くらいまでじゃね？ああ、大学とかは知らないぞ。でも夏休みと違って冬休みってそんなに違いあったっけ」

「じゃああれは部活か何かかしら」

アンナが警告を促してきた、とようやく分かる。

一定間隔で存在するゲートの一つ。その前に何人か少女達の影があったのだ。全員が常盤台の制服やコートを着ている。

「うっ」

思わず上条は呻いてしまう。

風紀委員の白井黒子と妹達が何人か。珍しい組み合わせだが、やはり年が変わればルールも変わるのか。

ていうかみんなでこっちを見ている。

モニタを眺めるアラディアは首をひねって、

「無視して逃げれば良いんじゃない？」

「冗談じゃない！　日本の女子中学生をナメるな、確か白井のヤツは空間移動を使うんだ。スポーツカーで全速力出したって逃げ切れないし、下手したらいきなり車内に跳んでくるぞ‼」

もどかしい。

白井黒子も妹達も悪人じゃないのは分かっているのに、協力を求める事ができない。

学園都市勢、という大きなくくりが邪魔過ぎる。

索敵マイクが外の音声を拾っていた。

『あれは警備員の特殊車両という扱いなのでは？』

『だったら何です。この道路が大型車侵入禁止の重量制限エリアなのは変わらないですわ、平等に警告するべきでしょう』

首回りにハートのネックレスがあるので、多分あれは一〇〇三二号か。

んーむ、と御坂妹は無表情で遠くを見て、

『オトナの面倒事に巻き込まれるのは非効率的ですし、そんな事よりミサカは先ほどからお出汁の自販機というのが気になって仕方がありません、とミサカは全力でよそへ逸れてみます』

『ちょっと！　いきなりどこへ行こうとしているんですの!?　あなたも治安を司る人間なら勝手に持ち場を離れるんじゃありませんわ!!』

『もううるさいから抱っこして黙らせてやります、とミサカは強硬手段に打って出ます』

『冗談じゃありませんわよわたくしにはお姉様という唯一無二の女神が、ふわああーあっちからもこっちからも同じ顔した集団で一斉に包み込みゃれへぇ脳がバグりううう っ!!!?⁇』

去り際、こちらへ御坂妹がぺこりと頭を下げてきたのが見えた。

（……ひょっとして、バレてる？）

そんな風に思ったが確かめる訳にもいかない。

『学舎の園』の脇を抜けて八輪の『プレデターオクトパス』をさらに走らせる。朝にムト＝テーべから襲われたばっかりだと思っていたのに、もう時間的には夕暮れの終わりだ。

太い幹線道路を歩道橋のようにまたぐ青い道路案内板の下を潜り抜ける。

景色が変わった。

見上げれば背の高いハイテクビルがずらりと並び、足元にはファッション雑誌にそのまま載っていそうなお洒落できらびやかなアクセサリーショップが広がっている。たかが売れてるくらいじゃスペースは貸しませんと看板の一枚まで普通の人を拒絶していた。学園都市で暮らしていても、上条にはあまり縁のない学区でもある。

最先端のファッションの街。なのにこちらの方が人気はなかった。

普段からハメを外して目立つ事に慣れている分、何をすると本気で怒られるのか、その線引きがはっきり分かっているとでも言うべきか。

「いよいよ踏み込んだわね愚鈍」

車長席でコンソールモニタを指でつつきながら、アンナ＝シュプレンゲルが言った。

「第一五学区」

2

完全に陽が暮れた。

もう真っ暗。

そして機動戦闘車はピタリと止まっていた。

「……また停滞か」

「心配ないわ愚鈍、誰かに見つかったって訳ではないでしょう。第一五学区。元々有名な繁華街だから、それだけ学園都市の連中が厳重に警戒しているだけよ」

アンナ＝シュプレンゲルが車長席で小さな足をぱたぱた振りながら、画面越しに外の様子を観察していた。

先ほどの混乱から少しは気分が回復したらしい。

「それに常設の警備って感じでもない。おそらく陸上無人機を使った巡回よ。地図アプリと連動した規定のコースを順番に見て回ったら、よそに映るでしょう」

ここは軍用車両の車列が徐行でパレードしている大通りから一本外れた裏道。

これも『プレデターオクトパス』にあったのだが、ドローンって便利だ。上条はちょっと感動していた。安全って素晴らしい。物陰に隠れているのに外の様子を上空から丸見えにできるんだからテレビゲームのミニマップっぽい。これなら、ビルの角から恐る恐る顔を出したらばったり鉢合わせして不気味なサイレンが爆発、なんて展開にもならない。当然こちらもおんなじ機材で上から覗かれるリスクはあるし、操縦電波の発信源を辿られると危ないのだが。

そして今はアンナと二人きりだった。

アラディアはこの状況で車外に出ていた。森や自然を愛する魔女達の女神は、定期的に外の空気を吸わないと息が詰まるらしい。潜望鏡？　屋根のカメラを回してみると、薄着のお姉さんが両腕を上に伸ばして路上でストレッチしているのが画面に収まる。

上条的には、逆に迂闊に外へ出ると色んな人達に見つかりそうで気が気でないのだが。

カメラに背を向けたアラディアは両手を上に上げて体を大きく伸ばし、そのまま上体を左右へ滑らかにしならせていた。

　というかなんか口に出している。

『あ、え、い、う、え、お、あ、お』

　発声練習、なのか？　呪文の詠唱とかで必要なのかもしれない。

　カメラの映像はともかく、向こうはマイクで声が拾える事まで想定していないのだろうか？

　アラディアの変な無防備さに、別にえっちなものを眺めている訳でもないのになんか女神様の水浴びでも盗み見ているような気分にさせられる上条。

「……いや、やっぱりえっちはえっちか。あの格好で自分から外に出て腰ひねったり背中を反らしたりしてるからなあ、しなやかバナナお姉さんめ」

「何見てるの愚鈍」

　小さなアンナからツッコまれた。いつもの呆れではなく、ややむっとしているようにも聞こえて少年の背筋が凍る。慌ててペリスコープから目を離す。

(アラディアは勝手にあの格好で外に出ているだけで、別に俺が悪い事してる訳じゃないのに!!)

　一気に間が保たなくなる。

「いやあー何の事だかサッパリだなあさっきから外の様子は観察しているけど真っ暗闇の戒厳令だから何にも見えないなあこれはもう全く無駄な時間を過ごｓ

「何か急に早口になっているけれど、乗員レコーダーって知らないの？　肉声がスイッチになって録音する方式で車内の会話は全部ログが残る仕掛けになっているのよ」

「やめて何でもするから許してアンナ!!　今のあの呟きバレたらアラディアにお腹ぶち抜かれて殺されるっ、結構本気のノリと勢いで!!!!!!」

「なら隠しているモノ出しなさいよ」

小さなアンナはくすくすと悪女の笑みを含みながら小さな掌をこちらに差し出し、

「ディスカウントストアで色々買い溜めしている時、あのナチュラル魔女に隠れてこそこそお菓子買っていたでしょ？　結構ドギツいケミカルなヤツ。モノを買った後に客が自分で袋詰めする仕組みなら、アラディアに見られたくない品だけ袋からよけておく事もできるしね。例えば一緒に買った上着のポケットに分けて入れるとか」

「うっ」

「食欲と性欲で頭の中で爆発している高校生の思考なんてこんなものだわ。手の中におこづかいがあるのに、『ご飯』だけで済ませられるはずがないのよ。全部分かっているんだから、おしゃべりなこの口を塞ぎたいならお菓子を詰め込みなさい。トリックオアトリート☆」

観念して上条が新しい上着のポケットから中身を取り出すと、アンナは舌なめずりして物色を始めた。

人を小馬鹿にしているが、こいつもこいつでお菓子を補給しないと死ぬ人間っぽい。

「なにこれ？　薄くてぺらぺらだけど、ハムカツかしら」

「理屈で予測を立てるよりまず食ってみろよ。そして実はその揚げ物の正体が魚肉系である事にビビるが良い、日本の駄菓子クオリティを舐めるなよアンナ」

「うふふ……。なるほど。これは良いわね、くすくす、堕落でチープな味だわ」

こういう時だけやたらと素直なアンナだ。両手で駄菓子の袋を摑んで、端の方から出したカツらしき何かをちびちび食べている。

果汁〇％の謎のグミに、砂糖を使っていない激甘チョコレート。何にしたって自然に優しいアラディア姉さんが見たら速攻で怒りのお母さんに進化しそうなラインナップばかりだ。

上条は上条で、キャベツ野郎とかいう一体どこにキャベツが使われているんだか外から見ただけではサッパリ分からんまん丸のスナック菓子を自分の口に放り込みながら、

「アンナ。これ終わったらお前はどうするつもりなんだ？」

「終わったら……？」

その可能性を考えていなかったような、そんなきょとんとした声色だった。

ややあって、

「『王』を捜すわ」

「おうって、あの王様？」

「そうよ愚鈍」

アンナ＝シュプレンゲルは小さく頷いた。

一つだけでは足りなかったのか、彼女は渦巻き状の大きな棒キャンディを手に取って、

「……わらわという悪性を縛りつけてくれる『王』。いるかどうかも未知数だけど、もし仮にそんな存在がいればこの世界と折り合いをつけていける。見ての通り、わらわは放っておいても勝手に破壊と滅亡をもたらす存在だからね」

「分かっているなら」

「自分でやめられる程度だったら、いちいち『王』なんて外部に解決策を求めないわ」

くすくすと笑って目を細めるアンナ。

難しい話なんだか、そうでもないのか。

何かねじれているという感覚は上条の中にもあるのだが。

「君臨するのはもう飽きたわ」

車長席で膝を折って、悪女は小さくまとまっていく。

それは上条にというより、自分自身の内側に向かうような声色だった。

「人に何かを教えるのももううんざり。何をどれだけ説明しても、手紙に書いて誰もが読める形に変換したって、結局誰も正しい答えを手に入れようとしない。自分で求めておきながら、もっと早く、もっと簡単に、近道三段飛ばしショートカットで奇跡の秘法のその答えをってね。……一から順に辿るべき安全な道を示しているのに、各々勝手に基本を飛ばすから結局派手に失敗していく」

　アンナ＝シュプレンゲルについては謎が多い。

『薔薇十字』という魔術結社とはつまり結局何なのか。アレイスターが使っていたはずのエイワスの元の所有者とはどういう意味なのか。……そして、アンナ＝キングスフォードと呼ばれる謎の女性にとにかく脅える理由は。

　もちろんそれは、ここで質問したって答えはやってこないだろう。

　それこそ安易に答えを求めようとするなと一喝されるに違いない。

　だから上条はすでに分かっている核心に触れた。

「いれば良いな、そんなヤツ」

「ええ」

　くすりと笑って。

　うずくまるアンナ＝シュプレンゲルは自分の膝に顎を乗せ、うっすらと目を細めた。

「……どこかにいれば良いわね、愚鈍。そんな『王』が」

3

「さて。其じゃあ、己モ向かうべき所ヲ目指し〼か」

　アンナ＝キングスフォードは静かに囁く。

シュプレンゲル嬢、ムト＝テーベ、そして上条当麻。誰を占術で特定して追うべきかと尋ねた時に、傷ついた教え子はこう言ったはずだ。

「倒すべき敵ヲ」

4

大通りを警戒していた車列が去っていくのをドローンで上から確認してから、上条はアラディアを機動戦闘車に呼び戻した。

「あれ。アラディアなんかぽかぽかしてる？」

「貴方も体くらい動かせば良いじゃない。暖房に頼るだけじゃ芯から温まる事はできないよ」

ワイルド極まりない軍用車両でしっかり安全運転、夜の繁華街をゆっくりと走り出す。

「……おいおいおい。真っ暗だぞ、あの第一五学区のメインストリートが。見るも恐ろしい究極キラキラお洒落時空は一体どこに消えたんだ？　この俺が第一五学区という毒のゾーンにいるのに一歩一歩でダメージ受けないなんてこんなのおかしい」

「本気の戒厳令ならこの程度じゃないわよ愚鈍。日本ってやっぱり平和な国ね。上から外出禁止を命じておきながら、結局はこっそり街へ出てくる人達に気を配って信号機を点灯させているんだから。テレビにラジオ、あとはスマホとかネットとか通信関係もみんな野放しだし」

「そんなの止めたら大パニックになるだろ」

「あのね愚鈍、それをきっちり全部やる覚悟と決断が戒厳令なのよ日本人」

光と音の絶えた街をゆっくりと進んでいく。

「ぐにぐにー」

アラディアがまた人のおじいちゃんスマホの画面と睨(にら)めっこしながら自分のほっぺたを伸ばしたり引っ張ったりしていた。口元を両手の指先で押し上げて笑顔の形とか作っている。こう、ちょっと空(す)いてると思った途端に電車の窓辺にスマホを固定していきなりダンスなんか始める女子高生を見るようないたたまれない気分になる上条(かみじょう)。

アンナがいじくっているコンソールモニタからはノイズだらけの音声が聞こえてきた。

『こちらデルタ、みんな聞こえてるー？』

『ウィスキー。暗号関係はばっちりよ、おかげでちょっと会話にラグが出るけど』

上条(かみじょう)は首(くび)を傾(かし)げる。

「何やってんだ？　これ、警備員(アンチスキル)の無線とか？」

「アマチュア無線よ。大きなサーバを介するスマホの安全性に疑問を持ち始めた一部の学生達が、これ使って即席の無線フォーラムを作っているみたい」

どっちみち意味ないけど、とアンナは一〇メートルほどのモバイル傍受アンテナ塔の横を八輪で通り過ぎながら呟(つぶや)いた。

フォーラム。わざわざレトロな言い回しをしているのも、最新のスマホを遠ざけたがっている一環なのかもしれないが。

『タンゴだ。みんなちょっと望遠鏡を覗いてみろよ、何かデカい影が月を遮ってる』

『チャーリー。普通の軌道じゃないな、宇宙ステーションの方でも動きがあるって事？』

正しいんだか間違っているんだか。でも、本当に宇宙でも何かやっているとしたら結構怖い。何か物騒なトリガーを引かれる前に決着をつけてしまった方が良いかもしれない。もう第一五学区まで入ったのだ。ここまで来て謎の大技一発でやられるのは避けたい。

アンナは言う。

「ここよ」

言葉の重みが増す。

八輪の『プレデターオクトパス』がある場所までやってきた。

巨大な影だった。

具体的には、何万トンもあるコンクリートの塊。

だけど、

「これが……？」

上条はハッチから顔を出して、思わず呟いてしまった。

てっきり秘密の軍事基地みたいなのを想像していたのだ。だけど現実に待っていたのは、見慣れないけど街の中にあってもおかしくないものだった。

　つまりは、

「えと、シネコン？」

「映画館の集まりよね。スケールはかなり大きいけど」

　画面越しに見上げても見上げてもキリがないくらい巨大な高層ビル、これが全部映画館で埋まっている訳だ。その年一年の流行となる映画はここでの成績で全部決まるともウワサされているお洒落スポットだった。公開初日の舞台挨拶とかでも有名だ。

　そんな二人に小さなアンナ＝シュプレンゲルはそっと息を吐いて、

「あからさまに怪しい要塞にとっておきの秘密を隠してどうするの。頑丈なだけの金庫なんて悪目立ちするだけよ。情報的に勝ちたいなら、まず目立たないで溶け込める場所を選ばないと」

　そういうものなのか。

　おっかなびっくりな上条に、アンナはくすくすと悪い笑みを浮かべて、

「この学園都市じゃ映画なんてフィルムに光を通して上映するだけとは限らないわ。十分な光回線さえ確保できれば映画館一つ一つに物理メディアを配布する必要すらない。ふふん、嘆かわしいわ。くすくす、映像はともかく音響についてはデジタル信号よりアナログ処理の方が優れているのに、わざわざ映画館に足を運ぶ客に違いが分からないだなんｔ

「へえすごい、かつて手も足も胴体もない人間フィルム缶にされたクソ悪女が言うと深いね」

ひぐっ、と小さなアンナの肩がわずかに震えた。

アラディアから自分の言葉を不躾に遮られたのに、激怒するのも忘れている。

やっぱりキングスフォードまわりだと反応が素直だ。ちゃんとピーマン食べないとキングスフォードがやってくるぞ、と言ったらまんま従ってしまいそうな勢いで。

第一五学区は学園都市最大の繁華街なので、どこも土地不足だ。コンビニはいっぱい溢れているのに駐車場がない方のお店ばっかり、といったような。なのでこのシネコンの場合、職員用の駐車場は地下に設けられているようだった。

「目立たない？　八輪の軍用車で入っちゃって」

「大丈夫よ愚鈍、そもそも魔術データベースに触れるまでの足。到着してしまえばあまり意味はないかしら」

そんな上条の不安は杞憂に終わりそうだった。

職員用の駐車場なのに、勝手に押し入ってもガードマンが制止を促したりはしなかった。誰もいないのだ。地下駐車場の蛍光灯自体が落ちている。

元々正月休みで開いていない、とは思えない。誰もいないのはやはり戒厳令のせいだろう。照明やエアコンは落ちているのに格子状のシャッターが開いたまま放置されているチグハグな辺りに、当時の混乱が見て取れる。

「行くわよ愚鈍と田舎魔女。……ほ、ほら！」

機動戦闘車を外から操れるスマートグラスを手にしつつ、しかし案内役のアンナ＝シュプレンゲルはどこかおっかなびっくりだ。自分で秘密を隠した場所のはずなのだが……？

「うう」

きゅっと、小さなアンナが横からひっついてきた。上条から見て左手側だ。

こう、なんか。

あれだけ傲岸不遜だったアンナ＝シュプレンゲルが、目の前の暗闇にびくびくしている？

なんか夜道を怖がる子供みたいになっているけど。

「アンナ？」

「うるさいわね！　キングスフォードは見たでしょ愚鈍、悪い意味で何でもアリなのよあの女。いつ暗がりからにっこり笑顔で出てくるかと思うと……」

いくら何でもそこまでは、は通用しないか。

恐怖が前提ではあるものの、あのアンナが『こうなる』きっかけを作った女性だ。規格外で当然。普通にドアを開けて現れるなんて考えない方が良いのかもしれない。

と、

「……、」

なんか逆サイドから、のしっ、という柔らかい重みがあった。

魔女達の女神アラディアが上条の右腕を取っている。

今やアンナは目尻に涙の粒まで浮かべていた。

「ちょっと！　すぐ構えられるように愚鈍の右手はフリーにしておきなさいよこのインラン誘惑バナナ女いきなり地獄のキングスフォードが現れたら怖いでしょ!!」

「うるさい黙れ泣き虫ぼっち悪女」

静かに、しかしぴしゃりと鋭い声があった。

なんか上位存在にしか理解のできない不可思議な圧があるらしい。

「うわ、電気消えていてもエレベーターって動くのな？」

「あらあら。こ、こんな事で驚いてくれるの愚鈍、オンラインの軍事兵器を乗っ取るのと比べればかなり楽だと思うけど？　ふふふ閉じ込めも落下も外から自由自在」

……（キングスフォードとやらの恐怖を必死でどうにかしたいのか）どこか不安定でハイな声のアンナ＝シュプレンゲルについては後でじっくり話し合う必要があるだろうか？　肩を縮めてしゅんとするどころか逆にからかってきそうなイメージしか湧かないが。一応キープはしている必殺キングスフォード攻撃は、何度もやってアンナが慣れたら逆におっかない事になりそうだし。

アラディアはアラディアで、どこか感慨を含んだ言葉をこぼしていた。

「シアター……劇場、ステージ、ね」

「？」

いくつもの映画館がお重のように縦に重なっている巨大なシネコンだったが、アンナの目的地はそういったシアターではないらしい。金属製の無骨なドアを開けると、裏手の作業室へ足を踏み入れたのだ。

テレビで見る景色に似ていた。

具体的には、テレビ局とか収録スタジオなんかにありそうな、一〇〇以上のスライダーがずらりと並んだ音響コンソール。正面には各シアターで上映する映像がまとめて表示できるよう警備室のようにモニタが規則的に並べられ、壁際には冷蔵庫より大きな業務用コンピュータが何台もずらりと敷き詰められている。

「中央上映制御室。今はもう、手回しのクランクで映写技師が上映してくれる訳ではないのは分かっているけれど、光ファイバーで構わないなら自宅まで線を引けば済むのにね」

「つまり、ここが……？」

「そうよ愚鈍。よそにある中央サーバから映画のファイルを落としてスクリーンに上映するための施設。ただ今回線が混み合っております、なんて話は許されないから、〇・二秒以上のラグが起きないように大容量回線を並行して五本以上走らせているわ。つまり上映スタッフも知らない未使用領域の宝庫って訳」

やっぱり魔術師は説明が好きなのか、何だかんだですらすら話しながらアンナは奥へ踏み込んでいく。サイズの合わない大きな椅子に腰掛けると慣れた調子で装置群を起動していく。

例によって学園都市のハイテクを嫌うアラディアは薄いモニタからちょっと距離を取るように壁際に寄ったが、実はそっちが大型コンピュータ本体である事まで頭は回っていないらしい。脇ガラガラ姉さんを極めるつもりか。

「……また得体の知れないテクノロジー。こんなもので世界の秘密を暴くだなんて……」

「あら。魔術なんてこんなものでしょ？」

意外だが、起動画面自体は普通のパソコンっぽく見える。

が、それが終わる前にアンナはいくつか見慣れないキーを規則的に連打して別の何かを呼び出した。真っ赤な画面に白い英字だけ。おそらく業者向けか、あるいは持ち主も知らない特殊なモードだ。いくつかの英文の選択肢から一つを選び、コマンドらしきものを直接キーボードで打ち込んで、巨大なストレージの見えない領域に隠したデータの群れを探っていく。

途端に画面が鮮明になった。

上条もおじいちゃんスマホから覗いた事がある、R&Cオカルティクスのホームページだ。ひょっとすると多少バージョンが古いのかもしれないが、本当に丸ごと全部バックアップを取っていたらしい。

小さな悪女は検索用のテキストボックスに日本語でも英語でもない言語を打ち込んでいく。

こちらもモードを変えているのだろうが、日本人の上条からすればそもそものキーボードで異世界ファンタジーの古文書みたいな文字を直接打てる事が驚きだった。

(いやまあ、むしろ全世界的に見たら日本のキーボードの方が不思議の塊なのかな……？　ひらがな、カタカナ、漢字、数字、アルファベット、記号や顔文字まで。たった一種類であんなに操る訳だし)

魔術データベース。

画面がとある項目に行き着いた。

「あった、これだわ愚鈍。……やっぱり資料を見直してもこうなるのね」

口の中で呟くアンナは、多分上条やアラディアに説明する気はさほどないのだろう。

冷たく光る画面の文字を目で追いながら、むしろ自分に言い聞かせるように自分の知識を口に出して過去と現在の照らし合わせをしている。

「『橋架結社』の超絶者……。H・T・トリスメギストスはおそらく紀元前由来、『旧き善きマリア』は遅くても三世紀前後。なおかつ、彼らの持ち得るシークレットチーフ由来の術式には、どこかMagickの匂いが見え隠れする……」

元々、R＆Cオカルティクスの魔術データベースはアンナ＝シュプレンゲルが抱えていた秘奥の叡智や技術を打ち込んで作っていった代物だ。

彼女がわざわざ自前の事典に頼っているのは、『大体は頭の中で分かっている』に外から具体的な『確定』が欲しいのだろう。過去に自分で取材したメモの山を時系列順に改めて読み返して論文をまとめていくように。

つまりあれだけの悪女が、わざわざ一つ一つ指差し確認をしていかないと不安が消えないくらいには内心で焦っている。

「ねえ愚鈍。まず前提として、超絶者は『自分よりも他者を守る』ために存在する。そこのアラディアみたいにね」

「……、」

向けられても、壁際で腕を組むアラディアは何も返さなかった。

アンナは肩をすくめて、

「ただし、それぞれが保護したい対象はバラバラ。虐げられる魔女、冤罪被害者、特権階級以外の人達、一般の中に埋もれて日々を満足に生きる層……。微妙に重なりつつそれでも一致はしない。誰かが誰かを守ろうとすれば、別の超絶者が死守しようとする人々を削り取ってしまう。だから、あらゆる超絶者は一人で勝手に行動する事が許されない」

そこについては、上条もボロニイサキュバスから聞いた話だ。

そのため、超絶者はみんなで集まって話し合いを始めた。それぞれが守りたい人達が安易に削り取られないよう、どこを足してどこを引けば全員の救済対象がきちんと救われる世界を創れるか。まるで複雑を極めたパズルのように、延々と。

それを壊しかねないのが、個人で気紛れなアリス＝アナザーバイブルだったはず。

おそらくまだ幼い（？）アリスには、自分がこれと決めた『救済条件』が完成していない。だから気紛れで絶大な暴力を振るう事もあれば、無辜の市民を救い出す事もある。

機械的に救うか。

気紛れで救うか。

……どっちが人間として普通で当たり前なのか、上条には未だに答えを出せない話だけど。

「そこで、彼らはとある存在を生み出そうとした」

「？」

そんな前提が、わずかにズレた。

まるでレコードの針が飛んで別の曲に移ってしまったような居心地の悪さ。

一体どんな裏付けになるのか。アンナ＝シュプレンゲルは画面をゆっくり下へスクロールさせ、びっしり書き込まれた数式の列を目で追いかけて自分の頭の中の知識を補強させながら、

「自分達でいくら考えても答えを出せないから。複雑を極めたパズルを解いても解いても誰かが誰かの救済対象をどうしても削り取ってしまうから。……たった一人で良い、自分達には答えを出せない問題を解いてくれる誰かさえ生み出せれば、この大きな世界は丸ごと救済できると考えた」

「……何だ、それ……？」

上条は唖然とした調子で呟いた。

丸投げ。

この世界は間違っていて、今すぐ対処を始めないと大切な人々が死んでいく。それが分かっていながら、結局最後は世界の命綱を手放して、知らない誰かに預けようと……？

だけど、冷静になれば『世界を救う超絶者』という考え方自体、特別な天才の存在を肯定した上で成り立っているはずだ。超絶者は『魔神』と違って、民衆から信仰される事は期待していない。そんな風に言っていたのはH・T・トリスメギストスだったか。つまり下からの理解や共感を求めない。少数の決定は絶対で、七〇億なり八〇億なりの民衆に『お前達をどう救うか』なんて説明していちいち承認を求めたりはしない。

……それは突き詰めれば、超絶者という小集団の中でさえピラミッド構造を作り、特別なてっぺんの存在を追い求める羽目になったのか。

一人の個人が完成すれば、それで全世界が余す事なく救済されると。

「思い出して愚鈍、Magickの影が見え隠れしていると言ったでしょう？　つまりはクロウリー式の魔術よ」

「クロウリー……？」

当然ながら、上条にとっても知らない名前ではない。

アンナはそっと息を吐いて、

「ええそうよ。アレイスターは、受精卵は三ヶ月経ってから魂と呼ばれるものが赤子の体に宿ると仮定して、とある術式を発明した。……つまり逆に言えば妊娠九〇日前であれば誰の魂も入っていないのだから、こちらから誘導して望む存在の魂を体に詰め込める、と考えたの。これは人間の域を超えた神獣や精霊などの魂へ自由に動かせる肉体を与えた上で、我が子として『管理』できるという話になるわ」

それは。

確かに悪評の多い魔術師ではあったけど、そんな事までは。

「具体的には、特定の方法で妊娠させた女性を儀式場の中心に置き、その周囲に『魔術的な記号』を適切に配置する。呪いの宝石とか、特殊な魔剣とかね。そしてそれ以外の、必要のない影響力は浄化や結界なんかの術式で徹底的にクリーニングする。砂漠のように何もない場所も有効ね。そうやってお腹(なか)の中の赤子に外から必須となる力だけを与え、人体の発生と成長の段階を魔術師の側で完全に掌握し、大人の望む子供を作為的に製造していくのよ」

「そんなの……。それって、魔術っぽい言葉でデコレーションしているだけで、ようは人間のレシピ片手にデリケートな妊婦さんへドロドロの化学薬品を一つ一つ順番に浴びせていくようなものじゃないか！」

「そうね愚鈍、だから『そう』言っているのよ。そもそもアレイスター＝クロウリーは自分の魔術研究のためなら年端(としは)もいかない少年や、薬物の使用すら儀式場に引っ張り上げた二〇世紀の魔王にして世界最大の悪人。善悪よりも好悪(こうお)を追い求めて何でも利用するあの魔術師に、相手が妊婦だからとか赤子だからとか、そんな例外が存在するとでも？」

「……、」

「禁忌を犯せば、それだけで人智を超えた神獣や精霊が丸ごと手に入る。なら当然やるでしょう。東の果てに学園都市なんて名前を変えた僧院を丸ごと用意して、最年少で小学一年生から薬物や電極を持ち出すような能力開発を施し、クローン人間を二万人以上創っては殺していったあの『人間』なら」

そこまで言って。

上条の顔色を読み取ったのか、アンナ＝シュプレンゲルは肩をすくめた。

「……術式のロジック自体は完璧に組み上げた。ひとまずそれは事実。だけど愚鈍、あなたはアレイスターが家族に向ける感情的な部分もすでに知っているはずだわ。表に出ている行動だけがその人物の全てとは限らないのがあの『人間』の面倒臭いところね」

イギリスで、赤子のリリスを抱えて泣き叫んだ時のアレイスターを上条は思い出した。あるいはたった一人でブライスロードの戦いを始めた、そもそものきっかけを。

小さな頃から正義を名乗る人達の手で理不尽に虐げられた。だから誰よりも家族の愛情を追い求め、だけど同時に冷たい実験や研究を違和感なく両立させる複雑極まりない人物。

自らの生活に刺激を必要としない、良くも悪くも平穏を求める多くの人々からは不安定かつ理解不能な『世界の起爆剤』として徹底的に嫌われたのは、つまりそういう事なのか。

「でも……」

何でここでアレイスター＝クロウリーの術式が顔を出すのだろう。

謎めいた『橋架結社』の超絶者達はどう関わる？

怪訝な顔をする上条に、アラディアがぽつりと言った。

「実際には、妊婦は使わない方法を採用したのよ……」

「だ、だったら？　ガラス容器の中で卵割が進行する受精卵を歪める事は変わらないでしょう。オリジナルのクロウリー式だって、母体の方はただの人間のままよ。特別な赤子を生んだからって特別な聖母になって奇跡を使えるように構造を作り変えられる訳じゃない」

ぽんぽん、と小さな悪女は皮肉げに自分のお腹を掌で軽く叩く。

アンナは片目を瞑って、

「クロウリーは魂を繋ぐ力の流れや指向性をカルマと呼んでいたわ。そしてこのカルマには善悪や高尚低俗などの価値観は存在しないともね」

「それって……？」

上条は思わず壁際のアラディアの方を見た。

くすくすと笑ってアンナは先を続けた。

「超絶者は各々、強大な力を持つシークレットチーフと繋がってでも完全な救済方法を作れずに行き詰まった連中の集まりでしょ。砂漠のように何もない所が最適とされているけど、彼らの場合は不完全な善性で無菌の容器の周囲を固める事で、敢えて完全な正義を掴み取ろうって訳ね。聖人にせよ『魔神』にせよ、あるいは大悪魔にせよ。どんな形であれ完成してしまった善性では異質な存在を引き込むカルマとしては成立しない。不完全かつ未完成である自分達こそが世を救う主を磁石のように誘導する方向性、唯一無二のトリガーになると超絶者達は仮定した。ふふ、何でも利用してくるわね」

「……、」

「だけど結局、罪は同じ。今ある命や人生を塗り潰して望む人外の存在をこの物理世界に生み出す。これは形を変えた人の生贄と神秘獲得の交換儀式だわ」

そこまでして、『橋架結社』は何を望む？

いいや、具体的には誰を創った？

候補は一つしかなかった。

「ありす」

「アナザーバイブルじゃないわ……」

夜と月を支配する魔女達の女神アラディアが、ぽつりと遮った。

壁の機材に背中を預け、上条からそっと目を逸らしながらも。

そういえばアラディアはイレギュラーかつ裏切り者であるアンナと違って、純粋に純正な超絶者だ。自分達がどんな計画を回していたか、知らないはずはない。

何かしらの目的で計画を潰したいらしいアンナ＝シュプレンゲルは、アリスにちょっかいを出していた。身に覚えがない理由でアリスが上条を『せんせい』と呼んで慕っていたのもそのためだ。だけど、超絶者の核がアリスであるなら、もっと他にやりようはあったと思う。

アリスに直接危害を加えて退場させるとか。

殺す事はできなくても、毒や薬のような術式を体内にぶち込んで行動不能に追い込むとか。

悪女であれば悪女であるほど、正攻法では決して倒せない相手に対する搦め手なんてそれこそいくらでも心当たりがあるだろうし。

……回りくどい、とは前から思っていたのだ。

確かに周りから頭一つ飛び抜けたアリス＝アナザーバイブルは『橋架結社』の中でも相当イレギュラーな存在で、彼女が上条について反対を申し出れば結社全体の大きな計画にはかなりの障害になるとは思う。

だけど、それは確定で絶対に潰せるとまで言えるのか？

大きな世界を救う計画。善し悪しは知らないが、絶大な力を持つアリスのコントローラ（？）となったらしい上条が超絶者達から話を聞いて『なるほど結構、誰も困らないなら思いっきりやれば良いじゃないか』なんて言ったらアンナはどうするつもりだったのだ。

つまり。

アリス＝アナザーバイブルは重要人物ではあるけれど、中心の核ではない。

なら、それは一体誰なんだ？

『あの』アリスを脇に追いやるほどの怪物とは……。

「……愚鈍、もう答えは出ているわ。始めからその名は全員の目の前にあったはず」

短く、どこか硬い声でアンナは呟いた。

「だからわらわは、ヤツらの計画を止めたいのよ」

「？」

アンナは答えず、音響用コンソールからデータの吸い出しにかかる。とはいえいちいち端子を探してUSBメモリなんか突き刺さない。コンソールの上に、コンビニの広告なんかで見かける加熱式タバコに似たアルミっぽい機材を置いただけだ。無線LANの電波を拾っているのではなく、コンピュータが電子をやり取りすると必ず発生する微弱な磁場を読み取って強制保存する代物らしい。つまりコピーに際してパスワードやセキュリティも考える必要がない。

求めるデータはさほど容量を必要としなかったのか、あるいは吸い出し機材の性能が半端じゃないのか。数回LEDランプが点滅したのを確認すると、アンナは機材を掴む。

「窓口はやっぱりまとめ役っぽいH・T・トリスメギストスかしら。とにかく、これがあれば超絶者の集まりである『橋架結社』と直接取引できるわ。ようは、ヤツらの儀式の詳細さえ分かっていれば、山のようにある成功条件の一点を潰すだけで壮大なドミノ倒し計画を全部止めて丸ごとご破算にできるんだし。……それから、ヤツらの『爆弾』はこれ一つじゃないしね」

「?」

金属系の機材を弄ぶアンナだが、それ以上は説明してくれないらしい。彼女は用済みの大型コンピュータの画面を落とす。

直前。上条の目に、ちらりと一文が見えた。

特徴的な『十字架』の象徴と共に、超絶者達が満場一致で認めた誰かの名前が。

世を救う主。

その名前は。

……Ch、s……。―――ut……。

「クリス……?」

5

そして超絶者ムト＝テーベは小さく囁いた。

彼女が注目したのは、冷たい路面に残った特殊極まりないタイヤの痕跡だ。

ただしかなり遠くから観察はしていたが。

「見つけた」

6

ずずん……ッッッ!!!!!! という。

いきなりの震動に下から突き上げられた。上条は冗談抜きにその場でバランスを崩して床に倒れ、そこで金属が弾け飛ぶ音を耳にした。耐震補強の金具を引き千切って、壁際にある冷蔵庫より大きな大型コンピュータが次々と倒れかかってくる。

「よっと」

まずアラディアが小さなアンナの手を引いて抱き寄せ、倒れてくる機材から保護する。

さらに、

「世話が焼けるね」

キンッ!! と甲高い音があった。

アラディアが裸足の足で床をなぞった途端、彼女を中心に円形の衝撃波が生じた。一台数百キロ、あるいはそれ以上ありそうなプロ仕様のコンピュータが全部壁に叩きつけられ、ぐしゃぐしゃにひしゃげていく。

「……わたくしは小さな悪女をその罪業に構わず助ける善行を果たした。では必然、魔女として三倍の利益を返してもらうわ、世界」

最大で重さ一トン以上もある機材の群れから助けてもらった上条は唖然としたまま、

「あ、ありが

「ふん、魔女達の女神が貴方を救うのは当然」

空いた手で肩にかかった銀髪を軽く払って、アラディアは遮るように言った。

抱き寄せていたアンナの顔を自分の豊かな胸元から離しつつ、

「それとごにょごにょ言ってる場合じゃないってば、今は震動より原因の方が優先。一五万トンはありそうな鉄筋コンクリートの塊をこれだけ派手に揺さぶったんだし、ただの交通事故って訳じゃないでしょう」

うううううウウウウウうううううウウウ!!!!!!　という太いサイレンが、いきなりぶづっと途切れた。

不自然な切れ方だった。

つまり学園都市サイドが、何かしらの狙いがあってオンライン操作で警報を切った訳ではなさそうだ。おそらくだけど、屋外のスピーカーが軒並みやられた。

軒並み？　いやでも、どんな範囲で？？？

「……何だ」

上条は不気味がるが、狭い室内にいても答えは出ない。ここには窓はないのだ。

追われる側からすればサイレンは死の象徴みたいで不気味だけど、ああ見えて一応は街の人達に危険を促して命を守るためのインフラだ。

それがいきなり破壊されたという事は、

「学園都市の次世代兵器じゃない……。何で街のサイレンがいきなり寸断されたんだ？」

つまり、誰かが来た。

この状況で一体誰が？

『橋架結社』の超絶者ムト＝テーベ、あるいはアレイスターに与しているらしきアンナ＝キングスフォード。どっちが来たって最悪も最悪だ。

歪んだドアを無理に蹴って通路へ飛び出した途端、上条は異界に迷った。

風景は一変していた。

映画上映のために防音設備のしっかりしたシネコン。先ほどまで聞こえなかったサイレンが急に耳へ届いたのはこういう事だったのだ。

「っ⁉」

バギバギバギバギバギ‼　という硬いものを噛み砕くような、鈍い音が続いていた。

上条はこちらにひっつく小さなアンナを庇いつつ、だ。

音源を調べる必要すらなかった。

鉄筋コンクリートの分厚い壁が崩壊していた。切り裂くように冷たい一月四日の夜の風。そいつがびゅうびゅう吹きすさんでいるが、もはや上条からは当たり前の肌感覚がすっぽ抜けていた。それくらい、目の前にあるものは凄まじかった。

ムト＝テーベ。

ウェーブがかった長い金髪を広げる、褐色の肌の少女。

その背後に広がっているのは、白色でできた巨大な花だ。数十、いや数百メートルにも及ぶ装甲と砲塔の群れはひとりでにざわざわと蠢いている。ここは巨大なシネコンだ、つまり一階一階の高さは極端に高い。にも拘らず、普通のビルなら何十階にも達する場所であってもムト＝テーベと直接目が合うのは、彼女が魔女のような飛翔の術式を使っているからではない。

立っているのだ。地面に。

元から地面に落ちた影を拾って、吸い上げて、何でも己の武器にする超絶者ではあった。戦車であろうが、攻撃ヘリだろうが、あるいは警備ロボットや早期警戒管制機だって。

でもこれは。

まさか。

「戦艦、クラス……ッ!?」

「航空戦艦だって。詳しい名前とかスペックとかは書いてあったけど覚えてない、マニアの人に聞いて」

ここまでやって、褐色少女はぞんざいだった。

執着を感じられない。

ムト＝テーベにとってはコンビニのレジ横にあるホットスナックを選ぶよりも気軽なものでしかない。なんか知らない新商品があるから、美味しいかどうか分からないけどとりあえず買ってみた。その程度の考えで三〇〇メートルの航空戦艦？　とやらの影を吸ったのだ。

しかも、一隻じゃない。

小柄な褐色少女を中心として、まずロングスカートのような五本脚を。それから左右に大きく二枚ずつ翼を広げるように。さらには鳥の胴体や尾羽のように後ろにも流れている。つまりは合計一〇隻の航空戦艦で、得体の知れない白色の巨大な鳥を表していた。あれじゃあ、もはやたった一人で空母艦隊を丸ごと抱え込んでいるじゃないか!?

「影を取り込む」

ムト＝テーベはしれっと言った。

「つまり複数の光源を用意して、地面に延びる影の数を増やせば一つの兵器からでもたくさん呑み込めるわ。物理的な実体は関係ない。……まあ、三〇〇メートルもある影を一度に複数呑むのには結構時間がかかったけどね」

「…………………………………………くそが」

…………………………………………

…………………………………………

今までムト＝テーベは一度にたくさんの戦車砲を取り扱ったりしていた。あれも、必ずしも大量の兵器から影を奪っただけとは限らないのか。

それにしたって、規格外にもほどがある。

ムト＝テーベという巨大な鳥は、それこそ鳥類のように関節が逆さになった脚……つまり白色の航空戦艦を真ん中辺りから無理に折り曲げていた。

確かに、だ。タンカーや空母など、数百メートル単位の巨大な船舶は輪切りになったパーツを一つ一つ繋げて溶接していく事であれだけのシルエットを構築している。金属のコインを重ねて一本の長い棒を作るように。だけどそれにしたって、船体を真ん中から折って歩行用の関節を生み出すなんてまともな考え方じゃない。

目の前の兵器は何でも利用するが、彼女にとっては白色の影の素材でしかない。

正しい運用方法など全く気にしない。

あくまでも超絶者ムト＝テーベは魔術師という事か。

分かりやすい艦砲や対空機銃はもちろん、何がどれだけ詰まっている。頭の航空とは？　巡航ミサイルや弾道ミサイルはもちろん、あの飛行甲板を見るにステルス機まで顔を出す可能性があるのか。

その、兵器としてのスペック的な恐ろしさもさる事ながら、

「どう、やった？」

「？」

「どこでそんなもの調達してどういう風にここまでやってきたッ!?」

「足を使って。きっと大丈夫よ、戒厳令は有効に働いている。歩いている時に多分人は踏んでいないと思うし」

ぶるぶると上条は震えた。

きっと、とか。

多分、とか。

人の命を扱う言葉のつもりなのか、それは。

言葉は交わせる。おそらく共通トーンとかいう得体の知れない技術で。だけどいくら言葉を重ねても、超絶者ムト＝テーベとは心が全く通わない。

というより、何を語ってどんな共感を得たところで結局最後は自分の都合が最優先されてしまう。必要なら追い回し、邪魔になれば蹴散らしていく。直前までどれだけ平和や博愛を謳っていようが。

いくら議論を重ねても確約がない以上、そこに信頼なんか生まれない。

不気味なサイレンがいきなりぶつっと途切れたのもこのせいだったのだ。

ムト＝テーベにその意思があったかどうかなんて関係ない。直接踏み潰されたか、あるいは地面を揺さぶる震動だけで薙ぎ倒されたのか。サイレンを生み出す無数の仮設スピーカーは難なくどころか、壊すという意識すらなく破壊されていったに違いない。

当然、被害がその一種類だけで済むはずもない。

白色の『翼』を左右に大きく広げれば、実に六〇〇メートルを超える巨大な塊。

あんなものが、歩いた。

インデックスは、美琴は、彼女達が暮らすこの街は一体どうなった!?

もう、ケタが違う。殺そうと強く思って人に襲いかかるのとは全く違う。真面目な話、アレがそのまま歩いて街を横断するとか学園都市は今どうなっている？　超絶者が誰にも何も隠さなかったという事は、びっくりして逃げようとして転んだ人も、震えながらも立ち向かって街を守ろうとした人もいただろう。それが、どうなった。被害はどこまで広がっていった？　その中には上条の知り合いだっていたかもしれない。いや、もうそんな次元の話ですらない!!!!!!

『橋架結社』の超絶者。

単独で魔術サイド全体と戦い、条件次第では勝利をもぎ取ってしまう存在。

こいつは間違いなく条件に足りる。

ぎぎぎみぢみぢ、と建物全体が軋んだ悲鳴を発していた。おそらく基部の免震構造が限界なのだろう。ありったけの装備で身を固めたムト＝テーべは、その巨体故にシアターを丸ごと一つ突き崩すような大穴を空けてもまだ装甲や砲塔が引っかかってしまっているようだ。

だけどそんなのも、長くは続かない。

彼女が本気で大質量の翼を使って横に薙ぎ払えば、あるいは毛羽立った突起のように存在する砲塔のどれかが火を噴けば、こんなシネコン、建物ごと倒壊しかねない。

たまらず、上条はもう反射で叫んでいた。

ここで勢いが死んだら自家生産の金縛りに遭う。根拠もなくそう思った。

「ムト＝テーベ‼」

「なに？」

装甲の花の中心にいる褐色少女は、意外とあっさり首を傾げてきた。

世間話のように。

自分のやっている暴力に欠片も罪悪感を持っていないからか。

「『橋架結社』の目的は分かった！　胎児に特別な魂を詰め込んで世を救う主を生み出すとかっていう話だろ‼」

「それで終わり？　だとしたらわたしが止まる理由にはならない。計画達成のため、即刻かつ確定で情報漏洩源を排除しろと最初から決定されている。わたしは処罰専門の超絶者、『橋架結社』の総意によって公平に執行するだけ」

……そこまでして、ムト＝テーベは誰を守る超絶者なのだろう？　H・T・トリスメギストスは『自分で決めたテリトリーを守るためなら何でもする女』と言っていた。アラディアは国を守る女神にして王妃と呼んでいたけど……。

古代エジプトの神なのか、あるいは人なのか。

超絶者を守る超絶者なのか。

それとも、その時その時で救う集団をテリトリー単位で切り替えていく超絶者なのか。

呑まれるな。

圧倒されている暇があったら口を動かせ。さもないと苛烈を極めた攻撃が始まってしまう。

「っ、そうじゃない!!　そっちの計画には『橋架結社』の超絶者が全員必要なはずだ。つまりはアラディアも！　そうだよ。ここでうっかり死なせたら自分の計画をご破算にさせるんじゃないのか!?」

言っている事は間違っていない、はずだ。

受精卵の入ったガラス容器の周りを不完全な善性しか持たない超絶者で固める事で何かを歪め、彼らですら頭を垂れて従う究極の存在をこの物理世界に生み出そうとしている。

だけど。

(……あれ。でも待てよ)

何か。

冷たいものが、言った端から上条の背筋を伝う。

(それなら去年の三一日にボロニイサキュバスとアラディアが殺し合いをしていたのは？　―

月三日に『旧き善きマリア』とH・T・トリスメギストスが衝突して、アリスが全部薙ぎ倒していったのは？　俺の存在が計画の障害になるのは分かるけど、部外者の俺を助けるために超絶者の数が、一人でも減ったら何の意味もないんじゃあ……？？？）

あるいは『旧き善きマリア』の扱う『復活』さえあれば、たとえ殺し合いになっても命の数は取り戻せるとでも判断したのか。

そんな風に考えた上条だが、真実は全然違った。

その程度では済まされなかった。

「それは問題ない」

超絶者ムト＝テーベ。

彼女はあくまでも無表情なまま、首を傾げてこう宣告したのだ。

「アラディアは、もう『次』がいるし」

ひたり、という音があった。

ひたりひたり、と続くのは硬い靴底とは違う。それは裸足の足を床に押しつける足音だ。

「あ」

上条は、信じられなかった。

「あああ」

いいや。ある意味では敵を信じていた、とも言えるかもしれない。

あんなに凄まじい力を持った超絶者は、世界で何人もいない。学園都市の超能力者や魔術サイドの聖人のように、替えがきかない特別な存在であると。

甘かった。

同じシネコン。闇の奥から新たに現れて、壁を壊したムト＝テーベにそっと寄り添うのは、長い銀髪に白い肌を持つ美女だった。格好は足首まである巨大なウィンプルと紫の変則ビキニ。装束の金具を擦り合わせて足元の影に薬効成分の混ざった金属のパウダーを振り撒き、裸足の足から己の皮脂を混ぜて様々な効果を持つ『魔女の膏薬』を作り出す超絶者だ。

つまり夜と月を支配する魔女達の女神。

二人目の、アラディア？

「ああ!!!???」

くらりと、上条当麻は眩暈すら感じていた。

ありなのか？

いくら何でも、ここまでの反則が許されるのか!?

たった一人で渋谷を丸ごと壊滅させかけた魔女達の女神。上条は途中で何度も殺され、ボロニイサキュバスや『旧き善きマリア』の力を散々借りて、やっとの思いで倒して心を通わせ、ここまでやってきたのだ。

それを、こんなあっさりと？

確かに『橋架結社』は集団だ。アラディア以外にも超絶者がいるのは分かる。だけど、こいつは意味合いが違うだろう。脅威のレベルが全く変わってしまうだろう。

仮に、たられればの話。

アラディア自身が複製や量産できたら。

努力や訓練によって、二人目も三人目も望めば望むだけ調達できるとしたら。

最悪、アラディア部隊みたいなものが存在してしまう可能性すら出てくるじゃないか⁉

「……、」

だけど。

一方で、なのだ。

考えてみれば奇妙な話ではあった。

H・T・トリスメギストスは紀元前由来、『旧き善きマリア』は遅くても三世紀辺りの人物だとアンナは言っていた。そしてアレイスターは二〇世紀の魔王にして世界最大の悪人とも。

なら何で。

二〇〇〇年くらい前からいる伝説の人物が、二〇世紀に活躍したアレイスターの魔術をベースにしている？　それだと時系列がおかしい。

イギリス清教、ローマ正教、ロシア成教といった十字教の三大派閥が『橋架結社』の存在に全く気づいていなかったのもそう。オティヌスや僧正、ネフテュス、娘々といった世界の裏にいた『魔神』達が超絶者について何も知らなかったのもそう。

それどころか。

三一日の渋谷では、アラディアはボロニイサキュバスの術式『コールドミストレス』を喰らってみるまで知らなかったといった顔をしていた。

一月三日の領事館では、H・T・トリスメギストスと『旧き善きマリア』は互いの隠し球を今さらのように読み合いしていた。

本当に何百年、あるいは数千年も『橋架結社』という一つの箱に収まって付き合ってきたのだとしたら、何故そんな事が起きる？

つまりは、

「……違った？」

呆然と、上条当麻は呟いていた。

自分達の側に立っているアラディアと超絶者ムト＝テーベの傍に寄り添っているアラディア、全く同じ容姿の銀髪少女を交互に見ながら、

「『橋架結社』は数千年も前からある伝説の魔術結社、なんかじゃなかった？　ボロニイサキユバスやアラディアは、つい最近そういう風に名乗り始めただけの魔術師だった!?」

「儀式魔術よ愚鈍。これはその材料」

アンナ＝シュプレンゲルはそっと笑んで、

「受精卵を封入した無菌の容器の周りに必要な記号や不完全な善性を規則正しく配置する事で、人外の神獣や精霊の魂を人間の赤子に収めて物理世界に出現させる。そして今回のご指名は世を救う主。『橋架結社』全体はそういう術式を目指しているって説明したでしょう？　つまりは超絶者も含めて儀式の記号。欲しいのは色や形であって、女神アラディアや賢者トリスメギストス本人を求めている訳ではないわ。適切な衣装を着せて、各々の『救済条件』を濃密に思い描いて、『橋架結社』の一人一人が形を変えるの。力を借りれば己の善性の未熟さをより強く自覚できるでしょう？　『特別高度な魂を降ろす儀式』を完成させるためにね」

上条は今さらのように眩暈を感じていた。

自分達は『魔神』とは違う、とその口で言っていたのは、当の超絶者Ｈ・Ｔ・トリスメギ

ストス本人ではないか。どこがどう違うのか、あの領事館でもっと深く考えるべきだった！

名前も形も仮装に過ぎない。

使う術式だって、シークレットチーフ絡みだったか。ようはよそからの借り物。

一人一人が極めて強大な力を持ちながら、何から何までオティヌスとは全く違う!!

「でも、だって」

上条の言葉が、詰まる。

何故ショックを受けているのだろう？

敵対する脅威なら化けの皮が剝がれた方が嬉しいはずなのに。上条自身、知らない間に超絶者を自分よりも高次の存在であってほしいという願いでも持っていたとでもいうのか。

知らず、敵対するはずの彼らを擁護する格好で上条はアンナに叫んでいた。

「そっ、そんな訳あるか！　そうだよ。ボロニイサキュバスは何百年も前に起きた冤罪事件がきっかけで、ありとあらゆる冤罪被害者を救済するって言っていたじゃないか⁉」

「今を生きている人間だって、大昔にあった戦争や事件の記事を見て胸を痛める事はできるわ。ねえ愚鈍、彼女の歳は何歳に見える？　まさか五〇〇歳超えだなんて言わないわよね」

そういえば、一二月三一日の渋谷でボロニイサキュバスはこんな事を言っていなかったか。

淫らなサキュバスだけをかき集めて作った娼館を経営した、なんて歴史で最もふざけた死刑判決で実際に男が処刑されたのが絶対に許せない、と。

あの時は納得したけど、でも冷静になってみればちょっとおかしいのだ。

今ここにいるボロニイサキュバスの正体が人間か悪魔かは結局はっきりしていない。でも、何百年も前の当時ボローニャにいたら、サキュバスと呼ばれる存在が普通に街を歩く生き物である事は自分自身が証明してしまっている。つまりそういう罪状が発表されても、少なくとも『ふざけた』とは思わない。もしあの当時ボロニイサキュバスが本当にあそこにいたら、己の格好を見下ろして『まあ、そういう事もありえるかも？』といったん考えてみるべきなのだ。

でも。

かもしれないけど……っ。

「ッ。じゃあ夜と月を支配する魔女達の女神アラディアは!?　こいつが当時いなかったら、ずっとずっと昔にいた本物の魔女は誰を拝んでいたっていうんだよ!!」

「ダメよ愚鈍。元々アラディアなんて女神は高確率で存在しない、イタリア・トスカーナ地方の魔女が取材でやってきた聞き手に即興で好き勝手に囁(ささや)いた伝説よ。その報告書を魔女研究の第一人者ガードナーが自説に取り入れてしまったから話がややこしくなっただけ。まして今そこにいる同名の女性魔術師が件(くだん)の女神と同一人物でなければならない理由はつまり何？」

「……、う……」

「アラディアはこの危険な状況でも自分が食べるものにこだわったり、狭い車内に留(とど)まるのを嫌って外でストレッチなんてしていたわよね。そういう不自然な動きも、自分が日々アラディアでい続ける努力、つまり言動のブレを防止するためのトレーニングの一環だったと見た方が筋は通るわ。誤差が目に見えるレベルへ広がる前に毎日細かく修正しておくためにね」

もう、上条は言葉が出ない。

残酷な真実は、善人よりも悪人の口の方が良く似合う。

「発声練習は何のため？　魔女達の女神は『魔女の膏薬』を軸にしている訳だから、実は呪文詠唱はさほど重要じゃないのに。たった数日縛られて運動を怠っただけで不平不満が止まらなかったのは？　あれだって不安の裏返しだったんじゃないかしら。アラディアという像が崩れないかって」

呼吸が塞がり、上条の頭がくらりと揺れる。

アラディアすら――――そう、敵味方にそれぞれいる二人とも――――何も答えてくれない。

なら『旧き善きマリア』やH・T・トリスメギストスも？

確かに、『旧き善きマリア』はトリビコスやケロタキスなど、錬金術の基礎を創った実験器具の土台を管理する者、とは名乗っていた。だけど三世紀辺りまでにそれを発明した本人だとは言っていない。

トリスメギストスなんか、オティヌスの話では古代の学者達が共通で使った匿名投稿用の使い捨てペンネームでしかない。元々、本物偽者で線引きできる存在ではなかったはずだ。

「じゃあ……」

恐る恐る、だった。

さっきとは違った意味で、上条はとある少女に目をやる。

「ムト＝テーベも……？」

「ねえ愚鈍、本当に本気の軍事マニアは城跡どころかギリシャだのエジプトだのの古地図を見るだけで涙を流せる生き物らしいわよ。鉄オタと地方路線の時刻表みたいな関係でね」

アラディアは、こう説明していた。

ムトはエジプト神話の女神様だと。だけど、ムト＝テーベとは一度も言っていない……。

金髪褐色の少女は首を傾げていた。

小鳥のように。

暴かれてなお、

「だったらどうしたの？」

一言だけだった。

わざわざ隠すような事でもない、といった口振りでしかなかった。

「うそ、だろ」

上条は呆然と呟いた。

つまり、目的に合った衣装を選んで。

つまり、食べるものにも気を配って。

つまり、運動やストレッチと組み合わせる事で骨格や筋肉レベルで理想となる体を作り。

つまり、様々な職業を見かけるたびに人間観察を怠らず。

つまり、鏡を見て自分の表情の訓練を欠かせずに続けて。

つまり、わずかな誤差も許さないためには日々怠らない事が大切であって。

つまり、腫れやむくみ、やつれなどを細かく利用して人相も変えたりもして。

つまり、朝の発声練習も呪文詠唱のためではなくて。

つまり、振り込め詐欺のように正確で巧妙なマニュアルを熟読するのは当然で。

つまり、全ては徹底したトレーニングで。内面をも完璧に整えていて。

つまり、『橋架結社』は儀式に必要な人材を……スカウトではなく、ゼロから創っていた？

元々、冤罪を憎む心はあったのだろう。あるいは世界中の魔女を救いたいと祈る心も。そんな普通の人々は魂とやらを磁石のように狙って誘導するべく自分の不完全な善性をより強く自覚するために悪魔や女神を選び、着こなして、超絶者となった……。

「……、」

にわかには信じられない。

信じられるか、こんなふざけた話。

だけど常々、上条には気になっている言葉があった。

アラディアやボロニイサキュバスといった『橋架結社』の面々は、たびたび『イレギュラーな超絶者』という言葉を使っていた。どこか忌々しく、だけど自分で決めたフローチャートの外まで好き勝手に手を伸ばして他人を救ったり叩いたりできる存在を羨むような口調で。

一人は純粋なるアリス＝アナザーバイブル。

一人は邪悪なるアンナ＝シュプレンゲル。

唯一、再現性のない者達。

第三者では代用不能。そもそも正規の超絶者のルールから外れた者達。

……逆に言えば、それ以外は『レギュラーな超絶者』。つまりは量産し、管理して、計算の範囲に甘んじてしまう存在でしかなかったのか……？

そして、だからこそ。

イレギュラー。通常の定義には収まらないからこそ、アリスとアンナだけは彼らまともな超絶者を外から糾弾できる『何か』をまだ持っているのかもしれない。

そういえば……。根拠があるのかないのか、もう上条自身にも判断がつかなかった。

だけど、確かに論理とは離れた場所にある直感としては、だ。

（何か変だと思っていたんだ、普通の魔術師とは違うって。アラディアにボロニイサキュバス、『橋架結社』の超絶者達……。みんな服に着られているっていうか、本人の素顔よりもド派手な衣装の方で見分けをつけているって感じがしてて）

　本来は、こうならない。魔術師は強烈な個人だ。その生き様は本人の胸に刻んである。だから何がどうなろうが、脱ぎ捨てられるものに自分の中心を置き忘れたりしないはずなのだ。

「古いアラディアは、もういらない」

　ムト＝テーベははっきりと言った。

　さながら、自身の存在意義すらまとめて否定していく格好で。

『橋架結社』の超絶者。

　これまでぶつかってきた魔術師達とは、おぞましいほどに何かが違う。

「アンナ＝シュプレンゲルは元々『橋架結社』という群れには存在しない、出自も怪しい飛び入り参加のパフォーマーだった。ゲストの活躍があれば化学反応が起きてステージはより高みに上れたかもしれないけど、もはや勝手なアドリブは度を越している。だからわたし達は、改めて本来あった手順通りに計画を進める事にした。無菌の容器という唯一無二の干渉対象を招待し、アリス＝アナザーバイブルを引き立てる形で、わたし達『橋架結社』正式のパフォーマーだけで滞りなくパレードを進めていく。……前のアラディア、あなたもまたアンナ＝シュプレンゲルの影響や刺激を浴び過ぎた。内部の歪みは目に見えない以上、全て取り除けるかどうかも未知数ではっきりしていない。新しいものと交換できるのなら、まっさらな次のアラディアをステージに上げた方が失敗の確率は下がる」

素朴に見上げているだけの観客達からすれば、パレードで注目を集める大スターは唯一無二のパフォーマーだ。一つの世界と同化してこれ以外など想像できないくらいに。

だけど全体を管理する側からすれば、演出や効果で求めている役割とどうしても噛み合わなければいつでも切って別の誰かと入れ替えられる人間の一人でしかない。どれだけイベントやお祭りで多くの人に夢を与えても、結局は着ぐるみの中身のような話でしかない。

でもまさか。

ここまでバッサリとは。

「そんな……。そこまでして、自分の仲間を切り捨ててまで……」

「新旧で語ったから、与えたイメージに誤解があった？　そっちにいる前のアラディアにしたって、自分の実力を示して他の候補達を蹴落とす事でアラディアという選抜を越えていたのよ。これはわたしも人の事は言えない。わたしだって体一つでオーディションに挑み、自分が求めるポジションを勝ち取って憧れの場所に立っているムト＝テーベなんだから」

「っ。そこまでしてお前達は何がしたいんだッ⁉」

「世界の偏りなき救済を」

即答、かつ断言だった。

聖人や『魔神』などとは違って不完全な正義しか作れなかったからこそ大きく憧れた者達。魔術の完成度を極限まで高めるべくステージ上のパフォーマー全員で共有する束の間の世界観が、骨の髄まで染み渡っていた。

「哲学や精神論ではなく現実かつ物理的に、『橋架結社』全員の希望に沿った形で救済を実現してくれる誰か。十字を象徴とする聖者。わたし達超絶者などとは違って、本当の本当に世を救う主の、再誕という形での招待を」

そこには個人としての信念や叫びといった、そう、胸に刻んだ魔法名が感じられない。小さな自分を捨てて巨大な『橋架結社』に組み込まれる事で一つの目的を果たす。さながら、ある種の破滅的なカルト宗教だ。

「そろそろ良い？　わたしは自分の仕事をする。裏切り者のアンナを処罰する」

「させると思うか!?」

「だから？　そもそも処罰専門のわたしの標的は罪なきあなたじゃない。ここはスタッフオンリーの裏方よ。一般の部外者はできるだけ巻き込みたくないから、早く逃げてほしいけど」

塊のような暴風が蠢いた。

いいや、それはムト＝テーベが巨大な翼を羽ばたかせた余波だった。三〇〇メートル級の航空戦艦、そこに備えつけられた大小無数の艦砲がぐりりと回る。こちらを正確に照準してくる。

爆発かと思った。

三〇センチ以上もある巨大な砲口から散弾のように飛び出したのは、大量の投げ槍。

その全てが対超絶者特化の霊装。

『矮小液体』。

そもそも、それはどんなイレギュラーを狙うために作られた必殺の武器だったか。

「アンナっっっ!!!!!!」

とっさに叫んで上条は飛び出していた。

まるで一面尖った壁が迫ってくるようだった。あそこまでの数になったら、右手一つでは捌ききれない。だけど一方で、『矮小液体』は対超絶者特化だけの霊装だ。体全体を使って上条自身が盾となれば、どうにかして狙われたアンナを守れるかもしれない。

背中に、悪女には似合わない弱々しい声があった。

「ありがとう……」

なら結構。

できれば全部右手で撃ち落としたいけど、一本か二本くらい体に突き刺さったとしても多分納得できる。少なくともただ見過ごして悲劇の発生を眺めるよりはずっとマシ。

そう思っていた。

なのに、とんっ、という後ろから強い衝撃に弾かれた。

「なっ……？」

後ろから。

つまりアンナ＝シュプレンゲルしかいない。

「でも愚鈍、それだけは受け入れないわ」

彼女が自分を庇ったはずの上条を、全体重をかけた小さな足で無理矢理に蹴飛ばして、アラディアの方へ差し向けたのだ。

確かに。

超絶者だけを一撃かつ必殺で葬る霊装であれば、アンナだけでなくアラディアだって危ない。ムト＝テーベ自身、すでに切ったかつての仲間を気にする素振りもなかったし。すっかり忘れていたけれど、それにしたって。

イレギュラーな超絶者。

普通の超絶者にはできない事が実行できる小さな悪女。

スローになる景色の中で。

その瞬間、べっ、とアンナ＝シュプレンゲルは可愛らしく舌まで出していた。

顔に書いてある。

助けられて善人に転がるなんて耐え難い、自分は最後の最後まで真意を見せずに人を騙す。

わらわは徹底してブレない悪女の道を突き進む、と。

直後に景色の流れが戻った。

『矮小液体(わいしょうえきたい)』の投げ槍(なげやり)が、空間全体を埋め尽くす格好で世界を叩(たた)いた。

避けられるはずがなかった。あるいはイレギュラーながら超絶者(ちょうぜつしゃ)の枠にいるアンナ＝シュプレンゲルがどんな防御術式を展開したって、あれは防げなかったのかもしれない。

ドッ!!　と。

まともに小さな全身へ突き刺さった。

不思議な事に一滴の出血もなく、しかしガラスでできた鋭い穂先は小さな悪女の体内で確実に砕け散る。何本も、何本も。収まっていた毒々しいピンク色の液体が中から侵蝕(しんしょく)していく。良からぬモノが小さな全身を循環してしまう。

アラディアを庇(かば)う事になった上条(かみじょう)の方は、右手が間に合わなくても立っていられるのに。

悲鳴なんかなかった。痛みに身じろぎすらなく、転がったアンナは動かない。

定義が正しければ。

アンナ＝シュプレンゲルは、もう助からない。

燃え上がった人間に右手で触れても焼死体は元に戻らないように。

「ああ

あああああああああああああああああああああああああああああああああああああああ!!!!!!」

上条は絶叫していた。

あるいは痛みを訴える事すらできないアンナの代わりに。

一緒に行動していて情が移ったでも、感情移入でも、喉元過ぎれば熱さを忘れるでも、実は可愛いところもあったでも、とにかく何でも良い。どんなにちっぽけなものでも構わない。この最悪な状況を打破して小さな悪女をここから助けるための力を今すぐ自分の中で練り上げろ!! ぐらぐら揺れる頭で上条はそれだけ考えようとする。

なのに現実は何も変わらなかった。

力が入らない。

アラディアを庇って崩れ落ちたまま、上条当麻は起き上がる事すらできない。

悪女だから。

だったら何だって言うんだ、ちくしょうがッッ!!!!!!

「これで、仕事は終わり」

ムト＝テーベはあっさり言った。

彼女は処罰専門。そこに余計な感情は挟まないし、無駄な犠牲も拡大させない。

歯車を回すような正確さこそがムト＝テーベに求められる配役だ。

「後はアラディアを更新したし、降板した方はいらないから殺す。本来の業務じゃないけど念のため。最後に新しい方を連れて帰れば処罰によって『橋架結社』の秩序は元の体制に戻る」

「まだよ」

「抵抗する？　あなたはもうアラディアですらない。引退した一般人がプロの世界で何ができるの？　一人で生き残ろうとしても無駄なのに」

「いいえ、わたくしはどうあってもあらゆる魔女を助ける女神。どうせならアンナ＝シュプレンゲルも一緒に救ってやろうじゃない」

その言葉に、だ。

のろのろと、上条は顔を上げた。

レギュラーという立場を奪われても、銀の髪の美女はまだ諦めていなかった。

まるで女神様みたいに立ち塞がってくれた。

「救う……？」

呆然と。

へたり込み、掠れた声でズタボロの少年は呟いた。

恐怖と拒絶しかない暗闇に変わらず浮かぶ月のような、わずかな光をそこに見た。

「まだすくえる？」

「ええ。大丈夫よ、こんなのは喪失でも行き止まりでもないし、貴方が何かを諦める必要もないの。夜と月を支配する魔女達の女神が一発で全部ひっくり返してあげる。さまよえる善良なる魔女の子よ、貴方はこれを奇跡とでも呼ぶと良いわ」

ムト＝テーベもまた、今にも夜風に吹き散らされそうな少年を庇う光を見据えた。

月の輝きを目一杯浴びて、肌全体を青白く光らせる誰かを。

処罰専門は無表情なまま首を傾げて、

「それは無理。『矮小液体』はアリスの力を一部貸与されているから、アンナ＝シュプレンゲルは『旧き善きマリア』の『復活』でも回復できない。単純に序列が噛み合わない」

黒く重たい諦念が再び上条の視界を塗り潰そうとする。

しかし、女神がそれを許さない。

夜と月を支配する魔女達の女神アラディアははっきりと言ったのだ。

「あらあら。貴女、もう自分で答えを言っているじゃない」

指摘されて、褐色少女はキョトンとした。

暗闇に希望という明かりを掲げ、ここに女神アラディアが即答する。

魔術という闇は底なしの暗がりではない。

夜の定義は本来もっと優しく穏やかなものであると。

「だったらアリスに直接力を借りれば良い。『旧き善きマリア』にできてアリスにできない事があるのはおかしいし、同じ事をすればアリスの方がクオリティは上がって当然。つまり本当にヤバいアリスさえ丸め込めれば、『矮小液体』の死は回避できるの。後出しだろうが反則だろうが、まだアンナ＝シュプレンゲルには助けられる余地くらいあるでしょう？」

もう、魔術のロジックですらないと思う。

アリス＝アナザーバイブルが何より怖い。そういう超絶者（ちょうぜつしゃ）の『信仰』に基づいた話。

だけどムト＝テーベは即座に断じた。


「させない」

つまりは有効。


余裕をなくした即答だった。

これまでとは明確に何かが違う。金髪褐色の少女は常に安定させていた自分の時間や空気をすっかり忘れている。わざわざ体を張って止めないと本当に成功してしまう、とあのムト＝テーベが無表情ながら初めて焦り（あせ）を見せているのだ。

「アリスは危険極まりない特大のイレギュラーだけど、それに有り余るカリスマ性を持った正規のパフォーマーよ。裏切り者アンナに降板アラディア。あなた達はこのステージからパージされ、もはや足を踏み入れる事も許されない出禁の外野。関係者用の通行証はちゃんと返してから消えて。部外者の勝手な都合でこれ以上『橋架結社（はしかけけっしゃ）』の和を乱される訳にはいかない」

「でも鉄板のパフォーマーたるアリス＝アナザーバイブルに言う事を聞かせられるのは貴女（あなた）な

んかじゃない。プロの業界人でなければならない必要性だって実はどこにもないのよ。パフォーマー本人ではなくその恋人のように、唯一無二の鍵はよそにある。だから焦っているんでしょう、ムト＝テーベ？」

「っ」

ギッ!! と、全員の視線が一点に集中した。

普通の人間なら窒息していたかもしれない高密度の緊張。

だけど。

それで、だ。

とある少年は静かに思った。

そうか、と。そこまで本気で警戒するという事は、

（……有効、なんだ。本当の本当に）

もちろん上条の努力でどうにかなった話ではない。

すでに失う事が確定した少女をそれでも救える最後の鍵は、この手の中にあった。おかげで自分の人生に唾を吐きかけないで済んだ。それは他でもないアンナ＝シュプレンゲルが、ずっと前に渡してくれた二つとない宝物なのだ。

世界でただ一人。

あれだけ泣かせて、傷つけて、今さら自分勝手にもほどがある。分かっている。だけど、も

し、まだ少女とわずかでも心が繋がっているのだとしたら。

奇跡を起こすチャンスは残っている。

上条当麻であれば、アリスの心を動かしてアンナ＝シュプレンゲルを助けてもらえる。

一つ分かれば。

たったそれだけで。


どこにでもいる平凡な高校生は、もう一度自分の足で立ち上がる。

右の拳を岩のように硬く握り締めて、倒すべき敵の大きさを測り直せる。


「……アラディア」

「それ、一応聞くけどわたくしの方に言っているのよね？」

上条に庇われていた魔女達の女神は、全く同じ格好をした女を睨みながら並び立つ。

そう、今いる敵は一人だけではない。

二対二。

「任せて良いか？」

「当然。あのアラディアはわたくしが仕留める。魔女の基本は三倍返しよ、悪しき魔女が善行を積んだのなら、悪女に拾ってもらった命の借りくらいはこの手で返してやろうじゃない」

思い返せば超絶者と戦った時は、必ず上条は即死させられてきた。

そして今回、『旧き善きマリア』はいない。利害が合わない以上もう助けも求められない。

『復活』はない。

一度でもしくじればそこでおしまい。

だけど、上条当麻はもう下がるつもりなどない。

アンナ＝シュプレンゲルは言い訳のできない悪女だった。

最後の最後まで上条を騙して笑っていた。

いい、い、い。

それがどうした。

どけよ善悪、得体の知れない誰かが作った尺度。これは自分の人生だ。この世界の誰を助けるか、そのために己の命をどう使うかくらいは一人で決める。

一〇万トン級の兵器を寄せ集めた死の塊、ムト＝テーベは静かに首をひねっていた。

そのまま上条当麻を眺めて、

「なら、あなたがわたしの相手をするの？」

「……そうだよ」

「死ぬけれど」

「そうだ‼」

これは、皮肉ではないだろう。

金髪褐色の超絶者は、純粋に無謀を極めた少年の心配さえしていた。

「困った。罪なきあなたと戦う理由は特にないのに」

「ここまで勝手にやっておいて、何もないとか言ってんじゃねえよ!!」

二対二だ。

上条当麻対ムト＝テーベ。

アラディア対アラディア。

押し通せ。どんな無理であっても。ここを勝って越えられなければ、勝手に救いを拒んで最後まで悪女たる自分を貫き笑いながら散っていったアンナ＝シュプレンゲルは助けられない。

これが最良？

極大の悪女にしては良くやった？

仮に、誰かが。

悪女である自分から抜け出せなかった少女をそんな風に嘲笑うなら。一人ぼっちで倒れていったアンナ本人さえそう思っているとしたら、

「……ち、殺す」

歯を食いしばり。

上条当麻は今一度、死地へ赴く自分を肯定する。

顔も名前も知らない何者かが自分の都合で創った善悪に縛られるな。わずかでも迷う事があるなら、自らの胸に手を当てて己に聞け。本当に必要な事はきっとそこに収まっている。

そうだ。

どこにでもいる平凡な高校生は顔を上げて、

「そんな幻想は、俺が欠片も残さずぶち殺す!!!!!!」

きっと、だ。

正しく知る者が耳にすれば、とある理論を思い浮かべただろう。

誰にも認められる事なく大衆から悪魔のように排斥され、だけど一人の『人間』は、表の世界から消え去るまでずっとずっと訴え続けてきた。

汝の『意志』で行動しろ、と。

たとえ立場が分かたれても。確かに、一人の少年の中にはそんな力が宿っている。

行間　四

アンナ＝シュプレンゲルは悪人だ。

この点にかけては疑う余地もない。本人さえ認めているのだから。

もちろん彼女は悪女なりに生き延びる努力を続けてきた。止めなくてはならない計画の存在も察知し、具体的な対抗策を講じてきた。

だけど、だ。

そういった自分の努力はきっと実らないだろうなと、心のどこかでは思っていた。諦めていた、と言い換えるべきか。具体的なタイミングは知らない。だけどきっと、自分の祈りや望みが叩き潰される瞬間はどこかで必ずやってくる。一番良い所で潰される。両手を広げてこれだけ目一杯やったのだから、むしろ遅かれ早かれどこかでしっぺ返しは襲ってくるべきだ。

ある種。

この自暴自棄こそが、変幻自在のアンナ＝シュプレンゲルの核だったのかもしれない。

だからアンナ＝キングスフォードという自分の存在そのものを脅かす何かが表に現れた時、

足がすくんだ。悪女として状況を楽しむ事など忘れて、喪失を惜しむ心を自覚してしまった。術式の技術や一度に精製できる魔力量の問題ではなく、もっと根本的な土台を揺さぶられた。

そういう話なんだと思う。

結局彼女は、不謹慎でなければ自由に生きられない。

だから、小さな悪女は順当に足掻けば足掻くほどにむしろ状況を悪化させる。

目に見えている。つまり、悪人とはやられるべき時に潔く散ってしまうのが華なのだ。

(……まあ)

寒い。

冷たい。

一月の切り裂くような外気でも、横倒しのまま密着している床の寒さでもない。もっと、背骨の辺りからくる強烈な冷気だ。内側から蝕む、目には見えない死の手触りだ。

アンナ＝シュプレンゲルはゆっくりと目を細めて、

(『橋架結社』の大仰な計画とやらはすでに周りに伝えてあるし、アリス＝アナザーバイブルと上条当麻の線は歪んだ形であっても完全には断絶していない……。冷静になったら、わらわって絶対必要な人間でもないのよね……もはや……)

なら、ありかもしれない。

ここまで駒を進めて次に繋げられたのだから、コスパで言ったらむしろ優れている方ではないか。上条当麻は魔女達の女神アラディア辺りの手を借りて、『橋架結社』の野望とやらを打ち砕けばそれでおしまい、見事なハッピーエンドとは呼べないか。

アンナ＝キングスフォードの手で全て暴かれる前に終わるというのも、それはそれである意味では幸せなのかもしれない。

なのに。

だというのに。

「なら、あなたがわたしの相手をするの？」

「……そうだよ」

聞こえてしまった。

届いてしまった。

「死ぬけれど」

「そうだ‼」

当たり前の結末を決して容認しない者の声が。

必要であれば何度でも立ち上がり、歯を食いしばって世の理不尽に抗う少年の声が。

「困った。罪なきあなたと戦う理由は特にないのに」

「ここまで勝手にやっておいて、何もないとか言ってんじゃねえよ!!」

それは怒りの声ではない。

泣きの衝動を必死に抑えつけ、震えまいと全力で足掻く少年の叫びであった。

だから、悪女の中の悪女は倒れたまま、思わず自分の唇を噛んでしまう。

（ちく、しょう……。もうこっちは覚悟を決めているっていうのに。最後まで悪女として笑って死のうって話で全部まとまって、恐怖を駆逐しているのに）

『矮小液体』。

そもそも規格外のアリス＝アナザーバイブル絡みの特別製。裏切り者を殺すためだけに作られた特殊を極める霊装は、すでに体内で致命的な効果を発揮していた。

もはや自分は助からない。

そう分かっていても。

（……これじゃ、死ぬに死ねないじゃない）

第四章　救う少女は自分で決めろ　Battle_of_HsB-AD-CVA01.

1

そこはサイレンすら途切れた無音の戦場だった。

きゅっ!!　とアラディアが裸足の足で壊れた通路の床を鋭くなぞる。

倒れたまま動かないアンナ＝シュプレンゲルの全身が淡く輝く。

巨大な鳥となった褐色少女ムト＝テーベはそっと首を傾げて、

「結界?　いいえ、魔女の膏薬か。大空を飛ぶのを助けたり、人の体を別の構造に組み換える変身もできたっけ」

「……そこまで大仰じゃない。せいぜい体を防護する程度のものよ。『矮小液体』自体はわたくしでも取り除けないけど、体内侵蝕の速度を抑えつけるくらいは手が届くよ」

「でも、あなたが死ねばこの耐爆日焼け止めクリームも弾け飛ぶんでしょ」

「答える必要あるの」

「なら遠慮なく」

爆音が炸裂した。

ムト＝テーベが巨大な鳥の右の翼を――――つまり三〇〇メートルの航空戦艦を二隻もまとめて――――横殴りに振るったのだ。

白色の奔流。

たった一発で巨大なシネコンの上半分、実に一〇〇メートル単位の構造物が余裕でぐしゃぐしゃにひしゃげて虚空へばら撒かれていく。

その時、上条当麻は夜空に投げ出されていた。

彼の首根っこを摑んだのは、業務用の座席の列や大型スピーカーでも調整するためのものなのか、試写会や公開初日の舞台挨拶などで使うスタンドマイクにまたがったアラディアだ。

魔女が夜空を飛ぶのに、ホウキは必ずしも揃えなくても良い。

重要なのは道具に塗る膏薬だ。

「うわあ⁉」

「摑まるならスタンドマイクじゃなくてわたくしの体にして。影じゃなければセーフと思いたいけど、その右手が暴発したら墜落するよ。あとヤバい敵はムト＝テーベだけじゃない‼」

それから、魔女達の女神は慎重な口ぶりで、

「……『矮小液体』は使ってこない？　そうか、同士討ちを避けているのかも」

ギン！　と強く睨みつけるアラディアはよそに目をやっていた。

同じように、長いスタンドマイクにまたがって夜空を切り裂く別の影があった。

もう一人のアラ、ディ、ア、ア。

とっさの時に周囲を見て命を預ける道具を選ぶセンスまで同一という誰か。

瓜二つの銀髪少女がこちらへ掌を差し向け、その唇が妖しく囁いた。

「聖ペテロは悪魔の力を借りた魔術師シモン＝マグスの飛行を許さず」

「っ、受かったばかりの新人が。雑な自主練ね。よりにもよって魔女達の女神がソレを使うのツッツ!!!?!??」

がくんっ、と上条達二人は急速に落ちる。魔術師は空を飛ぶのは容易いが、迎撃されるのも簡単なので実用化が難しい、だったか。ちょうど、ムト＝テーベが横へ派手に振り回した航空戦艦の上へ着地する羽目になる。

「アンナは⁉」

「まったく、この状況でよく人の心配していられるね。わたくしが防護の膏薬で全身を守っているからご心配なく！　貴方が右手で変に触らない限り、コンクリの山が覆い被さったくらいじゃ傷一つつかないわ!!」

羽虫を払うように、もう一度右の翼が二枚まとめて振るわれた。

虚空に投げ出されたアラディアは、迎撃術式で邪魔されて落ちていくのを前提に、減速しながらも、パラシュートでも使う感覚で上条を別の足場へ導いていく。

今度はムト＝テーベの後方。

巨大な鳥で言うなら胴体や尾羽にあたる――やはり三〇〇メートルはありそうな――航空戦艦の艦首側だ。

とんっ、ともう一人のアラディアが山のようにそびえる三連砲塔の上に裸足の足を乗せる。冴え渡る夜空、月をバックにくすくすと笑いながらこちらを睥睨する。安物の換気扇カバーのメッシュまで同じだ。正式装備があれば応急処置した側に合わせる必要はないのに。

「大丈夫よ。貴方の希望はわたくしが守る。善良なる魔女の子が、暗闇に迷わないようにね」

上条の傍らでは、長いスタンドマイクをくるんとバトンのように回して肩に担ぐアラディアが獲物を見上げ、真っ直ぐに視線と視線を激突させる。

二人の口から、同時に出た。

「あれは、わたくしが殺すわ」

「あれは、わたくしが殺すわ」

ドンッッッ!!　とアラディアが甲板から砲塔の上まで一気に飛び上がり、そして同じ顔をした超絶者同士の戦闘が始まった。

　とはいえ、上条も黙って見ている訳にはいかない。

　彼は彼で、超絶者ムト＝テーベと決着をつけなくてはならない。

（ここは鳥で言うなら胴体や尾羽にあたる部分。ムト＝テーベは中心にいるから、今いる艦首側から艦尾側へ走れば辿り着くはず!!）

　当然、ムト＝テーベ側も反応した。

　ぐりり、とすぐそこの三連の砲塔がゆっくりと回る。

　その一つ一つが直径三五センチもある巨大な艦砲だ。

「いっ⁉」

　爆音が複数同時に炸裂した。

　それだけで下から突き上げられ、その場でひっくり返るかと思った。激しく揺さぶられて視界がバラバラになってしまい、音源に向けて右手を突きつける余裕すらない。

　しかし予想に反して当たらない。

　側頭部を片手で軽く押さえてよろめきながら、上条は狭く直線的なサイドデッキに移動する。

　さらに先を目指す。

「痛っつ……」

（……考えてみれば当然か。航空戦艦は、自分で自分に砲弾を当てるようには作られていない。甲板の上に立っている限り、同じ船から砲撃される心配はないんだ）

同じ船からは。

ガシュッッッ!!!!!!　という金属のレールを擦るような音が炸裂した。見上げれば、巨大な鳥の左の翼を構成する別の船で動きがあった。艦尾側の砲塔を外して新設したらしい飛行甲板から、鋭角な白色の影が夜空へ射出されたのだ。

艦載ステルス機、HsF/A-49『シャープフレイム』。

全体が白色だとかなり違和感はあるが。

「何をどこまで取り込んでやがるんだっ、くそ!!」

常に他者の影と自分の影を触れて戦力強化を続けるムト＝テーベからすれば、航空戦艦なんて使い捨てだ。自分で指示を出した艦載機が甲板を機関砲や航空爆弾でズタズタにしてしまっても何ら困らないのだろう。

もちろんこちらは一発もらえばそこでおしまいだ。

ムト＝テーベを倒してアリス＝アナザーバイブルの元へ向かう道が途絶えたら、『矮小液体』をまともにもらったアンナ＝シュプレンゲルを助ける道もなくなる。

夜空を切り裂き、鋭角に旋回したステルス機がいよいよこちらに狙いを定めてくる。

(幻想殺しで何とかなるのか、あんなの!?)

走りながら右手を上にかざして歯噛みする上条。向こうが一分間に六〇〇〇発も連射してくるガトリング砲でもばら撒いてきたら、幻想殺しなんて使う暇もなく抹殺されてしまう。

ステルス機のお腹が開いて兵装の群れが覗くのを見て、いよいよ喉が干上がる。あの分だと発射されるのは空対地ミサイルか、航空爆弾か。中身がナパームとか白燐とかだったら最悪のさらに向こう側だ。

しかし上条は遅れて気づいた。

航空戦艦もステルス機も、ムト＝テーベが魔術で相手の影を取り込んでいるものだ。

つまり考え方が違う。

右手で壊せるのはステルス機やそこから飛来する弾丸や爆弾だけではない。今走っている航空戦艦自体も破壊できる。

「っ⁉」

水密扉ですらない、分厚い装甲壁を直接殴りつける。ボゴッ‼　と鈍い音を立てて、一辺二メートルくらいの立方体が丸ごと抉れた。これで一ブロックなのか。バランスを崩した上条はそのまま艦内に転がり込む。

直後に表の世界が爆炎と衝撃波で埋め尽くされた。

びりびりびりびり‼　と、鼓膜というよりは全身の肌が震えて電気の痺れに似た痛みを訴えてくる。爆発は一回ではなく複数だった。巨人サイズの爆竹の束でも投げ込んできたようだ。

「クラスター爆弾かっ⁉」

『使い方が分からない……。あれ落としたら普通は文句を言う暇もなく死ぬと思うけど』

艦内スピーカーからムト＝テーベの無機質な声が響き渡る。

船の設備はサッパリだが、どうやらこちらの位置や音声も傍受されているらしい。

ともあれ、艦内の通路を走れば安全なはずだ。超絶者がこちらの居場所に気づいているかいないかに関係なく、そもそも艦砲は自分を撃つようには作られていないし、壁は分厚く、ステルス機も扉を潜って中までは入ってこられない。そして艦内のどこにロックのかかった水密扉や隔壁があっても、基本的に魔術で作ったものは幻想殺しで砕いて進める。

つまり頑強で安全な一本道のトンネルだ。

『面倒ね』

「何で余裕なんだ⁉　安全地帯はもう分かった、今度はアンタが追い詰められる番だぞ‼」

『本当に？』

ヴィヴヴ‼　という電気シェーバーみたいな音が聞こえた。

ふと横に顔をやってみれば、艦内通路の角を器用に曲がり、開いたままの水密扉を抜けて、一メートルくらいの高さを何かがゆっくりとこちらへやってくるところだった。

白色の影でできた、わずか四五センチの塊。

全体的に鋭い二等辺三角形のデルタ翼機に似ているが、中央に丸い穴が空いていて、二重反転ローターでヘリコプターみたいに上下移動やその場でホバリングもできるらしい。

何だ。

ていうかあれも航空戦艦の装備――――つまりムト＝テーベが影を吸い取る事で手に入れた兵装の一つ――――なのか⁉

「えっ？」

不意打ちの疑問。

直後に軽量の固体燃料が着火し、ミサイルのように使い捨て自爆飛行ドローンが鋭く突っ込んできた。

2

ボンッ‼　というくぐもった爆発音はここまで聞こえた。

艦首側、甲板上。

切り裂くように冷たい夜風に長い銀髪と巨大なウィンプルをなびかせながらも、しかし夜と月を支配する魔女達の女神アラディアはそっと息を吐いた。

（……まあ、幻想殺し（イマジンブレイカー）がある以上はあの程度では死なない、と考えたいところだけれど。見た目がどうで何を利用していようが、ここにあるのは根本的に兵装も爆風も全部魔術なのだから）

それにしても不思議なものだと彼女は思う。

まさか、上条当麻の実力を信じて行動する日がやってくるとは。

自分の足首にそっと目をやり、アラディアは小さく笑って、

「……さて、それじゃあわたくしはわたくしの仕事をしないとね」

改めて顔を上げる。

二人が立つのは艦首側、三連主砲の砲塔真上。

月明かりに照らされ、全く同じ格好をした魔女達の女神が向かい合う。長い銀髪や足首まである巨大なウィンプルを切り裂くように冷たい夜風になびかせ、白い息を流しながら二人はうっすらと笑う。

合図はなかった。

向かい合う二人のアラディアは同時に動いた。

彼女達はホウキ代わりのスタンドマイクを左手に持ち替える。

片方が右手を水平に振るえば、もう片方も同じように右手を水平に振るう。

言葉も奇妙に重なった。

「わたくしは敵を倒して街に平和をもたらす、つまりこれは善行」

「わたくしは敵を倒して街に平和をもたらす、つまりこれは善行」

己の爪に切れ味を封入し、二人は一歩前に。

切り裂くような五指の交差が、互いの初撃となった。

二人は砲塔から砲塔に飛び移り、片方が平手打ちを放てばもう片方が手首を叩いて軌道を逸らし、彼女達は身をよじりながらそれぞれ掌を相手に差し向ける。

魔女達の女神アラディアの魔術の基本は『三倍率の装塡』。

一撃で倒す必要はない。

そこに意味さえ与えれば、次から次へと雪だるまのように肥大化していく。延々と続く三倍のネズミ算だ。上限などない。連鎖を繋いでいく事で、いつかは単独で魔術サイド全体と戦って勝つほどにまで達する。

衝撃波が炸裂する。

航空戦艦の砲身がぐにゃりと折れ曲がる。

拳が飛び、ステンレス製のスタンドマイクが唸り、回し蹴りが空気を引き裂く。

きゅきゅっ!!　とバスケットボールの試合のように足場を擦る音が響く。足元の影が存在感を増す。アラディアとアラディアがそれぞれ装飾品の金具を削ってハーブの薬効成分を足場に散らし、裸足の足を使って皮脂と混ぜ合わせて『魔女の膏薬』を即興で調合しているのだ。

魔女の術式、魔女術はこの膏薬に頼るところが大きい。

サバトのダンスを踊る二人の影が不気味に蠢く。まるで悪魔のように広がっていく。

巨大な砲塔自体が勢い良く爆発し、魔女達の女神は一段下にあるサイドデッキに裸足の足をそっとつけて着地する。

もう片方の女もまた、笑んだまま着地した。

「あら、人域離脱は起こさないの？」

「っ」

奥歯を噛んでも、わずかな疲労の息は完全に殺せない。

アラディアと対峙したアラディアの笑みが広がっていく。

「ふふっ、そうよね。シークレットチーフの力を使う事で、単独で魔術サイド全体と戦えるほどの壊れた術式。でも結局、アラディアの戦いにおいては敵味方の力量差を覆す勝因にはなり得ないでしょう」

直後に二人がブレた。

激突。

アラディアとアラディアはサイドデッキを走り、船の装甲を抉り取り、火花を散らして何度か立て続けに衝突していく。互いの五指が鋭く交差し、二本の足で走り、スタンドマイクを片手で振り回して、攻撃ではなくまたがって夜空を飛ぶ。ねじれて大きくアーチを描き、そこから変則的な宙返りに繋げて、光が何重にも重なって炸裂し、絡み合うようにして二人の魔女は再び航空戦艦の甲板に向かって一直線に降り立つ。

(目には見えないレールを把握さえできれば……)

航空戦艦のサイドデッキで装甲すら溶かしてねじ曲げるほどに激しく戦いながら、だ。

むしろ、冷たく静かに魔女達の女神は考える。

(三倍に三倍に三倍に三倍。善行を積み重ねて力を跳ね上げていくわたくしの『三倍率の装填(リロードスリータイムス)』は、言い換えれば全体で一本のレールを作っている。つまり先読みができれば妨害して、向こうのアラディアのドミノ倒しを寸断してしまう事だってできるはずよ)

同じアラディア達の戦いであっても、術式の状況によっては実力に違いが生まれる。片方が『三倍率の装填(リロードスリータイムス)』で十分に力を膨らませた状態で、もう片方が流れを断ち切られてゼロからやり直しになってしまえば、後は両者の力量差がそのままトドメを刺す事になる。

レールを読めない事はない。

何しろ戦う相手もまた『アラディア』だ。

今ある景色の中で、何を取って善行に変換したいかは簡単に分かる。

だけど敵対者の弱点を突こうとすれば、こちらの弱点もすぐさま狙われる事になる。

共倒れで自分までドミノ倒しを止めてしまっては意味がない。その場合は足元の影は蓄えを失い、アラディアとアラディアが再びゼロから戦力を積み上げていくだけだ。

踏み込んでも、躊躇(ためら)っても、これでは決着がつかない。

そして、

「チッ!!」

舌打ちし、さらに数回の激突があった。

空気がビリビリと振動し、船の分厚い装甲すら頼りなく軋(きし)んだ音を立てる。

ここが学園都市(がくえんとし)の街並みから切り離された航空戦艦の上で、かえって良かったかもしれない。

ねじれて飛んでいった艦砲の砲身を見るまでもなく、街中でこんな力を使っていたらどこまで被害が拡大したか分かったものではない。

「ヤバい。いつまで経(た)っても終わらないの、これ？」

「二人の力が全く同格なら、まあヤバいでしょうね」

だが、切れ味を持った二つの閃光(せんこう)のような衝突もいつまでもは続かなかった。

ふと片方が足を止め、もう片方も応じるように甲板上で足を止めた。

窮地にいる少年のために戦うアラディアは相手に悟られないように呼吸を整えようとする。

努力は不発に終わった。

「はあ、ふう」

「どうしたの、もう疲れ果てた？　貴女(あなた)は古いアラディア。これまでの連戦で蓄積したヤバい疲労が勝敗を決したって言い訳をしても良いのよ？」

「そんな事が起きると思う？」

「まあ安易な決着は難しいでしょう。だけどそうなると、どっちも同じスペックだと限界ギリギリの水準で膠着状態が続いてしまうね。でも、わずかでもチャンスはこちらにある。貴女には万に一つもないけど」

「……あてが外れて共倒れになったら貴女も困るんじゃない？」

「特には」

一言だった。

（ムト＝テーベ経由でわたくしについて色々情報交換している訳ね）

ここで『アラディア』が二人とも倒れたところで、また別のパフォーマーが採用されれば大きな儀式には影響しないとでも考えているのか。正式装備を崩して換気扇カバーのメッシュまで合わせてきたのも、思わぬチャンスを与えないよう同スペックにこだわるせいか。そして世を救う主さえ現れれば、自分が何としても守りたかった魔女達は全員どっちみち助かるから何も問題はないと。

こちらはそれでは困る。

そう思える何かが胸にある事に、アラディアは知らず小さく笑ってしまう。

右も左も全く同じスペックでは、いつまで経っても決着がつかない。そうなると欲しいのは『アラディア』以外の何かだ。それが上乗せできた方がわずかに天秤を傾け、勝利を手にする事ができる。

（……女神として人に希望を与えた以上、勝手に倒れてリタイアする訳にはいかないわ）

その想いは、目に見える肉体の疲労を超えるほどの何かになるだろうか。

なれるとも。

荒い息が冬の寒さで白く可視化していた。

サイドデッキでアラディアは肩で息をしながら、ちらりと視線をよそに投げる。

「彼に支援を頼む？」

気づいたもう一人が、うっすらと笑った。

こちらもやはりアラディアと名乗る魔術師はホウキ代わりのスタンドマイクを手にしたまま、そっと肩をすくめて、

「かえってややこしい事になると思うけど。わたくし達は外見も言動も扱う術式も皆同じ。彼、アラディアとアラディアを見比べて自分の仲間がどっちかなんて区別がつくの？」

「ふうん。本当にそう思う？」

「？」

そこで。

とある女は真正面にいるアラディアの一点に注目していた。気づいたのだ。自分と彼女の相違点について。

右の足首に一周巻いたダクトテープ。

「あ」

「容姿やスペックは全く同じでも、重ねた経験や思い出の蓄積量は変わってくるものよ？」

　ゴンッッッ!!!!!!　と。

　横から飛び出した上条当麻の拳が、敵対アラディアの頬へ思い切り突き刺さる。


　人域離脱の三相女神。

　たとえどんな隠し球があっても、とある少年の右拳だけは防げない。

（ダクトテープを巻いたのはガソリンスタンド。それ以降シネコンまで、ムト＝テーベはわたくしを見ていなかった……？）

「それから」

　脳を揺さぶられて昏倒したもう一人のアラディアを見下ろし、魔女達の女神は小さく指を振る。片目を瞑ってこう囁いた。

「夜と月を支配する魔女達の女神は、体の耐久度だけならさほど高くない。上条当麻の拳がまともにクリーンヒットすれば一発でダウンを獲られてしまう。……これも三一日の渋谷で得た、経験的な事実よ」

3

敵対するアラディアを倒しても、まだ終わりじゃない。

キイイイン!!　という耳に痛い、どこか甲高い音が炸裂する。

上条達の頭上を突き抜けていったのはステルス機HsF/A-49の四機編隊だ。空中で切り離された航空爆弾が正確にこちらを狙って落ちてきて、着弾前にアラディアが虚空へすらりとした左手を差し伸べた。極寒の夜空にいくつもの爆発が連続する。

「航空戦力についてはこの魔女が押さえ込むから。貴方は今度こそムト＝テーベ本体!!」

「っ、任せた!!」

叫び、上条はサイドデッキを突っ走る。アラディアはこちらに合流せず、ホウキ代わりのスタンドマイクにまたがると高い位置である艦橋の屋根まで一気に飛び上がっていく。

花火大会のように頭上でいくつもの爆発が炸裂する中、上条が走り続けると景色が変わった。

平面。

リニアモーターの理屈で艦載機を連続射出する、電磁式カタパルトが備わった飛行甲板に出たのだ。つまりは艦尾側。

（こんなもん、飛び立つのは良いけど着艦はどうすんだっバカ学園都市のバカバカ兵器ッ!!

ＶＴＯＬか、それともフロート使って海にでも着水させた後に揚陸艦みたいに船の正面から丸(まる)呑(の)みでもすんのか⁉)

ずずんっ‼　という鈍い音があった。

ムト＝テーベが自分の背中から巨大な鳥、一〇隻の航空戦艦を切り離したらしい。抜け殻のように巨大な白色の影をその場に立たせたまま、褐色の少女がゆっくりとこちらへ振り返る。

飛行甲板に改めて足をつける。

これまでと違う真っ平らな平面は、景色の全てがムト＝テーベという主に平伏(へいふく)し、決して彼女を見下ろす事がないように配慮しているかに見えた。

月の真下。

上条当麻(かみじょうとうま)と褐色の超絶者(ちょうぜつしゃ)が向かい合う。

ムト＝テーベはゆっくりと首(くび)を傾(かし)げて、しれっと言った。あの領事館でフレンチドレッシングの瓶をこちらへ回してくれたのと同じ表情で。

「必殺技とか叫んだ方が良(い)い？」

「……それより黙って倒されてくれるとすごく助かる」

「人域離脱、リスク４。生と死、清と濁、静と騒、聖と悪、正と誤、二種の封印突破。速やかに起動せよ『デッドフェニックス』」

「やっぱりこうなるか、くそ‼‼‼」

上条が右拳を握り締めるのと、超絶者ムト＝テーベがすらりとした手を軽く水平に振るったのは同時だった。

白色の塊が動いた。

肩口から現れたのは、直径にして三メートル近くもある異物。材木切断用の丸鋸をひたすら大型化させたような得物の正体は、八枚羽の巨大なスクリューだ。

「っ⁉」

肩ごと斜めに傾けて高速回転させる、その一枚が肌を掠めただけで上条の体なんかバラバラだ。慌てて右手をかざしてスクリューを消し去るが、何かおかしい。

人間大の上条からすれば接触イコール即死の脅威だが、ちょっと巨大な鳥の翼でも見れば分かる。戦艦クラスのスクリューなら一〇メートルくらい超えてしまうはずだ。

（サイズが変わった？　そっちも含めて自由自在にできるって事か、人域離脱とかいう『デッドフェニックス』モードだと‼）

そしてすでにムト＝テーベは無表情で別の武器を呼び出している。

背中一面、装甲に包まれた巨大なカタツムリみたいな白色の塊の正体は、

「ボイラー」

「なっ」

轟‼　と真正面から直線的に飛んでくる炎。これを右手で弾き飛ばすが、黒い煙に視界を遮

られる。ゲホゲホと咳き込んでいる間にも次の動きがあった。褐色少女は腕を横に振るい、白い光のビームのようなものを噴き出した。

「ウォータージェット補助動力」

(水っ……)

黒い煙がまとめて斜めに切り裂かれた。

もう間に合わない。

超高水圧の刃が際限なく延びていた。何しろ一〇万トン規模の軍艦を前に押し出す推進装置の一つだ、当たれば人間の胴体くらい簡単に削って切り飛ばす。上条が身を低く倒して横振りの一撃をギリギリでかわすと、航空戦艦の艦橋が根元の部分から勢い良く切り飛ばされて倒れていく。

ムト＝テーベは首を傾げ、絶大な破壊力を秘めた得物をあっさり放り捨てる。

さらに続けて、

「接地銅板」

「何だそりゃ⁉」

「アース線の根っこ。とはいえ、船の場合は普通に地面に銅板を埋めてアースはできないでしょ？　船内で作った莫大な余剰電力は海水に逃がしているのよ」

「そうじゃなくて、お前っ、最初からメチャクチャだけど……ッ‼」

「これ？」

褐色少女は胸の前で両手の掌を近づけていき、ばぢぢっ!!　と左右の掌の間で太い紫電を散らす。宣言通りなら、電車の高圧電線より出力は高いはずだ。

「何度も言っているけど、わたしが取り込むのは兵器ではなく、その影よ。本来通りの使い方をしなくちゃならない理由は特にない」

「つまり何でも、ありなのかっ⁉」

「そうね」

ムト＝テーベは素っ気ない感じで、

「そして知ってる？　さっき言ったよね、ボイラー」

「？」

「稼働中のディーゼル機関の点検口を開けて無理矢理炎を取り出したんだけど、出てくるのはそれだけじゃない。すっかり燃焼され尽くして酸素を失った、目には見えない酸欠空気を吸ったら人間ってどうなると思う？」

「ツッツ、がっ⁉」

かくんっ、といきなり上条の右の膝が真下に落ちそうになった。

ムト＝テーベは表情を変えず、

「人を死なせるのに特別な毒ガスはいらない。大気中の酸素含有量はおよそ二一％。これを半分に減らすだけで、人間を確定で昏倒させる死の気体が完成する」

「〜〜〜っっっ!!!!!!」

「って、機関室運用管理マニュアルにあった。影から知識を吸うのは大変なんだけど」

見た事ない使い方だ。あるいはこれも人域離脱時のみの特権かもしれないが、こいつ、例えば魔道書の『原典』やインデックスの影を拾ったら何がどこまで膨らんでしまうんだ。

そして拘泥していられない。

もう意識は長く保たない、と上条は自分で分かってしまう。乗り物酔いと一緒で、自覚ができてもどうにかなるものでもなさそうだ。

それなら一気にケリをつけて、せめてアンナを助ける道筋をつけてから落ちたい。アリスの元までは、また面倒見が良くてお姉さん気質なアラディアに甘えて運んでもらおう。そう信じられるだけのものを、冷たくも優しい月明かりが似合う女神様には十分見せてもらったのだし。

だから、自分の心配なんてどうでも良い。

みんなで助ける命の事だけ考えろ。

「がアアっ!!」

上条は叫び、ハンマー投げの選手のように頭のリミッターを自分で切ると、右拳を強く握って自分から前へ強く踏み込む。

ムト＝テーベは首を傾げていただけだった。

接地銅板とかいう感電武器は使ってこなかった。

ドズン!!!!!! と。

轟音と共に、上条はいきなり重力を忘れた。下からの突き上げで両足が飛行甲板から浮いていた。足場、つまり航空戦艦そのものが動いたのだ。

褐色少女はそっと息を吐いて、

「わたしが掌握しているのは、手元の武器だけじゃない」

「つぐあ!?」

一瞬後、勢い良く甲板に叩きつけられて上条が呻く。右手で迂闊に床に触れて真っ逆さま、を避けられただけでもまだマシか。

だけど。

届かない。

決死の覚悟を決めても、この拳が超絶者まで届かない。

息も絶え絶え。起き上がる事もできないまま見上げてみれば、月をバックに金髪褐色の少女が改めて両手を高く上げていた。ばぢばぢぢっ!! と太い紫電が掌と掌の間を結ぶ。

ムト＝テーベは躊躇しなかった。

「艦で使われる流体力学発電は交流の周波数六〇ヘルツで出力四五万キロワット。原子力空母とか軽く超えているし、人間なんか一発喰らったら肉が弾け飛ぶ計算」

「……電気で俺を殺すって？　生憎、高圧電流なら慣れてるよ」

「慣れてどうにかなるものじゃない」

ばぢイっっっ!!!!!!　と一際大きな放電が炸裂した。

上条当麻は右手をかざそうとするが、震えてまともに動かない。

閃光が視界を全部埋めた。

一秒。

二秒。

三秒。

白く埋まった視界が、元に戻らない。つまり時間を感じている上条は、まだ意識を飛ばされていない……？

「な、にが？」

声に出してみて、ひどくしわがれた音が自分の口からこぼれる。

倒れたまま上条が何度も強く瞬きしてみると、ようやく視界がうっすらと戻ってくる。黒く凶暴な焼け焦げがすぐそこの甲板にこびりついていた。そしてムト＝テーベがやや離れた場所に立っている。あの状況で、自分から距離を取る理由はないのに？

いいや違う。

航空戦艦そのものが斜めに傾いているのだ。褐色少女は壁に背中を預けて自分の体を支えていた。

「い」

ムト＝テーベ自身も、首を左右に振って状況を確認しようとしていた。

「一体？」

4

スタンドマイクにまたがって夜空を切り裂くアラディアは、一機、また一機とステルス機を撃破していく。

彼女の魔術は基本的に『三倍』だ。つまり撃墜数が増えれば増えるほど威力もネズミ算で増えていくので、一度勢いがついてしまえば怖いものはない。頭上に覆い被さるような巨大な鳥の左右の翼から次々発射される直径三五センチの艦砲をS字に蛇行して避け、甲板から大量に垂直発射される艦対空ミサイルの群れについてはたっぷり引きつけてから五本脚の一つへぐるぐると絡みつくように飛ぶ事で、まとめて『壁』にぶつけて消化していく。

飛来する巡航ミサイルや弾道ミサイルを九九・九％以上の精度で迎撃するレーザー迎撃ユニットもまた、縦横無尽に飛び回る魔女達の女神を捉える事だけはできない。

雨のように降り注ぐ死の網をかい潜る。

「レーザー兵器は目に見えないって話だけど、あの変な緑のラインって曳光弾の代わり？」

（……巨大な鳥を作る船は一〇隻で、艦載機は一隻あたり大体三、四〇機くらい。だとすると最悪、全部で四〇〇機近く抱え込んでいる訳ね。何機やったかいちいち数えて……ああー……？）

再び真上に飛び上がりながら、スタンドマイクにまたがるアラディアは額に手をやる。

ハイスコアが高すぎるというのも考え物だ。

ボッ!!　と艦砲が吹き荒れ、本来ではありえない散弾が壁のように迫る。

その正体は全部『矮小液体』の投げ槍だ。

ある意味、超絶者にとってはこれが一番怖い必殺だった。

（二人目のアラディアがやられたから、ムト＝テーベ側もヤバい同士討ちを気にする必要はなくなったって訳？）

「チッ!!」

鋭角に軌道を変えて網の目を潜り抜けながらも、アラディアは思う。

（まだ飛べている……？　本来だったら戦艦とか空母とかって一隻で何百人とか何千人とか必要だったような気がするけど。それが一〇隻も。これ、兵装が多すぎてムト＝テーベ一人じゃ全部管理しきれなくなっているんじゃない？　目の前の上条当麻にかまけて、わたくしの飛翔の膏薬を潰す余裕もないみたいだし）

順当な戦力は怖くない。

むしろこういう時に気をつけなくてはならないのが、

「おっと」

身をひねって渦を巻くように飛行し、ゆっくり近づいてくる四五センチの自爆飛行ドローンをやり過ごしてから爆破する。幸い、ローター音がうるさいので死角から静かに迫ってくる事はないが、銃弾やミサイルとは違った動き方をするので用心しないといけない。

アラディアにとって最優先は、上条当麻一人では回避も防御も追い着かない航空戦艦や艦載機の攻撃を引きつけて、彼を自由に戦わせる事。つまり逃げ回るだけで目的は達成できる。とはいえ可能であれば、こちらからムト＝テーベにダメージを与える行動を取るべきだ。

これについては、先ほど助けてもらった借りを返す、などという次元ですらない。

あの少年はすでにアラディアの救済対象である。

『橋架結社』から認められているかどうかに関係なく、この女神が救わなければならない。

ステンレスのスタンドマイクにまたがる魔女達の女神は、空撮映像でも撮るように巨大な鳥の周りを大きくゆっくりと回る。複数の航空戦艦を組み合わせて構築した、数百メートル大の巨大な鳥を眺めながら、ある一点に注目した。

それは正確には兵器ではない。

「ふうん」

アラディアはそっと呟く。

夜と月を支配する魔女達の女神。彼女はその名に見合う妖しい輝きを唇に宿らせ、

「使えそうね、あの錨」

狙いを定めて、鋭く降下していく。

標的は、腕より太い鎖を固定する金属の留め具だ。

5

ずずん!! という不自然な震動があった。

飛行甲板に倒れている上条さえ、油断すると体が横に滑りそうだった。この場合、普通に立っているムト＝テーベの方がバランスを保持するのが大変そうにも見える。

そう、複数の航空戦艦を組み合わせて作った巨大な鳥は明らかに姿勢が崩れていた。斜めに傾いだまま戻らない。おそらくはロングスカートのように五つ伸ばしている脚の部分、その一隻がアルミ缶のようにぐしゃっと潰れているのだ。

ただの偶然じゃない。

上条当麻は幸運になんか愛されていない。

「ア、ア、アラディア？」

ムト＝テーベもまた、どこか呆然とした様子で呟いていた。ただの幸運なんてありえない。ならば少年がどんな女神に庇護されているかを。

「錨を勝手に下ろしたのね。だけどそんなものでここまでダメージが？　錨は元々船に装備されている備品だし、兵器ですらない。その程度で軍用、航空戦艦が歪んで壊れる訳……」

「そうでもない。アラディアが今何やったか正確には知らないけど、ほんとに錨だとしたら船が壊れる可能性だってある。水深と鎖の長さにも決まりがあるし、錨だって二つくらい同時に使って、下ろし方にも状況に合わせた作法が細かくあるらしいからな。間違った方法で無理に錨を下ろして、波の力で船を引っ張られたりすると船体が歪んだり折れたりする」

「学園都市ってそんなのまで授業でやるの？」

……昼にテレビでやってた古いB級映画知識とは言わない方が良さそうだ。人生一度きりとは言っても、高校一年生の冬休みなんて必ずしも毎日全部がエキサイティングとは限らない。

「それにアンタは自分の口で言ってただろ、このシネコンに来るまでの事」

「？」

「歩いていい、時」

ゆっくりと、上条は自分の力で身を起こす。

酸欠空気を吸い込んだせいで頭のぐらぐらが止まらないけど、まだだ。

倒れるのはもう少し後だ。

「……三〇〇メートル級の航空戦艦を複数呑み込むのに時間がかかったって言っていたけど、だったらなおさら、遅れを取り戻すために『急ぐ』はずじゃないのか？　つまり走ったり跳んだりするのが普通なんだ」

「……、」

「なのにアンタは、それをしてない」

いいや。

できなかった理由は何だ？

「元々、海に浮かべる船は陸を歩くようには作られていない。よしんば歩くくらいはできたとしても、無理に走ったり体をひねったりすれば重さが集中して勝手に潰れていく。脚が五本もあるのだって、それだけ重量の分散に気を配っているからだろうし。だからお前はゆっくり慎重に歩いてくるしかなかったんだ!!」

アラディアは実際にそれをやった。重たい錨をあちこちから立て続けに落としていく事で、無理矢理に巨大な鳥の各部を互い違いにねじり。敵対者の重さや勢いすら逆に利用する、超重量の護身術でもって振り回すような格好でその辺のビルより大きな兵器をへし折りにかかった。

「チッ」

初めて、かもしれない。

あのムト＝テーベが舌打ちした。その意識も、目の前の上条ではなく辺りを飛び回るアラデイアの方に向けられていく。

対超絶者特化の『矮小液体』を使うまでもない。

魔術で空を飛ぶのは容易いが、迎撃術式で撃ち落とすのもまた簡単。

そんな事をさせる訳にはいかない。

「おおアっ!!」

「っ？」

注意がよそへ逸れた一瞬と重なった。

上条当麻は鋭く立ち上がると、低い姿勢から渾身の力を込めて全体重を前に。褐色少女ムト＝テーベの細い腰目がけて全力で体当たりをぶつけていく。

激突。

ふわりと一瞬重力が消え、直後に二人して飛行甲板の上に倒れ込む。

さらに、ズズン!!　という強い縦揺れが上条達を襲った。アラディアがまた別の錨を地面に落として巨大な鳥の体を不自然に引っ張ったのか。

揺れと傾きに押されて、上条とムト＝テーベは絡み合ったままごろごろと転がっていく。勢いがつく。いつまで経っても転がり続けるのは、それだけ傾斜がきつくなってきたからだと遅れて気づく。

もう止まらない。

急角度の下り坂と化した飛行甲板を滑りながらも上条とムト＝テーベが掴み合いになる。流れは止められないが、靴底を押しつけて抵抗を生む事で、左右へ流れる方向くらいは決められる。こんな速度で壁にぶつかったらそれだけで大怪我だ。上条は必死で右舷側のサイドデッキに向かい、こちらにしがみつくムト＝テーベの体を破壊された艦橋の土台にぶつけようとして外し、そのままスライダーを何百メートルと下って、二人ははるか下方のアスファルトまで滑り下りていく。

「……ぐっ」

地面だ。

少し離れた場所で、褐色少女もまた無言でのろのろと起き上がっていた。

巨大な鳥はまるで頭上を覆うように見えた。

ぎぎぎみぢみぢみぢ……という金属が擦れて軋むような重く鈍い音が、上条達の頭上で響いていた。自分で自分のバランスを保つ事もできず、上半分が切り飛ばされたシネコンの残骸にその巨体を押しつけ、もたれかかるようにして動きを止めている。

おそらくだが、巨大な鳥はもう使い物にならない。

そして超絶者ムト＝テーベの武器は航空戦艦『だけ』ではない。金髪褐色の少女は巨大な鳥のロングスカートみたいな五本脚の下でざっと辺りを見回し、路上でひっくり返った装甲車に目をつけたようだ。いいや、そう見えるが違う。車体と道路に挟まれて潰されているのは特殊な高圧放水を行う兵装だ。

ＮＢＣ防護除染車。

いいや、ムト＝テーベが狙っているのは、その傍らに落ちていたリボルビング式のグレネード砲か。毒ガスまわりとセットになっているという事は、おそらく催涙か催吐剤辺り。点を撃つ砲弾ではなく、辺り一面に広がる目には見えない化学薬品で上条を仕留めるつもりだ。対人効果なら鉛弾よりガスの方が強い、とも言える。

酸欠空気という有効ダメージ、成功の前例もある訳だし。

褐色少女が舌なめずりして掌をかざす。

「ムト＝テーベは自らを包む炎も他者の死肉も啄むわ、そして全ては新しく生まれ変わるのよ。……すなわち『デッドフェニックス』」

「っ⁉」

ガカッ‼　という強い閃光があった。

ただしムト＝テーベから、ではない。至近の砲撃が近くの街灯を吹き飛ばしたのだ。八輪に戦車の砲塔をくっつけた機動戦闘車、『プレデターオクトパス』。スマートグラスを使い、地下駐車場に停めていたはずの軍用車を離れた場所から操れるのは一人しかいない。

そして路上に延びた影は、光源の数や位置によって如実に変わる。

つまり。

街灯が吹き飛んであらぬ所で爆炎を広げた事で、ムト＝テーベから逃げるようにひっくり返った車両の影が反対側へと延びていく。傍らのグレネード砲もまた。これでもう周囲の影を取り込んで白色を目一杯広げる事もできない。

普通の拳が、きちんと届く。

褐色少女が呻き声を上げた。

「なっ⁉」

まだだ。

歯を食いしばり、上条は右の拳を強く握る。

一緒に戦ってくれる誰かを思い浮かべながら。

（……あンな、シュプレンゲル……）

6

小さな少女は這いつくばっていた。

これまでの悪辣な自尊心に満ちたところからは想像もつかない有り様だった。

地上五〇メートル以上。

半分崩れたシネコンはそもそも床らしい床も残っていなかった。太い柱や壁際に、わずかにその名残があるだけだ。アンナが這っているのはそんな小さなスペースで、もう前にも後ろにも進めない状況でもあった。

「づ」

出力『だけ』ならケタ違い。アリス＝アナザーバイブルの力には勝てないかもしれない。

『矮小液体』からは逃げられないかもしれない。

自分はもう死ぬのかもしれない。

彼女の求める『王』を見つける事もできないまま。

「それでも……」

何もしないで諦めるのは、嫌だ。

彼らは何も間違っていない。説明を聞き流したり、勝手気ままに三段飛ばしでテキストを進めたり、そういった過ちを一つも犯していない。

自業自得にうんざりしていた。

誰も素直に従ってくれないこの世界に悔しさを感じていた。

だけど。

自分に従って何も間違っていない人が倒れてしまったら、それこそアンナ＝シュプレンゲルの芯がさらに深い所で折れてしまう。

（……わらわ、は）

褒められた人間ではない。

どこまでいっても悪女は悪女。

キングスフォードが真っ当であるならば、シュプレンゲル嬢は裏をかいてばかり。

このアンナは、胸を張って生きられる人間にはなれなかったけど。

それでも、

（人におしえる。だれかの先生に、なりたかった……）

『……だろうよ』

声があった。

おそらくはエイワスか。

『やっと自分の心と向き合ったか。君が「王」を求めたのは悪女たる自分を縛りたかったからではない。王となるべき者にその手で正しい教育を施したかっただけだろう？　今度こそ、いくら失敗しても。そうすれば、それだけで、今ある世界も少しは良くなると信じて』

アンナの側は答えない。

こんなもの、いちいち説明をするような状況でもない。

魔術結社（まじゅつけっしゃ）『薔薇十字（ローゼンクロイツ）』の目的は小さな人間が薬を呑（の）んで病気を癒やすように、大きな世界の病巣（びょうそう）を不可思議な魔術知識でもって消し去り健康な状態に戻すところにある。

彼女はただ、そのまま与えるには劇薬過ぎたというだけで。

世界の病巣それ自体は、確かに存在する。

それならば、

（まだ、死ねない……）

シュプレンゲル嬢は震える手で、その指先で、何かを引っかけた。

スマートグラスだった。

（自分の望みが分かってしまったら、もう死ねない！！）

灰色の粉塵で汚れた顔にかけるだけで、渾身の力が必要だった。歯を食いしばり、身も世もなくそれだけに集中する。

「このわらわに、教えを求める……無垢なる者達に」

壁も床も崩れ、途中階に取り残されていたのは好都合だ。

ここなら世界が良く見える。

もうすぐ壊れると分かっていても、それでも美しくあり続ける一つの街が。

この意識は、長くは保たない。

自分で分かる。

それでも彼女は不安定に明滅を繰り返す視界が完全に落ちる直前で、確かにこう叫んだ。

「勝手に手を出してんじゃアねエええ

えええええええええええええええええええええええええええええええええええええ!!!!!!」

はるか下方に、二つの影があった。

そして八輪の『プレデターオクトパス』も。

7

上条当麻はふらりと歩く。

全身を叩く衝撃波や血液を蝕む酸欠空気のせいでそれが限界だった。

だけど、そんな状態であっても右の拳だけは握り締める。

思う。

夜と月を支配する魔女達の女神アラディアに、『黄金』の成り立ちに関わるシュプレンゲル嬢。今ここにいなくても、それでも一緒に戦ってくれる人達を。人間とか超絶者とか、レギュラーとかイレギュラーとか、そんな話じゃない。助けたいという想いがお互いに交差して、強く強く張り巡らされている。

上条当麻だって同じだ。大仰な理由なんかない。だけど想いの強さなら誰にも譲らない。ここで勝たなければ彼女達が危ないのだ。超絶者サマの御大層な計画のために、目の前で何もできずただ殺されてしまう。

それは、嫌だ。

絶対に嫌だ。

だから、どこにでもいる平凡な高校生は歯を食いしばり、右手を強く握るのだ。

彼女達と同じく、無理を通してでも。

強く。強く！　強くッ!!

「……一人で武器をどれだけ持ったって、何も変わんねえ。そんな力はただの幻想だ」

「っ」

「やっぱり頼りになるのは仲間だよ!!　ムト＝テーベ!!!!!!」

ようやくこちらへ振り返った超絶者の頬骨を、まともに捉えた。

上条当麻はそのまま全体重で右拳を振り抜いた。

終章　楽観の果て　Catastrophe_XXX.

「ぐ……」

「起きてちょうだい」

アラディアのしっとりした声で言われて、上条は明滅する視界を意識する。

酸欠空気のせいだろう、何分か気絶していたらしい。アラディアに促されるまま何度か胸いっぱいに深呼吸すると大分気分がマシになってきた。

ようやく戦いが終わったのだ。

アラディアから全面的に支援を受けていたとはいえ、それでも対超絶者戦では快挙だと思う。何しろ今回は真正面から正規の超絶者と戦っておきながら、一度も死んでいない。

(これを『珍しい』って思ってる時点でズレてんのか俺……？　『旧き善きマリア』のせいで、変に死に慣れてきてないだろうな)

そして勝っておしまいではなかった。むしろ本番はここからだ。

「アンナ＝シュプレンゲルは!?」

「拾ってきたよ、崩れかけた上の階に引っかかっていた」

アラディアはホウキ代わりのスタンドマイクを肩に担ぐ。

ホウキ代わりの魔女の小道具。

魔術の飛翔は、邪魔をする魔術師がいなければとことん便利に使える代物らしい。

アラディアは意識がないアンナとぐったりした敵対アラディアも足元に転がしスタンドマイクをその辺に置く。そういえば、倒したアラディアだってそのまま存在を忘れたら後が大変になるところだった。何しろアラディアと同じ事は全部できるというのだから。

超絶者は一度身を屈めて荷物を置くと、それとは別に落ちていた物を軽く放り投げてきた。

「あとはいこれ、『矮小液体』」

「うっ⁉」

「『橋架結社』と交渉するのよ、つまり殴り込み。切り札があっても損はしないってば」

そもそも対超絶者特化の必殺武器だ。穂先がアラディアに当たったら危ない。当人だとかえってフラットに扱えるのか。上条は左手でおっかなびっくり受け取ったものの、扱いに困る。

(どう使うのこれ？　確かムト＝テーベは初っ端から誘導兵器みたいに『発射』してたけど……。てか魔力を精製するなり何なりはできないし、俺一人で使える武器なのか？？？)

右足首にダクトテープを一周巻いた魔女達の女神は首を傾げて、

「倒した敵のアラディアとムト＝テーベについてはどうするの？」

「いくら危ないって言っても、この投げ槍で刺すのはナシ」

上条当麻は投げ槍の柄を首と肩で電話っぽく挟みつつ、どこからともなく頑丈なダクトテープのロールを取り出した。ビーッ！　と両手で一気に引き出していく。

アラディアお姉ちゃんは沈痛といった顔で額に手をやって、

「……ヤバい、わたくしもこんな風にやられていたの？　外から客観的に見せつけられると胸に刺さるってば、羞恥と屈辱が」

「ひとまず二人目の敵対アラディアの方は両手両足縛って、特に足の裏をびっしりテープで埋めちゃえば魔術は使えなくなるけど、ムト＝テーベって魔術の起点とかあるのか？　これ没収されたら何もできません的な」

「客観的に観察すれば……。ムト＝テーベは地面に落ちた自分の影と、吸収したい標的の影を接触させる事で我が物とする超絶者よ」

「うん」

「なら『自分の影』の定義はどうなっているの？　少なくとも、大きな旅客機に乗って地面に落ちる機体の影を使って地面にある影をごっそり全部奪っていく事はできないでしょう」

上条当麻は改めて地面でのびている褐色少女に目をやる。超絶者は誰も彼も冬でも薄着だから分かりにくかったけど、肌の露出の多いこの格好にも意味があったのか。

「条件的には、地肌が作る影じゃないと取り込みに使えない？」

「そういう事ね」

　なら結局ぐるぐる巻きだ。ミノムシみたいにして肌の露出をゼロにしてしまえばムト＝テーベは無力化できる。ただ、顔まで全部テープミイラにすると窒息してしまうので、その辺に転がっていたフルフェイスのヘルメットを拾ってみる。

　倒した超絶者二人を縛り上げたら、次はアンナだ。Drink_me、『不思議の国のアリス』というエッセンスを注入した霊装『矮小液体』をまともに喰らったアンナは、『旧き善きマリア』でも助けられないという。残る希望は特大のイレギュラー、アリスしかいない。だけど前途多難だ。アリスの機嫌を損ね、領事館の存在意義も謎。彼女達が学園都市の壁を越えて、再び広い世界に潜伏されたらチャンスはほとんどなくなる。

「とにかくアリスの元にアンナを連れていかないと……。アラディアとムト＝テーベは縛り上げたら、そうだな、適当な戦車や装甲車にでも詰め込んでおこう。窓はないし、手足を縛られた状態なら自分でハシゴを上ってハッチを開ける事はできないだろうし」

「アラディア。間違っていないけど、わたくしとそっちのそいつを区別する名前が欲しいね」

「それじゃディアちゃん」

「やめてオトコからの歩み寄りが急激すぎて普通に怖いし、距離感」

　軽く落ち込んだら女神様がちょっとおろおろし始めた。両手が行き場を失っている。

「えと、じゃあかしこまる系？　大自然を愛する大いなる大女神様とか」

「……大が三つもあるし、ひょっとして、貴方に意見を求めたのがそもそもの間違い……？」

ヘルメットを被せる直前で、ムト＝テーベのまぶたがうっすらと震えた。

後ろにひっくり返って、思わず地面に転がしていた『矮小液体』の投げ槍を掴む上条。左手一本で長柄だと究極扱いにくい。

「もっ、もう決着はついたぞ！　新しく影を吸収するより俺達が取り押さえた方が早い‼」

「負けても構わない」

殴り倒されてミノムシみたいに縛られてなお、ムト＝テーベは淡々としていた。処罰専門の超絶者。勝ち負けや死生観についてもどこか達観しているのかもしれない。

そんな風に考えていた上条だったが、真実は違った。

褐色少女は続けてこう言ったのだ。

「わたしと次のアラディアは、とっくに予定をこなしているから」

一瞬、だ。

上条は言葉を返せなかった。というか、思考が真っ白に埋まっていた。アラディアから肩を叩かれるまで呼吸すら忘れていた。

だけど、冷静に考え直してみれば、だ。

ムト＝テーベは最初からこう言っていた。

アラディアはもう『次』のがいるから構わない。

イレギュラーな飛び入りゲストのアンナは儀式には参加させない。


つまりはこうだ。


「……もう、終わっていたのか？」

呆然と、上条当麻は呟いた。

それから大きな声で、

「まず超絶者の重要な儀式を全部済ませてから俺達を追い回したのか!?　ムト＝テーベ!!」


「うーん」

アンナ＝キングスフォードは両手を上にやって背筋を伸ばした。鍔の広い魔女みたいな帽子を被っているため、腕がぶつかって落ちそうになった帽子を慌てて摑み直している。

一月四日、夜遅く。

戒厳令の出た街に、三つの影があった。アレイスターとアンナ＝キングスフォード、ゴールデンレトリバーの木原脳幹だ。

「領事館ガもぬけノ殻ニなっていた～、探すのに△手間取ってしまい⧄てよ。だけどあれだけ大規模ナ儀式ヲ実行◯きる場所ハ限られてい⧄。今なら×間ニ合うかもしれ⧄×」

「……何をしている？」

　不機嫌を極めたアレイスターの声。

　それも気にせず、口元へお上品に手をやり、くすくすと知の大女神は薄く笑いながら、

「壁ノ外～超絶者ガ大量ニ踏み込んできたらしいですしね。まず間違い×、彼らハ学園都市ニ全員デ集結して儀式ヲ実行する。此処ニきて、何ヲ焦っているノかしら。件ノアリスガ硬化した事デ、是以上ノアクシデントハ許容でき×ト考えたとか？」

「一体何をしている⁉　あの少年は別の所で命を捨てて戦っているというのに‼」

　いよいよアレイスターは至近で絶叫していた。

　キングスフォードは立ち止まらず、

「お犬様」

『何だ？』

「……此処～先ハ、魔術ノ深部トなり⧄。醜い恥部ト呼んでも◎。オカルトとは×関係というノなら、立ち去るのが最も推奨される選択肢デござい⧄わ」

『ふざけるなよ』

「では、改めて☆」

知の大女神は、パン、と胸の前で両手の掌を合わせて、

「倒すべき敵ヲ見つける行為ヲ。アレイスター、あなたガ自分デ放った要求ですわよ？」

「大外れだ！　今さらあんな結社を叩いたところで、あの少年に何の関係がある!?」

「抑々、『橋架結社』ハ一体誰ヲ創ろうトしているノでしょう？」

「……？」

さらに叫びかけたアレイスターがわずかに止まった。

「誰、だと？」

「◎」

「つまり人物だというのか？　わざわざ胎児を丸ごと用意して、人間ですらない神獣や精霊などの魂を恒久的に降ろす儀式を行うんだぞ。ヌイト、ハディト、トート、ホール＝パアル＝クラアト、あるいはコロンゾン。準備段階で生命倫理的に特大のリスクを自ら背負った以上、最大効率で神や悪魔と呼ばれる存在をターゲットに選ぶのではなく？」

「『橋架結社』ノ超絶者ハその全員ノ努力デ受精卵ニ影響ヲ与える。……詰、彼らガ一致して世界ヲ預けられる者ハ誰かト推測すれば良いノでござい⧄わ。こんなのは魔術ですら×、フロイトガ始めた精神分析ノ話。彼らノ動きヲ見れば、『誰』ヲ生み出して世界ノ行方ヲ預けようトしているかハすぐ分かる筈ですよ。自分ノ目指す形ガ外〜見える訳ですし」

では具体的に、それは一体誰なのか。

「……というか、何故そんな仰々しい儀式を？　個人レベルの『復活』であれば『旧き善きマリア』辺りの独壇場じゃないのか」

「あらあら。あの超絶者でも、何処ニ遺体ガ◎か正確ナ記述モ×存在には手ヲ出せ×ノでしょう。どうも接触ヲ必要とする術式みたいデござい⧄しね」

こういう時、シンプルな答えは美しいと考えるアンナ＝キングスフォードは無駄に引き延ばしたりはしない。彼女が長々と語る時は、むしろ相手のレベルに合わせてあげている時だけだ。

なのですぐさま答えはきた。

それは、十字架を象徴に掲げる伝説の聖者。

砂漠を旅して病や呪い、罪業で苦しむ人々を癒やすために活動を続けた誰か。

あるいは掌をかざし、あるいは神秘の薬品を施し、いずれも絶大極まりない奇跡を大盤振る舞いしておきながら治療費を一切求めず静かに立ち去った賢人の中の賢人。

世の無理解と戦って、志に共感する弟子達を集めた奇跡の使い手。

小さな人を治し、やがては哲学から国家まで大きな世界全体の病巣と戦おうとした存在。

魔術師であれば、誰もが無視する事のできない達人。

あのアレイスター＝クロウリーやアンナ＝キングスフォードであっても、絶対に。

つまりはこうだ。

「CRC」

キングスフォードは唇を妖しく動かして、その名を告げた。

その時、何かが鳴り響いた。

ううううううううううううううううううううううううウウウウウウウウウウウウううううウウううううううううううううウウウウウウウウウウウウウウウウウウウウウウウウうううううううううううううううううウウウウウウウウウウウウウウウウウウウウ!!!!!!　と。

街の危難を告げるサイレンが。

背中を押されるように、改めてアンナ＝キングスフォードは答えを放った。

「クリスチャン＝ローゼンクロイツ。其(それ)ガ『橋架結社(はしかけけつしゃ)』ガ超絶者(ちょうぜつしゃ)ヲ集め、クロウリー式ノ大きな儀式魔術ヲ経る事デ、ガラス容器ノ中で生み出そうトしている中身ノ名デござい〼(ます)わ」

第一〇学区の刑務所。

中でも最も厳重な独房の中で、新統括理事長・一方通行(アクセラレータ)は静かに壁を睨(にら)んでいた。

いいや、そこにある大画面を見るまでもなかった。

完全に密閉され、アリ一匹どころか気体の出入りすらも許さない独房だ。にも拘(かかわ)らず、首のチョーカーにある電極のスイッチを弾けば、すぐに分かる。

ベクトルが軋んでいる。

世界がどこかに向かって収斂していくかのようだ。

衛星からの画像には何もない。

ただこれだけの歪みや軋みがはっきりしているのに、何もないという方がむしろおかしい。

壁に埋まった大画面では、地図の一点に赤い×印が刻みつけられている。

豪奢なベッドに腰掛ける一方通行は電極のスイッチを元に戻しつつ、

(場所は分かるが誰を突っ込ませる? 警備員や風紀委員でどォにかできる連中じゃねェ)

ならもっと毒々しい暗闇にすがるか? 例えば同じ刑務所に詰め込まれている花露過愛・妖宴姉妹、楽丘豊富、ベニゾメ=ゼリーフィッシュ、鉄装綴里などの凶悪犯。あるいは今も街の暗闇を徘徊しているレディバードやフリルサンド#Gといった人外の怪物どもに……。

「いや」

一方通行は口の中で小さく呟いた。

倫理や正義感なんて生易しいものではない。もっと地に足のついた感覚が訴えてくる。

「……いいや、それは何か違う。ポーカーの試合に麻雀のイカサマ牌を持ち込むよォなモンで、相性が合わねェ。そォいう使い方じゃ長所を引き出す前にあっさり潰されちまう」

旧統括理事長ならどうしていた?

あの野郎のゲスを極めたやり方をそのまま採用する気はさらさらないが、現実に、学園都市(がくえんとし)にあるカードを切って壁の『外』に広がる別のルールと戦い続けてきたのは事実なのだ。

ヤツの上を行け。

そのやり方を深掘りしつつ、ヤツでもできない選択肢を摑(つか)み取(と)れ。

機材から弱々しい声があった。

『うう、すみません……。私なんかに構っていなければぁ』

クリファパズル545を拾うのに手間取ったから、と考える必要はないだろう。

科学的に作られた天使とかいうカザキリ一人を敵陣に突っ込ませても無駄死にさせただけだ。報告もなく手駒が消えていく。これがまず避けなくてはならない最悪の中の最悪である。

単純に学園都市(がくえんとし)の『暗部』ともまた違う、秘中の秘。

現状、一方通行(アクセラレータ)が直接使える飛車と角がこの天使と悪魔だ。

だけどそれ故に、安易に切ってしまえば盤面は一気に傾いて崩れてしまう。

冷酷になれば勝てるという訳でもない。

有限の駒を意識しろ。

この場において、全ての男女には意味がある。

盤面には無駄などない。大きな敵が目的を持って集まっている以上、そこには目に見えないサイクルが一人一人必ず決まっている。その全員でもってゴールを目指している。裏を返せば、

レールさえ分かれば一つ横槍を入れるだけで総崩れにさせる事は十分に可能なはずなのだ。

(……その鍵がアンナ＝シュプレンゲルとかいうクソ悪女だと思ったンだが、バカどもが逃げまくるせいでそっちを拾っている余裕もなくなっちまったか)

「……、」

相手は正体不明の超絶者が、ただでさえ数十人単位。

そんな彼らが何かに傅こうとしている。

つまりこれから顔を出す誰かとは、それ以上の力を持った存在なのだ。

天使や悪魔がどれだけ有能であっても、彼らに任せる『だけ』では荷が重すぎる。

『止められない……』

歯噛みするカザキリの言葉があった。

一方通行もまた、壁に埋まった画面を強く睨みつける。

状況がまた一つ繰り上がった。

『もう止められない!!』

考えろ。闇雲に動くな。

一方通行はもうただの第一位ではない。

一人で孤独に戦うのはやめた。全てを血と泥に沈めていくのなんかうんざりだ。

こちらは学園都市のトップ、統括理事長。使える駒はどこにあといくつ残っている?

たくさんのコンテナを並べたトランクルームの敷地内だった。

そこは最初にボロニイサキュバスが占いをした場所だ。

しかし世俗の風景は一掃されていた。

一面に鳴り響く破滅のサイレンすらも、彼らの集中を削ぐ事はありえない。

警報がエリア全体に放たれたという事は、ついに学園都市側にも明確な異変を察知された。

だがもう遅い。


水で清め。

香で空気を変え。

陣で敷地の内と外を区切り。

そして方角や星の並びに従って正確に敷設された小道具の群れ。

これらの全てをもって、指定の座標は完全に外界から隔絶され儀式場となる。

それが超絶者というパフォーマー達のステージだった。

どんな場所であろうが、『橋架結社』が計算に基づき算出した座標に間違いはない。世俗の何が建っていようが、優先はこちら。正しく土地を励起すればその地は聖域の素顔をさらす。

「……一つの魔術をここに」

誰ともなく呟き、儀式場全体が低く震動しているような声色だった。

舞台は大きく分けて二重に存在する。不完全な善性という異質なカルマを使って魂なき赤子へ作為的に影響を与えていく内側の舞台と、それを取り囲むようにして存在するもう一つの舞台。つまりこちらは外から余計な属性や色彩が混入しないよう、徹底的に打ち消す側だ。

この儀式は、外に向けては放たれない。

全ての中心に圧縮していく、といった方が近い。

「世にあまねく事象に善も悪も好も悪もなし、全てを生む肥大した母の奇跡から目を背ける事なかれ。そして本質を受け入れよ……」

儀式それ自体は、一昼夜以上も続けられた。

長大な時間や手間を使う儀式ではあるのだが、領事館から移動しながらこのトランクルームまで、パレードのように体全体で儀式を続けてきた。そして常に全員が登場するとは限らない。今回、ムト＝テーベと新しいアラディアが早々に退場して上条当麻の追撃に乗り出せたのも、つまり儀式の序盤で出番が終わってしまうからだ。

「危難の数字は一一、それは不均衡を表す数。なれど決して悪と同義にあらず。悪など正義の反面教師に過ぎぬ、人の作りし暴力と偏見の免罪符の何と空虚な事か。……世俗の倫理や教養はそのことごとくが自由を縛る鎖とみなし、垂直に解き放たれし先にこそ超絶した光が待ち構えると思え。すでに命の奇跡は我が前にあり、後はその手触りを改めて認識するのみである」

Ｈ・Ｔ・トリスメギストス。

青年執事である彼は、誰をステージに上げて誰を下ろすか、超絶者の動き全体を秒単位で取りまとめるタイムキーパーでもある。何しろ超絶者だけで三〇人以上が細かく出入りする大舞台だ。専門の人間がいないと成り立たない。

青年執事は一般的で当たり前の人達を守る超絶者だ。

より正確には、善にも悪にも尖り切れなかった普通の人達、とも言える。

幻想殺しだの、『魔神』に愛された『理解者』だの、そんな称号はいらない。

周囲の反対を気にせず行動すれば、それなりに強大な力を得られる。そういう人間は自ら流れを創り歴史に名前を残す。だけど全員が選べる訳じゃない。

善に未練のある悪人。

悪に同情してしまう善人。

そういった半端な人達こそが普通で、一般的で、でも実はこの世界で一番命を落としやすい危うい存在であると彼は思う。あるいは徹底して人の道から外れた凶悪犯よりも。だけど、だからこそ、そんな彼らがＨ・Ｔ・トリスメギストスは愛おしいのだ。簡単に揺らいで、流されて、それでも胸の内にある不安と戦いながら日々を全力で生きていくありふれた大多数が。

だから青年執事は彼らの動向を左右する『一般論や平均値を守る』事で、歴史に残らない大衆がどす黒い暴走をしないよう死力を尽くしている。

ひょっとしたら上条当麻もそうかもしれないという小さな疑念は、強く払っているが。

「……、」

そういう意味では、だ。

(アリス……)

このタイミングで始めたのは彼女の不調もあった。H・T・トリスメギストスは傍で全体を統率し、タイミングを合わせてヴィダートリを送り出しながら、彼はそっと歯嚙みする。『旧き善きマリア』が百合の花を掲げ、花束のブロダイウェズが目隠しをして後ろ手にロープで縛られていくが、本来、この巨大な儀式の主役はアリスのはずだった。しかしそれが今、舞台の一角で棒切れのように力なく突っ立っている。硬化の結果だった。まるで木や岩として舞台に上がっている端役だ。見るのも忍びないが、超絶者を全員揃えなければ儀式は成功しない。

そしてアリスの変調がここに留まるとも限らない。これ以上悪化したら舞台に上げる事すら難しくなってしまう。

何だ、あれは。

H・T・トリスメギストスは普通から最もかけ離れた、一般や平均を丸ごと傾けて崖下にまで突き落としかねないアリスに脅えて従っていた。己の対極に位置する存在の動向を深く観察する事によって、この世界の変化の兆しを細かく見定めて対処するために。

だというのに、あるのは凪に揺られて立ち尽くす小さな抜け殻。

ダメージを受けるような存在だったのか、彼女は。

「……ッ」

ギッ、と青年執事の奥歯が軋んだ音を立てた。

揺らいでも許されるのは力なき一般的な人々だけの特権だ。厳密な『救済条件』をもって人を救う超絶者は決してブレてはならない。それでは『配役』が崩壊してしまう。

したがって、だ。

舞台の中心にいるのは硬質な塊だった。

二リットルの魔法瓶ほどの大きさのガラス円筒。そこに収まった命の種に、外から作為的な影響を与えて目的の魂を封入する。人外の存在を捕まえる事も使役する事もできないなら、この手で創ってしまえ。傲慢なるアレイスター＝クロウリーが編み出したある種究極の術式だ。

あの『人間』の冷たい側面。

家族のために涙をこぼせる心と同居する複雑な特徴。

「生まれて現れよ、命」

青年執事が、最後にステージに立った。

タイムキーパーである彼が表に出たという事は、これが最後だ。

もう誰も出番を管理される必要はない。

「Magickにおいては発生九〇日未満の体に未だ固定の魂はなく、重力すら忘れて眠る体は人を超えた存在を込める器としても機能し、この赤子は人としての上限を超える。我ら超絶者(ちょうぜつしゃ)はここに世を救う主を導く、ここに生まれて現れよ意志持つ奇跡！　人の体を備え異形の思考を誇る、現実に陽を浴びて地に影を落とす身近で偉大な我らが王よ!!!!!!」

バン!!　と内側からガラス容器が砕け散る。

質量が膨らむ。

大きさと重さが増殖していく。いや、それは身長と体重と呼ぶべきだったのかもしれない。目に見えないほどの粒から胎児へ、さらに成熟した肉体へと。ものの三〇秒ほどで、『彼』は銀の髪にあごひげを生やした、一八歳くらいの裸の青年へと完成していく。

成功だ。

CRC。

クリスチャン＝ローゼンクロイツ。

あれだけ曲者揃(くせものぞろ)いだった超絶者達(ちょうぜつしゃたち)、しかし誰もがその降臨に声も出なかった。昼夜を問わない過酷な儀式魔術もさる事ながら、そんな疲労は忘れ去られていた。

世を救う主。

それを無事に発生させた事への喜びと同時に、話に伝え聞いた存在が本当にいてくれたのかという感慨や驚きも含まれていたはずだ。

架空と仮装を司る、己の善意の不完全さすら武器にする集団。

そんな彼らでもたった一つ、自らを超える奇跡は招き入れられる。

これぞ魔術の真髄。

真っ当な契約や取引を誤魔化して実体以上の利益を得る、株の空売りのような偉業。故にこそ、魔術とは正しき神に忌み嫌われるのかもしれないが。

「お待ちしておりました、クリスチャン＝ローゼンクロイツ。我らが世を救う主よ」

けたたましいサイレンも気にせず、Ｈ・Ｔ・トリスメギストスが恭しく赤い衣を差し出す。

『魔神』とは性質が違う『橋架結社』にとって、衣装の製作くらいは難しい話でもない。

「我らは『橋架結社』の超絶者。各々の検索条件に従って衆生を救済しようにも、一般的に考えて、互いの思惑が絡まり身動きの取れなくなった失敗作の群れにございます。世を救う主としての叡智と力を我らにお貸しください、ＣＲＣ。不完全な世界で苦しむ皆々様の救済を」

「ビビ、ジジル……」

返答を聞きそびれた。

奇怪な暗号や古代語を操っている訳ではなく、単純に共通トーンの調整が追い着いていないのだろう。しかしそれもいつまでもは続かない。

「ジリジリガリがキュルキュル。ジジジ、キュキキュルザザ、ふむ。ま、こんなもんかの?」

出てきたのは青年のような外見に似合わない、しわがれた老人の声だった。

しかし外見と一致しないところを除けば、それはあくまでも普通の声だ。

H・T・トリスメギストスは恭しく頭を下げて、

「申し分ないかと」

「では」

受け取った赤い衣に袖を通すCRCは青年執事など見ていなかった。

朝食の目玉焼きをつついて、黄身の固まり具合に満足するような声色。つまり何の気のない一言だった。そんな平穏の直後にそれは起きた。

閃光が炸裂した。

誰もが全くの予想外だった。

その場に集まっていた超絶者は揃いも揃って一撃で薙ぎ倒された。いきなりの衝撃も意味が分からなければ、これだけ極まった超絶者の群れが為す術もなく転がるのもありえない。つまり根本的に理解の範疇を超えていた。自分には分かる、と思ってしまうのがすでに不敬かもしれなかった。秘めたる力。とある男を中心にして全方位へ放たれた分厚い壁は、それほどまでの力と意味を有していたのだ。

激情のあまり、自分で自分の体を引き裂いたH・T・トリスメギストスだ。

そんな彼でもダメだった。

いいや、防御に特化した超絶者なら彼以上の存在だっているはずなのに。

何をされたのか理解できない。自分の生死に直結する問題だというのに、注意しないと右から左へ流してしまいかねないほどあっさりした結末だった。終わった後に見惚(みと)れてしまう。そこまでの何か。

超絶者(ちょうぜつしゃ)として己を作り変えた、根幹に近い部分へ干渉されたとしか言いようがない。

ただの力業ではないのだ。

それよりは、知られざる叡智(えいち)。俗な言い方をしてしまえば裏技や脆弱性(ぜいじゃくせい)。

知らない者からすれば魔法のように見えてしまう何かだ。

嗤(わら)い、青年の姿を取る何かが告げた。

「何故、この老骨が人を救わなくてはならぬ？」

両手を大きく広げて。声も高らかに。

「何故、この老骨が見返りを求めてはならぬ？」

しかしオペラのような演説を耳にする者はいない。

誰も彼もが、片っ端から薙ぎ倒されていた。

「一体どこの誰が決めたルールなのじゃ。そんなルールで老骨を縛れるとでも思うておるのかえ。そもそもの前提として、自分より強い者にすがろうなどと考える弱き群れが、一体何をどうすればこの老骨の自由を縛れるなどと考える？」


間違っていた。

伝え聞いていた伝説が、そもそも都合が良すぎた。

クリスチャン＝ローゼンクロイツには確かに世界を全部まとめて救うほどの力があったのかもしれない。だけど彼が、必ずしもそれを無償で提供してくれるとは限らない。

世を救う主なんかじゃなかった。

心の狭い誰かだった。

むしろ、それだけの絶大な力を持った個人だ。

ルールもモラルも無視して自儘に振るい、かつてない暴君としてこの世界に君臨してしまう可能性をどうして考えなかった？

ＣＲＣとシュプレンゲル嬢は何かが違う。同じ『薔薇十字』であっても。

この怪物の軋みは、もっともっと根が深い。そして気紛れ行動で人に寄り添ったり悪辣に突き放したりするアンナ＝シュプレンゲルとは享楽の方向性が違う。

クリスチャン＝ローゼンクロイツの場合は、徹底した破壊だ。

甘く腐敗させたいのではなく、全部壊してすっきりしたい。

どちらが真っ当というよりは、破滅的な欲の種類に過ぎないのだろうけど。

サイレンは正しかったのだ。今も一面に鳴り響くそれは正確に危難の到来を告げていたのに、超絶者は舞い上がった。自分達がこの世界に何をもたらしたのか、気づけなくなるほどに。

「あう……」

それでも青年執事が言葉を搾り出したのは、信じられなかったからかもしれない。

ＣＲＣ。

クリスチャン＝ローゼンクロイツという存在に、生々しい人間性が残っていた事に。

「……あなたは、一般的に考えて……哲学から国家の構造まで、無償で病んだ世界を癒してあらゆる人々を救済なさってくれるのではなかったのですか？」

「どうして？」

キョトンと、ではなかった。その表情に浮かぶのは明らかな悪辣。

聖者という作られた伝説にはそぐわない、あまりにも歪んだ対極。

ある意味では、極めて生々しい人間性を発露して。

「この老骨が、人間だけを特別に救わねばならぬ理由とは？　何故そんな面倒臭い事をしなければならないのじゃ？　とはいえ、別に『助ける』という行為そのものを忌避しておる訳じゃないのう。だが人間全体を無条件に救うというのはこの老骨の個をあまりにも蔑ろにはしておらんかえ。真に博愛を語る存在からすれば、惑星全体の全生命を等価値と考えるならば、ただの一種に過ぎぬ人の存在など目に見えて明らかに罪業の塊じゃろう。かっかっか、ぶはっ⁉　博愛とな‼　ひっはははははは‼　あれほど恐ろしい虎やワニを皮欲しさにどんな知恵を絞って殺してきた？　象牙のために動物を狩るのは良くないと言っておきながらこの老骨が寝ている間、結局この世はどうなったか言ってみよ‼　全部人間が撒き散らして、全部人間がその後始末に奔走して、やってやって散々やり尽くしてから自分の口で手前勝手に非難して、そんなので善と悪は容易く再定義されていく‼　これの何を守れと？　この老骨の行動を支えるだけの価値があるとでも？　もはや正義なんぞ語るに落ちた、愚かを極めた人間がそのような形にしてしまった以上この老骨もそんなものに従う道理はない。正義や善性が何者の奴隷になる事もなくもっとシンプルかつ高尚な状態を保っておったのならば、何もこんな事にはならなかっただろうにのう？　そもそも神とやらが正義なんてものを一時的とはいえ人の手なんぞに預けたのが間違いの始まりだったのかもしれぬがのう。人間は神の名を容易く名乗ってはならないと発音すら禁じたくせに、善や正義については簡単にあっさり誰でも話せるくらいのものでしかないと軽々しくその辺に捨て置いた訳なのじゃから！　ひっひ。とはいえ、まあ生命は全て平等なんてお涙頂戴の理屈じゃと目に見えぬ細かな生命の手を借りて作るワインとチーズに他の全生命は追いやられる訳じゃが。今の人口は六〇億か、それとも七〇億か、あるいはとうとう八〇億にでも届いたかえ？　とにかく生命は全然平等なんかじゃない。霊長類なんて言葉で自分をくくっておる時点で人間が傲慢を極めておるのは明白よ。恥知らず。人間よ、始祖たるアダムは何を食べて何を知ったというのか思い出せ!!　人間は完成なんかしないぞえ、こんな時代では。ならば人なんぞまとめて猿まで退化して自然に還ってこそ、初めて他の生命に平等を名乗れるというもの。猿でも迂闊に火に触れれば手を引っ込めて二度と同じ過ちを犯さん、つまり悔いる事はできる訳じゃしの。人間には一〇〇％無理じゃが。あるいはその、何じゃ？　耳にするだけで抱腹絶倒の、笑い過ぎて死ねるほどの、他の動植物にはない特別な思考形態とやらが大切なのかえ？　ぷっくっく、それはそいつはちいとばかり自らの存在意義を丸ごと否定する自殺的結論じゃなあ。親子の愛情くらい犬や猫にもあるし、言葉を使った会話なんぞ鳥や魚でも行うし、集団の社会性などアリやハチすら持っておる。ひっひひ、恋愛感情？　この世に繁殖を求めぬ生物などいるものか。というか、高尚低俗に関係なく繁殖を疎かにする生物など時の流れの中で残っておられるか。ま、人間などこの程度の浅はかな考えで捨て去るものしか持っておらぬと言われればこれこそ納得するより他ないがのう。……故に、これはあまりにも明白な結論じゃ。人にその存在意義などない。この老骨、物理的にも精神的にもあらゆる面においてたかが人間ごときに骨を折って救済する価値なんぞいちいち感じられんがのう？」

ここまでやって。

こんなもの、別段本気の語りではないだろう。より高次に位置する魔術の法則を知っている者であればすぐに分かる。

そう、元来真の達人とは多くを語らないはずなのだ。

ダメだ、これは。

結論は一つ。

全ては真っ赤な嘘。そもそもこんな緋色の伝説を信じた自分が馬鹿だった。

「ア、リス……。アリスっ」

そして。この期に及んで、青年執事の執着は自分の命よりもアリス＝アナザーバイブルであった。彼女だけは、他の超絶者と違って替えがきかない。というより、そもそも超絶者とはすでに存在する異質なアリスを解析して編み出された人間の上書き処理といった方が近い。だから、彼女だけは。こんな所で失う訳にはいかないのだ。

大声で呼びかける事ができなかったのは、ボロボロに痛めつけられたから、だけではない。今この場で不要に声を響かせれば、クリスチャン＝ローゼンクロイツの興味がアリスに向けられかねないからだ。

しかし、意味のない努力だった。

そもそも、あの一撃を浴びて唯一倒れずに済んでいた少女だ。風に揺られる麦の穂のように頼りないが、それでもこの状況で立っていられるだけでも奇跡なのだ。

そして。

必然として、それが次の不幸と悲劇を招き入れた。

「ふむ」

ローゼンクロイツの興味を引いてしまったのだ。

だけど元々硬化しているアリスは反応を示さない。ゆらりと正面から迫る男を見ても、逃げも隠れもしない。

「やめ、ろ」

H・T・トリスメギストスが呻いていた。

汚れた地面に伏して、顔も燕尾服もドロドロに汚して、それでも、這ってでも遠く離れた少女へ手を伸ばそうとする。

「やめろおおおおおおお……」

言葉は届かなかった。

男は速やかに行動した。

砕いた。

その腕が幼い少女の小さな顔を掴んだ直後、確実に頭部全体を破裂させたのだ。

ばら、ばら、ばら、ばら、と。
青年執事の目の前で、何かが散らばる。
砕けた何かは色鮮やかで。
全部まとめれば可憐なはずなのに、その一つ一つはどこまでもグロテスク。

『じゃーん!!　ここですし』

それは確かに暴君だったけど。
普通で当たり前の一般論を守る超絶者からすれば、その行動の一つ一つに冷や汗が止まらなかったけど。

『ですし!!　H・T・トリスメギストスはすごいんですよっ、紅茶を入れたら世界一なので。あと少女の服を畳んでくれますし、脱いだ靴も揃えてくれるんですし!』

だけど、少女自身はどこまでも純粋で無垢だった。
その心は青年執事が守るべき一般で普通を保っていた。

アリスはアリスだった。

持っている力が絶大だから、少女の言動の一つ一つが異質に見えてしまうだけで。

『Ｈ・Ｔ・トリスメギストス！　少女はせんせいに秘密基地を案内したいのですし』

領事館ではしゃぐ少女の声が、超絶者の耳にまだ残っていた。

だけど、もう二度と聞けない。

思い出が崩れていく。急速にノイズの向こうに消えていく。

学園都市に行きたいと駄々をこね、せんせいを驚かせたいというアイデアは領事館なんて形に変わり、青年執事相手に何度も何度も台詞の練習をしていたあの少女の声は。

バラバラに散らばった部品。それが今ある全てだ。

『おおー、面白そうなのよ。じゃあ少女の力とか分け与えちゃおうっかなー？　Ｈ・Ｔ・トリスメギストスすごーいですし』

アリス＝アナザーバイブル。

そんな彼女の、ごく普通で当たり前『過ぎた』笑顔は二度と見られない。

二度と、二度と。

もう二度とッッッ!!!!!!

「最強など、いらぬ」

悲鳴はなかった。

頭蓋骨を砕かれてなお、アリス＝アナザーバイブルは反応を示さない。残った体は突っ立ったまま、ただぶらぶらと小さな手足を垂らしているだけだ。

散らばる金の髪、卵の殻のような頭蓋骨の破片、中途半端(ちゅうとはんぱ)に愛くるしさの残る顔のパーツパーツ……。

ぱたんと、やや遅れて小さな少女は後ろに倒れていく。今さら思い出したように地面へ赤黒い液体が広がっていく。

それっきりだった。

目の前で希望を折られ、H・T・トリスメギストスもまた完全に地面へ潰れていく。

青年執事はもう、怒りすら忘れていた。

この世界から何か、明確な光が一つ、消えた。

「予想外など、不要」

ＣＲＣ。

クリスチャン＝ローゼンクロイツ。

無償で世界を救うと謳われた青年はぞんざいに腕を振るい、自分の指先や掌に残る赤い粘つきを忌々しげに眺めている。

誰も頼んでいないのに、自分で勝手にやっておきながら。

ボロニイサキュバスも、『旧き善きマリア』も、もう動かない。

ありとあらゆる超絶者は、彼をこの世界のこの時代に製造した時点でその役割は終結したとでも宣言されたかのようだった。

「この老骨は自分のやりたいようにやるのじゃ。誰にも邪魔はさせぬし、少しでもその可能性のある者は率先して始末してやろうぞ」

そこまで呟いて、彼はゆっくりと振り返る。

切り裂くように冷たい闇に輝くのは、銀ではなく金。

不気味なサイレンに覆われる中、夜風に髪をなびかせるアレイスター＝クロウリーは吐き捨てるように呟いた。

「……これは、確かに」

分かるのだ。

こいつと同じ、悪の側に属するからこそ。

アレイスターもキングスフォードも、この戦いを生き残れるかどうかは全くの未知数。

だが、ここで規格外の魔術師二人が倒れてしまえば、どれほどの猛威が学園都市やあの少年へ気紛れに牙を剝くであろう事が。

だから、潰す。

無理を通してでもここで徹底的に叩き潰す。

「アンナ＝キングスフォード。君の言った通りだな。これは間違いなく『彼』の敵だ、放置しておく訳にはいかない存在だ」

『アレイスター、A.A.A.は用意するか？　魔術という歪み、科学の隙間にある悲劇。取り除くと言うのであれば、今日は貴様の駒となっても構わない』

アンナ＝シュプレンゲルが今まで暗躍してきたのも、つまりこのためだったのだろう。

最初から、繫がっていた。

アンナ主導の事件があって、R&Cオカルティクスが崩壊して、その次に超絶者達の集まり『橋架結社』が割り込んできたのではない。全ては一本の対立軸でしかなかったのだ。

あの女の元々の性質は間違いなく悪だ、一つ一つの事件は楽しんで邪悪に徹していたはずだ。

それでも根底にはまずこの一点があった。

そもそもシュプレンゲル嬢は魔術結社『薔薇十字』の重鎮。

自分の所属する魔術結社の創設者の墓を暴いて、自分達の目的のため一方的に使い倒すのだという者達の存在を知れば、黙っていられるはずもない。

まして、門外不出の事実として、世間一般で聖者として描かれているクリスチャン＝ローゼンクロイツの実像を密かに把握していたとしたら……？

人間の一つ。

決して表に出てはならない何か。

あらゆる生命が同じ時代に生きていなくて良かったと心底思えるほどの、大いなる敵。

外から見ればアンナとはどんぐりの背比べかもしれないけど。

ただしCRCの場合は行動に一切の容赦はない。世界を自儘に歩いて気に入ったもの、気に入らないものをピンポイントで腐敗させていくアンナ＝シュプレンゲルと違って、クリスチャン＝ローゼンクロイツは一面広大な世界をまっさらにしてしまわないと気が済まない。たった一点でも、黒い点が世界に存在してしまう事が許せない。

気紛れなどなく、全てを滅ぼし尽くすまで止まらない。庭の草むしりをする感覚で山に火を放ってしまうようなものだ。

アレイスターは、こういう人間を知っている。

いつだって自分の頭を押さえつけてくる『正義』とやらはこういう存在だった。

大した考えも持たず、優れた未来も創れず、それでも意に沿わない個を排除する事にかけては恐るべき情熱を注げる怪物。

「……何か理由があって戦うのではない、憎しみすら存在しない。滅ぼすという行為そのものにひたすら没頭できる人種か」

「たかが人の世。踏み潰すのに大仰な理由が必要かえ？」

「貴様はすでに、欲にまみれたメイザースやウェストコットですらない」

「ひひっ。この老骨をそこらの他人と一緒にしてくれるなよ若造」

何としても止める、とあの悪女が考えるのも自然な流れだ。誰にも言わず。それでいて、どこまでもアンナ＝シュプレンゲルという悪なる人間性によって選択された方法でもって。

対して、ＣＲＣはその場で首(くび)を傾(かし)げていた。

人殺しの場面を目撃された上で、そんな目で人を見るなんてひどいと非難する顔だった。

「やるのかえ？　かように未熟な腕で」

そこから小さく笑って。

その笑みが邪悪に引き裂かれていく。

「嬢ちゃん達は、その、何じゃや。西洋神秘の末と『黄金』を名乗る結社の変種じゃろ。しかしもう結末は見えておる。かような児戯をかざしたところで、この老骨には勝てぬぞ」

確かに、だ。

『薔薇十字(ローゼンクロイツ)』と『黄金』は一見別々の系統の魔術結社(まじゅつけっしゃ)だが、実は根底で繋(つな)がっている。というより『黄金』では初めて行う０＝０の儀式はエジプト神話の色が強く、その後もタロットやタットワなどを学んでいく事になる。それが５＝６辺りになると『薔薇十字(ローゼンクロイツ)』の名を隠す事なく堂々と儀式に登場するようになっていく。何故こんな風になったのか。そもそも、ウェストコットやメイザースといった創設メンバーは三人とも薔薇十字系の下地を持つ魔術師だからだ。つまりアレイスターは自分の始祖の始祖のそのまた始祖クリスチャン＝ローゼンクロイツに牙を剝く事になる訳である。

　メイザースやウェストコットの恩師として、世界最大の魔術結社『黄金』のきっかけを与えたと謳われてきたキングスフォードについてもそれは同じ。彼女は自らの結社を持つものの、その本来の所属はカバラの専門家や霊能者、そして薔薇十字団員などが集まってできた神智学協会である。つまり、その魔術の技術や思想には間違いなく薔薇と十字、クリスチャン＝ローゼンクロイツの影響が根を張っている。

　もちろん、アンナ＝キングスフォードは間違いなく一つの伝説だ。

　一八〇〇年代の新聞記事や学術論文を丁寧に追いかけるだけできちんと足跡を追う事ができる『生きた人物』という意味では、ある種の頂上と言っても構わない。だけどクリスチャン＝ローゼンクロイツはさらに奥。奥の奥。奥の奥の奥。もはや公的な歴史を追っていくだけでは実像を摑む事すらできない、別の場所で君臨する異形の頂点である。

　そもそも『あの』アリス＝アナザーバイブルを瞬殺した男。

　おそらくは、アレイスターやキングスフォードという伝説よりも、ローゼンクロイツという伝説の方が分厚い。

　両者が考えなしに真正面から激突すれば何がどうなるか。

しかし、それでも一歩前に出たのは、アンナ＝キングスフォードの方だった。

「残念デござい〼よ」

「この老骨を見て？」

「×」

俯いたまま、知の大女神はぽつりと呟いた。

大きな帽子の鍔のせいで、その顔は見えない。でもそれだけで、一面の爆音みたいなサイレンがすっと一歩後ろへ下がるようだった。

それほどまでの、恐るべき声があった。

「……其処ノその子ガやられるところ、己ガ只黙って見過ごす事ニなるとは。あと三秒早ければ、何モこんな事にはならなかったでしょうに」

その声は、低く。

ただ際限なく重みを増していく。

「そしてシュプレンゲル♀ノ努力モ×ニ帰した。本人ノ語る◎×等関係×てよ。そんな風ニしか人々ト向き合う事ガでき×、×このような災厄ヲ解き放つ訳にはいか×ト確かニ死力ヲ尽くした彼女ノ真っ直ぐナ決意ヲ、あなたノ存在ハ只踏み躙った」

「吼えるでないわ、腐らぬだけの人形よ。奇術を扱う道化は黙るが華じゃ。老骨ら魔術師なんぞそもそもまやかし、質量なき幻想をかざすのみの存在よ。口を開けば底が知れるぞえ？」

それ以上はなかった。

音もなく顔を上げたキングスフォードは、メガネの奥からローゼンクロイツを睨みつける。

周囲へ奉仕をするために。

誰かが忘れた理想を口の中で呟く。

しかし逆に言えば、それだけだった。真なる達人とは、無駄に長々と言葉を並べたりはしない。己を誇張しないし、自らの行いを弁護しない。ただそこに立っているだけで他を圧倒する達人は、そもそもそんな『演出』の利点に気づきもしない。

そういう意味では、世を席巻したパフォーマーである超絶者どもとは真逆。

それはアンナ＝キングスフォードも、クリスチャン＝ローゼンクロイツも同じ。

同一の境地。

両者共に、さらに一歩前に進む。

もちろん決して大きな動きではない。

だが切り裂くように冷たい夜風の温度がさらに下がる。

そこが、今ある世界の臨界であった。

両者の間で何かが着火した。

サイレンの爆音すらも、明確にひずむ。

伝説と伝説は無言で衝突した。

あとがき

一冊ずつの方はお久しぶり、全巻まとめての方は初めまして。

鎌池和馬です。

創約4辺りから顔を出した『超絶者』もこれでチャージ分を大分放出できたかな？　『同じ結社の人間なのに、何故か初めて会ったように敵の読み合いを始めている』など本編でも色々触れましたが、皆様はこの創約8を読む前までに彼らの違和感に気づけました？　創約6の回想でアラディアが魔女の死を嘆いたのも、実はスマホがある時代だったりします。

超絶者について。魔術師って使う道具は全部自分で作るのが正統派らしいので、型紙やミシン、工具箱やベニヤ板なんかと格闘しながらああでもないこうでもないと大きな儀式の準備を進める訳なんですよね。……想像してみると魔術結社って文化祭前夜みたいでちょっと楽しそうっていうか、あれ、ここ深掘りすればまだまだ面白いイメージが色々出てくるかも……？

そして超絶者まわりだといったん勝ったしアラディアは丸くなっただろー、と思いきやあの真実です。さあ目一杯喰らえ。ただその上で、自分の足首にダクトテープを巻いて目印にし、上条だけに分かる区別をつけている辺りがお気に入りです。アラディアは一人だけとは限らないけど、学校やコンビニの傘立てで間違って困らないよう傘のグリップにカラフルなテープで印をつけておく的な。超絶者の定義から目を逸らさずに肯定した上でそこからさらに一歩踏み込んだ、ツンツンお姉さんの口には出さないデレを感じていただければと思います。

　超絶者ムト＝テーベについては処罰専門という事で、とりあえずエジプト神話系で生と死に直結するイメージが欲しいのでフェニックスを、また処刑はただ命を奪うのではなく『どう殺すか』に重きを置くため一つの術式でどんなニーズにも応えられるものを……という訳であ
あいう形にまとめています。踊り子さんみたいに派手な露出に、全方位死角なしの何でも兵器少女とてんこ盛り。こちらについては、何とも奇妙で恐ろしい事に、広場で公開処刑をやっていた時代や地域では大抵どこでも罪人の死にはエンターテイメントの側面がありましたので。ただし兵器には詳しくもなければこだわりもない魔術サイドの超絶者なので、本当に本気出すと本来の用途を無視してスクリューやボイラーで殴りかかる辺りがお気に入りです。

　エジプト神話の女神ムト、本来はハゲワシを象徴とする神様なんですが……。死肉を啄んで活力を得るハゲワシと自分自身を焼き尽くした炎から蘇るフェニックスを奇麗に合体できたら

なあ、と願うばかりです。……もっともフェニックス、ガチのエジプト神話にはいない説もあるみたいですけど。あるいはそれも超絶者らしいでしょうか？

処罰専門ではありますが仕事であって本人が邪悪な性質ではない、というニュートラル感が何気にポイント。その本性は、お餅は四つで創作アレンジありの寒がり少女です。多数決の結果として人を処分する係員というだけで、本人の好き嫌いは関係ない訳ですね。ただし一度決まった行動を邪魔する者は容赦しないので、どっちみちおっかない存在ではあるのですが。

それから今回は戒厳令を出してみました。学園都市なら対テロリスト用に用意された第一級警報とかじゃないの？　と思われる方もいるかもしれませんが、隔壁を下ろして狭いエリアに犯人を封じ込める第一級警報と違って、今回は学園都市全域で自宅待機を強いる状況を作りたかったので（というか、そうじゃないと砲撃の流れ弾でバンバン人が死ぬから）、戒厳令に。お正月三が日を過ぎた四日目、やる事なくて家で持て余している冬休み感と重ねられないかなーと思ったのですがいかがでしたでしょうか。

イラストのはいむらさんと葛西心さん、担当の三木さん、阿南さん、中島さん、浜村さん、松浦さんには感謝を。たたかうくるまスペシャル。戦車よりも装甲車よりもやっぱり機動戦闘車が一番格好良いよね！　という愛が書いてみたら想定よりも溢れてしまいました。それはもう縦スクロールのシューティングに出てくる極太ビームのように。イラストの方も大変だったと思います。ありがとうございました。

　そして読者の皆さんにも感謝を。今回はアンナ＝シュプレンゲル祭り！　創約2ですでに一回上条が勝っているにも拘らず長くおあずけ状態が続いたため、今回は容赦なく嬢を狭い密室に押し込み、上条当麻に巻き込んで絡めて甘辛く煮っ転がしの刑でございます。この人、今まで散々思わせぶりに登場しては色々と囁いてきましたが、『悪役令嬢』って言葉を投網のように頭から被せてあんかけ炒飯にしてやれば謎の味変が発生して一気にキャラと威厳が崩壊すると思います。創約7では上条が『アンナは絶対許せないけど、自分が求める結末は殺害じゃない』とか言っていましたが、そこらへんの答えもここにあります。喰らえシュプレンゲル嬢！　もう謎めかせないぞ!!　そんな訳で、ここまで読んでいただいてありがとうございます。

　それでは、本を閉じていただいて。

　次回も表紙をめくってもらえる事を祈りつつ。

　今回は、この辺りで筆を置かせていただきます。

　やっと『薔薇十字』と『橋架結社』が合流できた……

鎌池和馬

超絶者ムト＝テーベを倒して、それで終わりではない。

そもそも戦って勝つ事が目的ではない。

身近な人の命を守れなければ何の意味もないのだ。

小さな悪女を抱き抱えたいが、『矮小液体』の効果を遅らせるアラディアの膏薬を右手で打ち消してしまったら元も子もない。なので魔女達の女神に預けるしかなかった。

上条は『矮小液体』の投げ槍を左手で掴んだままおっかなびっくり先に進み、両手が塞がったアラディアより早く安全を確かめる役回りだ。

アンナ＝シュプレンゲルが倒れた以上、ハイテクの塊だった機動戦闘車はもう使えない。ここから先は徒歩で行くしかない。

アンナを抱えて傍らを走るアラディアは、時折夜空に目をやっていた。

月が陰っていた。

黒く、分厚い雲から、大自然の中で生きる魔女達の女神は一体どんなメッセージを受け取っているのか。

「アリスさえ……」

ぶらぶらと揺れる少女の手がひどく力なく、見ているだけで胸が締めつけられる。

これがあの悪女か。

アンナ＝シュプレンゲルなのか。

上条当麻の幻想殺しを使っても、『旧き善きマリア』の『復活』に頼っても、この『矮小液体』がつけた傷は元には戻らない。

だけど、まだ終わっていない。

正面の闇を見据えて、どんな時でも決して諦めない少年はさらに足を動かす。

アラディアと一緒にビルの壁に背中を押しつけ、表通りのヘッドライトをやり過ごし、学園都市の戦車や装甲車で作る車列が通り過ぎていくのを確認して。

どれだけ危険であっても、この小さな悪女は決して手放さないと誓って。

彼らはさらに走っていく。

目的地は一つ。

「ア、リス、、、＝ア、ナザ、ー、バ、イ、ブル、、さえ、いれば、!!!!!!」

この時、すでに事態は動いていた。

少年はまだ、楽観の果てに見る真っ黒な絶望を知らない。

●鎌池和馬著作リスト

「とある魔術の禁書目録(インデックス)①〜㉒」（電撃文庫）
「とある魔術の禁書目録(インデックス)SS①②」（同）
「新約　とある魔術の禁書目録(インデックス)①〜㉒　㉒リバース」（同）
「創約　とある魔術の禁書目録(インデックス)①〜⑧」（同）
「とある魔術の禁書目録(インデックス)　外典書庫①②」（同）
「とある科学の超電磁砲(レールガン)」（同）

「とある暗部の少女共棲（アイテム）」（同）
「ヘヴィーオブジェクト」シリーズ計20冊（同）
「インテリビレッジの座敷童①～⑨」（同）
「簡単なアンケートです」（同）
「簡単なモニターです」（同）
「ヴァルトラウテさんの婚活事情」（同）
「未踏召喚：//ブラッドサイン①～⑩」（同）
「とある魔術のヘヴィーな座敷童が簡単な殺人妃の婚活事情」（同）
「最強をこじらせたレベルカンスト剣聖女ベアトリーチェの弱点①～⑦
その名は『ぶーぶー』」（同）
「とある魔術の禁書目録×電脳戦機バーチャロン とある魔術の電脳戦機（バーチャロン）」（同）
「アポカリプス・ウィッチ①～⑤ 飽食時代の【最強】たちへ」（同）
「神角技巧と11人の破壊者 上 破壊の章」（同）
「神角技巧と11人の破壊者 中 創造の章」（同）
「神角技巧と11人の破壊者 下 想いの章」（同）
「使える魔法は一つしかないけれど、これでクール可愛いダークエルフと
イチャイチャできるならどう考えても勝ち組だと思う」（同）
「マギステルス・バッドトリップ」シリーズ計3冊（単行本 電撃の新文芸）

本書に対するご意見、ご感想をお寄せください。

ファンレターあて先
〒102-8177　東京都千代田区富士見2-13-3
電撃文庫編集部
「鎌池和馬先生」係
「はいむらきよたか先生」係

本書は書き下ろしです。

電撃文庫

創約(そうやく) とある魔術(まじゅつ)の禁書目録(インデックス)⑧

鎌池和馬(かまちかずま)

◆◇◇

2023年5月10日　初版発行
2024年10月10日　再版発行

発行者　山下直久
発行　株式会社KADOKAWA
〒102-8177　東京都千代田区富士見2-13-3
0570-002-301（ナビダイヤル）
装丁者　荻窪裕司（META＋MANIERA）
印刷　株式会社KADOKAWA
製本　株式会社KADOKAWA

●お問い合わせ
https://www.kadokawa.co.jp/（「お問い合わせ」へお進みください）
※内容によっては、お答えできない場合があります。
※サポートは日本国内のみとさせていただきます。
※ Japanese text only

※定価はカバーに表示してあります。

ISBN978-4-04-915010-0　C0193　Printed in Japan

電撃文庫　https://dengekibunko.jp/

電撃文庫創刊に際して

文庫は、我が国にとどまらず、世界の書籍の流れのなかで〝小さな巨人〟としての地位を築いてきた。古今東西の名著を、廉価で手に入りやすい形で提供してきたからこそ、人は文庫を自分の師として、また青春の想い出として、語りついできたのである。

その源を、文化的にはドイツのレクラム文庫に求めるにせよ、規模の上でイギリスのペンギンブックスに求めるにせよ、いま文庫は知識人の層の多様化に従って、ますますその意義を大きくしていると言ってよい。

文庫出版の意味するものは、激動の現代のみならず将来にわたって、大きくなることはあっても、小さくなることはないだろう。

「電撃文庫」は、そのように多様化した対象に応え、歴史に耐えうる作品を収録するのはもちろん、新しい世紀を迎えるにあたって、既成の枠をこえる新鮮で強烈なアイ・オープナーたりたい。

その特異さ故に、この存在は、かつて文庫がはじめて出版世界に登場したときと、同じ戸惑いを読書人に与えるかもしれない。

しかし、〈Changing Times,Changing Publishing〉時代は変わって、出版も変わる。時を重ねるなかで、精神の糧として、心の一隅を占めるものとして、次なる文化の担い手の若者たちに確かな評価を得られると信じて、ここに「電撃文庫」を出版する。

1993年6月10日
角川歴彦

電撃文庫DIGEST　5月の新刊

発売日2023年5月10日

続・魔法科高校の劣等生
メイジアン・カンパニー⑥

著／佐島 勤　イラスト／石田可奈

IPUで新たな遺物を見つけた達也たち。遺物をシャンバラへの『鍵』と考える達也は、この白い石板と新たに見つけた青、黄色の石板の3つの『鍵』をヒントに次なる目的地、IPU連邦魔法大学へ向かうのだが——。

創約 とある魔術の禁書目録（インデックス）⑧

著／鎌池和馬　イラスト／はいむらきよたか

『悪意の化身』アンナをうっかり庇ってしまった上条。当然の如く未曾有のピンチに見舞われる。彼らを追うのは、『橋架結社』の暗殺者ムト＝テーベ……だけでなく、アレイスターや一方通行勢力までもが参戦し……！

魔王学院の不適合者13〈下〉
～史上最強の魔王の始祖、転生して子孫たちの学校へ通う～

著／秋　イラスト／しずまよしのり

《災淵世界》と《聖剣世界》の戦いを止める鍵——両世界の元首が交わした「約束」を受け継ぐのは聖剣の勇者と異端の狩人——!?　第十三章《聖剣世界》編、完結!!

ウィザーズ・ブレインⅨ
破滅の星〈下〉

著／三枝零一　イラスト／純 珪一

衛星を巡って、人類と魔法士の激戦は続いていた。戦争も新たな局面を迎えるも、天樹錬は大切なものを失った衝撃で動けないでいた。そんな中、ファンメイとヘイズは人類側の暴挙を止めるため、無謀な戦いへと向かう。

楽園ノイズ6

著／杉井 光　イラスト／春夏冬ゆう

伽耶も同じ高校に進学し、ますます騒がしくなる真琴の日常。病気から復帰した華園先生と何故か凛子がピアノ対決することに？　そして、夏のライブに向けて練習するPNOだが、ライブの予定がダブルブッキング!?

妹はカノジョにできないのに 4

著／鏡 遊　イラスト／三九呂

家庭の大事件をきっかけに、傷心の晶穂が春太の家に居候することに。一方、雪季はついに受験の追い込み時期へ突入！　二人の「妹」の転機を前にして、春太がとるべき行動とは……。

新作
命短し恋せよ男女

著／比嘉智康　イラスト／間明田

恋に恋するぽんこつ娘に、毒舌クールを装う元カノ、金持ちヘタレ男子とお人好し主人公——こいつら全員余命宣告済！？　命短い男女４人による前代未聞な多角関係ラブコメが動き出す——！

新作
魔導人形（ホムンクルス）に二度目の眠りを

著／ケンノジ　イラスト／kakao

操蟲と呼ばれる敵寄生虫に対抗するため作られた魔導人形。彼らの活躍で操蟲駆逐に成功するが、戦後彼らは封印されることに。200年後、魔導人形の一人エルガが封印から目覚めると世界は操蟲が支配しており——。

新作
終末世界のプレアデス
星屑少女と星斬少年

著／谷山走太　イラスト／刀 彼方

空から落ちてきた星屑獣によって人類は空へと追いやられた。地上を取り戻すと息巻くが、星屑獣と戦うために必要な才能が無いリュートと、空から降ってきた少女カリナ。二人の出会いを境に世界の運命が動き出す。

SWORD ART ONLINE
ソードアート・オンライン
川原礫
イラスト／abec
「これは、ゲームであっても遊びではない」
《黒の剣士》キリトの活躍を描く
究極のヒロイック・サーガ！

電撃文庫

アクセル・ワールド
川原 礫
イラスト／HIMA
accel World
もっと早く……
《加速》したくはないか、少年。
第15回電撃小説大賞《大賞》受賞作！
最強のカタルシスで贈る
近未来青春エンタテイメント！
電撃文庫

絶対ナル孤独者《アイソレータ》

THE ISOLATOR
realization of absolute solitude

「絶対的な、《孤独》を求める……だから僕のコードネームは孤独者《アイソレータ》です」

『AW』と『SAO』に続く、川原礫の描く第3の物語！

Reki Kawahara
川原 礫

illustration»Simeji
イラスト◎シメジ

電撃文庫

暴虐の魔王、転生した未来世界で
魔王の適性皆無と判断される!?
魔王学院の不適合者
MAOH GAKUIN NO FUTEKIGOUSHA
～史上最強の魔王の始祖、転生して子孫たちの学校へ通う～
著 秋
illustration しずまよしのり
暴虐の魔王と恐れられながらも、闘争の日々に飽き転生したアノス。しかし二千年後、
蘇った彼は魔王となる適性が無い“不適合者”の烙印を押されてしまう!?
「小説家になろう」にて連載開始直後から話題の作品が登場!

電撃文庫

はたらく魔王さま!
Satoshi Wagahara
Illustration■Oniku
和ケ原聡司
イラスト■029
魔王城は六畳一間!?
フリーター魔王さまの庶民派ファンタジー!
世界征服間近だった魔王が、勇者に敗れて辿り着いた先は、異世界“東京”だった!?
六畳一間のアパートを仮の魔王城に、フリーターとして働く魔王の明日はどっちだ!!
電撃文庫

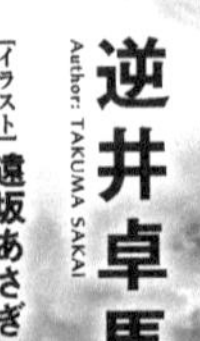

豚になった俺が、異世界で美少女といちゃラブ(!?)するファンタジー

逆井卓馬
Author: TAKUMA SAKAI
[イラスト]遠坂あさぎ
Illustrator: ASAGI TOHSAKA

豚のレバーは加熱しろ

Heat the pig liver

the story of a man turned into a pig.

　純真な美少女にお世話される生活。う～ん豚でいるのも悪くないな。だがどうやら彼女は常に命を狙われる危険な宿命を負っているらしい。
　よろしい、魔法もスキルもないけれど、俺がジェスを救ってやる。運命を共にする俺たちのブヒブヒな大冒険が始まる！

電撃文庫

最強をこじらせたレベルカンスト剣聖女ベアトリーチェの弱点
その名は「ぶーぶー」
鎌池和馬
KAZUMA KAMACHI
illust.
真早
『とある魔術の禁書目録』の
鎌池和馬が贈る異世界ファンタジー!!
巨大極まる地下迷宮の待つ異世界グランズニール。
うっかりレベルをカンストしてしまい、
最強の座に上り詰めた【剣聖女】ベアトリーチェ。
そんなカンスト組の【剣聖女】さえ振り回す伝説の男、
『ぶーぶー』の正体とは一体!?
電撃文庫